dtv

«Ich arrangiere die Fakten so, daß sie eher der Wahrheit entsprechen als in der Wirklichkeit». Vier Erzählungen aus dem Frühwerk Gides zeigen einen vor Ironie und aberwitziger Phantasie sprühenden jungen Autor. Ob er, wie in der Titelgeschichte, den antiken Mythos vom Feuer- und Erkenntnisbringer Prometheus ironisch adaptiert oder, wie in ‹Paludes›, den dekadenten Literaturzirkus des *Fin de siècle* satirisch entlarvt, immer zeugen die Erzählungen von Gides Experimentierfreude, die ihn zu einem der großen Pioniere der Moderne machte.

André Gide (1869–1951) wurde streng puritanisch erzogen und setzte sich später rückhaltlos für die Freiheit des Individuums gegenüber Kirche, Konvention und Moral ein. Das Gesamtwerk des Nobelpreisträgers von 1947 steht neben dem der großen literarischen Innovatoren des 20. Jahrhunderts wie Proust, Musil und Joyce.

André Gide

Der schlechtgefesselte Prometheus

und andere Erzählungen

Aus dem Französischen von
Andrea Spingler, Gisela Kleineidam
und Gerda Scheffel

Herausgegeben von Raimund Theis

Mit einem Nachwort von
Marianne Kesting, Raimund Theis
und Gerda Zeltner

Deutscher Taschenbuch Verlag

Von André Gide
sind im Deutschen Taschenbuch Verlag erschienen:

Der Immoralist (12345)
Die Verliese des Vatikans (12285)
Die Falschmünzer (12208)
Die enge Pforte (12427)

Vollständige Ausgabe
August 1999
Deutscher Taschenbuch Verlag GmbH & Co. KG,
München

Umschlagkonzept: Balk & Brumshagen
Umschlagbild: ‹Le Concert› (1937) von Georges Braque
(© VG Bild-Kunst, Bonn 1998)
Gesetzt aus der Basilia Haas
Satz: Jung Satzcentrum, Lahnau
Druck und Bindung: C. H. Beck'sche Buchdruckerei,
Nördlingen
Gedruckt auf säurefreiem, chlorfrei gebleichtem Papier
Printed in Germany · ISBN 3-423-12651-5

Inhalt

Die Reise Urians

(Le Voyage d'Urien)

Aus dem Französischen
übertragen
von Andrea Spingler

Vorspiel

Als die bittere Nacht des Denkens, des Studiums und der theologischen Ekstase vorüber war, erwachte meine Seele, die seit dem Abend einsam und gläubig geglüht hatte und endlich die Morgenröte nahen fühlte, zerstreut und ermattet. Ohne daß ich es bemerkt hatte, war meine Lampe erloschen; mein Fenster hatte sich auf die Dämmerung geöffnet. Ich benetzte meine Stirn am Tau der Scheiben, und während ich meinen ausgeträumten Traum in die Vergangenheit verwies, wagte ich mich, den Blick der Morgenröte zugewandt, ins enge Tal der Seelenwanderungen.
Morgenröte! Überraschung der Meere, Helle des Ostens! Der Traum davon oder die Erinnerung daran erfüllte die Nächte mühseligen Studierens mit der Sehnsucht nach Reisen! Sehnsucht nach leichten Winden und Musik, wer beschreibt meine Freude, als endlich, nachdem ich lange wie im Traum durch dieses tragische Tal gewandert war, die hohen Felsen sich öffneten und ein azurnes Meer erschien!
Auf deinen Wassern, dachte ich, segeln wir auf deinen Wassern, ewiges Meer, unseren unbekannten Schicksalen entgegen? Suchen unsere überaus jungen Seelen dort ihre Bewährung?
Am Strand erwarteten mich die Pilgergefährten; ich erkannte sie alle, obwohl ich nicht wußte, ob ich sie schon irgendwo gesehen hatte; doch unsere Tugenden waren die gleichen. Die Sonne stand schon hoch über dem Meer. Schon im Morgengrauen waren sie gekommen und betrachteten die steigende Flut. Ich entschuldigte mich, daß ich sie hatte warten lassen; sie verziehen mir, denn sie dachten, irgendwelche dogmatischen Spitzfindigkeiten und Skrupel hätten mich unterwegs noch aufgehalten; doch dann warfen sie mir vor, daß ich mich nicht unbefangener zu ihnen begeben hatte. Da ich der letzte war und sie niemanden mehr erwarteten, machten wir uns auf den Weg zur Stadt mit dem großen Hafen, wo die Schiffe auslaufen. Der Lärm drang bis zu uns an den Strand.

Die Stadt, wo wir uns abends einschiffen sollten, lag durchflutet von Sonnenlicht, Lärm und Festlichkeit in der weißen Mittagsglut. Der Marmor der Kais verbrannte die Sandalen; das Fest war farbenprächtig. Zwei Schiffe waren am Vortag angekommen, das eine aus Norwegen, das andere von den wunderbaren Antillen; und die Menge lief herbei, um ein drittes, majestätisches, in den Hafen einlaufen zu sehen. Dieses kam aus Syrien, beladen mit Sklavinnen, Ballen von Purpur und Goldklumpen. Die ganze Besatzung drängte sich auf Deck; man hörte die Manöverschreie. Hoch auf den Masten lösten Matrosen Seile, andere warfen Taue über das Wasser. Die Falten der erschlafften Segel verfingen sich in den Rahen, an denen Wimpel flatterten. Das Meer war zum Ufer hin nicht tief genug, als daß das Schiff am Kai hätte anlegen können; Boote kamen herbei und nahmen zuerst die Sklavinnen mit; sobald sie ausgestiegen waren, beeilte sich das Volk, sie anzuschauen; sie waren schön und fast nackt, aber traurig. Die Matrosen luden noch Parfüms und wertvolle Stoffe aus, doch die Purpurballen warfen sie ins Meer; das war ordinäre Ware; die Wellen spülten sie an die Deiche, und gebeugte Männer zogen sie mit Stangen zu den Stufen. Von den Antillen waren die seltenen Hölzer gekommen, bunte Vögel und Muscheln, in denen das Meer jener glücklichen Strände rauschte. Man riß sich darum auf dem Markt; die Bazare waren voll von Käfigen; empfindlichere Vögel ließ man in Volieren fliegen; man bezahlte Eintritt; alle sangen, und die Händler waren in Hochstimmung. In rasch errichteten Buden traten Jongleure und Pantomimen auf. Radschlagende Gaukler warfen einander auf einem Podium Messer und Flammen zu.
Weiter weg lagen die Kühlhäuser der Stadt, die von den eisbeladenen Schiffen aus Norwegen versorgt wurden. Keller reichten bis in große Tiefen, aber sie waren alle schon voll, und das Schiff entlud seine Fracht im Hafen. Ein Gebirge erhob sich, grün, durchscheinend und von Kühle umhüllt; durstige Matrosen genossen den Schatten und berührten mit ihren brennenden Lippen und Händen die feuchte Wand. Männer mit safrangelber Haut in blutverschmiertem Lendenschurz schafften auf sich durchbiegenden Planken unaufhörlich neue Schneeladungen herbei und Blöcke

reinen Eises, die sie aus dem Meer gefischt hatten; man warf sie vom Schiff hinunter; Eisbrocken, Schnee und Schaum schwammen mit dem Purpur auf dem blauen Wasser, und manche Welle färbte der aufgelöste Purpur fast violett.

Und jetzt ist es Abend; die tiefrote Sonne verschwindet zwischen dem Tauwerk; Lieder steigen aus der Dämmerung auf; und im still gewordenen Hafen schaukelt das Fabelschiff, das uns davontragen soll; nun, da wir an diesem Tag einen Vorgeschmack aller künftigen Geschichten bekommen haben und aufhören, rückwärts zu blicken, werden wir unsere Augen auf die Zukunft richten; und das phantastische Schiff ließ Hafen, Spiele und die gesunkene Sonne hinter sich und glitt in die Nacht hinaus, dem Morgenrot entgegen.

I

Nacht auf See. Wir haben über unsere Schicksale gesprochen. Reine Nacht; die *Orion* segelt zwischen Inseln dahin. Der Mond beleuchtet Klippen. Blaue Riffe sind aufgetaucht: die Wache hat sie gemeldet; die Wache hat Delphine gemeldet; sie spielten im Mondschein; bei den Riffen sind sie untergetaucht, um nicht wieder zu erscheinen; die blauen Felsen schimmern schwach durch die Fluten. Hellglänzende Quallen steigen langsam aus der Tiefe auf, um sich in der nächtlichen Luft zu entfalten, von den Wellen bewegte Blumen der Meere. Die Sterne träumen. Wir, am Bug, beim Tauwerk, über das Wasser gebeugt, der Mannschaft, den Gefährten, allem, was geschieht, den Rücken zugekehrt, wir betrachten die Wogen, die Gestirne und die Inseln. – Wir schauen zu, wie die Inseln vorüberziehen, sagen die Männer der Besatzung, die uns ein wenig verachten, wenn sie, einander ansehend, vergessen, daß sie die Vorüberziehenden sind und diese Dinge dort bleiben, nach uns noch die gleichen sind.
Der wechselnde Anblick der Klippen und die langgestreckten Vorgebirge, die sich drehen. Die Uferhänge und ihre Verwandlungen! Wir wissen jetzt, daß ihr bleibt; vorüberziehend sieht man euch als Vorüberziehende, und euer Anblick verändert sich durch unsere

Bewegung, trotz eurer Beständigkeit. – Die Nachtwache meldet Schiffe. Wir, vom Abend bis zum Sonnenaufgang über das Wasser gebeugt, lernen, die Dinge, die vorüberziehen, von den ewigen Inseln zu unterscheiden.
Heute nacht haben wir über die Vergangenheit gesprochen; keiner von uns wußte, wie er zum Schiff gelangt war, doch keiner bereute die bittere Nacht der Gedanken.
«Aus welch dunklem Schlaf bin ich erwacht», sagte Alain, «aus welchem Grab? Ich hörte nicht auf zu denken, und ich bin immer noch krank. O stille Nacht des Ostens, wirst du meinen Kopf, der es müde ist, Gott zu denken, endlich zur Ruhe kommen lassen?»
«Mich quälte die Begierde zu erobern», sagte Paride; «ich ging in meinem Zimmer auf und ab, voll Tapferkeit, doch traurig und von erträumten Heldentaten erschöpfter, als wenn ich sie wirklich vollbracht hätte. Was werden wir nun erobern? Wie werden unsere Taten aussehen? Wohin fahren wir? Sagt, wißt ihr, wohin dies Schiff uns führt?» Keiner von uns wußte es, doch alle erschauerten wir im Gefühl unseres Muts.
«Was tun wir hier», fuhr er fort, «und was ist dies für ein Leben, wenn das vorige unser Schlaf war?»
«Vielleicht leben wir jetzt unseren Traum», sagte Nathanael, «während wir im Zimmer schlafen.»
«Oder ob wir Länder suchen, um unsere schönen Seelen zu erzählen?» sagte Mélian.
Doch Tradelineau rief:
«Zweifellos seid ihr noch befangen in der Gewohnheit eitler Logik und der Manie zu glauben, ihr könntet nur das gut machen, wovon ihr die Ursachen kennt; daher rührt diese müßige Diskussion. Was liegt daran zu wissen, wie wir hierher gekommen sind, und wozu sollen wir geheimnisvolle Gründe für unsere Anwesenheit auf der *Orion* suchen? Wir haben unsere Bücher verlassen, weil sie uns langweilten, weil eine uneingestandene Erinnerung an das Meer und den wirklichen Himmel bewirkte, daß wir nicht mehr ans Studium glaubten; etwas anderes war da; und als die balsamischen und lauen Winde die Vorhänge unserer Fenster bauschten, gingen wir gegen unseren Willen in die Ebene hinunter und machten uns

auf den Weg. Wir waren des Denkens müde, wir waren begierig zu handeln; habt ihr gesehen, wie fröhlich unsere Seelen wurden, als wir den Schiffern die schweren Ruder aus der Hand nahmen und den Widerstand des flüssigen Azurs spürten! Ach, lassen wir uns doch treiben! Die *Orion* wird wissen, wie sie uns zu Stränden führt. Die Tapferkeit, die wir fühlen, wird unsere Heldentaten von selbst herausfordern; warten wir ab, ohne an alles zu denken – warten wir auf unsere glorreichen Schicksale.»
In dieser Nacht haben wir auch von der lärmenden Stadt gesprochen, in der wir uns eingeschifft hatten, von ihrem Jahrmarktstreiben und ihrer Menge.
«Warum noch an diese Leute denken», sagte Agloval, «deren Augen nur die Dinge sahen und die nicht einmal staunten? Mir gefiel Bohordin, wie er bei den Zirkusspielen schluchzte; man sollte alles wie einen Ritus vollziehen; diese Leute betrachteten die Spiele ohne Feierlichkeit.»
«Wie denken Sie darüber, Urian?» fragte mich Angaire.
Und ich erwiderte:
«Man muß immer etwas darstellen.«
Da diese Diskussion zuletzt uns allen unerträglich wurde und das Denken uns ermüdete, gelobten wir einander, nicht mehr vom Vergangenen zu reden, noch über die Dinge zu klügeln. Der Morgen kam; wir gingen auseinander, um zu schlafen.
Wir hatten die Küste aus den Augen verloren und segelten seit drei Tagen im offenen Meer, als wir auf die schönen schwimmenden Inseln stießen, die eine geheimnisvolle Strömung lange neben uns hergetrieben hat. Und diese parallele Bewegung inmitten der ewig unruhigen Wellen ließ uns zunächst glauben, die *Orion* stünde still, sei vielleicht auf Sand gelaufen: Doch unser Irrtum klärte sich auf, als wir die Inseln besser sahen. Ein Boot setzte uns auf einer von ihnen ab; sie alle waren einander fast gleich und gleich weit voneinander entfernt. Ihre regelmäßige Form ließ uns an Korallen denken, sie wären bestimmt sehr flach gewesen ohne diese üppige und herrliche Vegetation, die sie trugen; vorn waren sie leicht abschüssig, Korallenriffe, grau wie Vulkangestein, wo die Wurzeln frei lagen; hinten trieben die vom Meer geröteten Wurzeln wie

Haare. Bäume unbekannter Art, seltsame Bäume bogen sich unter schweren Lianen, und kränkliche Orchideen mischten ihre Blüten unter das Blattwerk. Es waren Gärten auf dem Meer; Insektenschwärme folgten ihnen; Blütenstaub schwamm auf den Wellen. – Das undurchdringliche Dickicht zwang uns, ganz am Rand des Ufers zu gehen, und oft, wenn Zweige über das Wasser hingen, darunter durchzukriechen, indem wir uns an Wurzeln und Lianen festhielten. – Wir wollten eine Zeitlang an der Rückseite bleiben und dem Flug der riesigen Insekten zusehen, doch die erstickenden Düfte, die von der ganzen Insel aufstiegen und die der Wind zu uns hinunterdrückte, die Düfte, die uns bereits schwindeln machten, hätten uns, glaube ich, umgebracht. Sie waren so konzentriert, daß man den Aromastaub umherwirbeln sah. – Wir sind ans andere Ufer zurückgekehrt; Ibisse und rosafarbene Flamingos flogen aus dem Schlaf auf. Wir haben uns auf einen Korallenfelsen gesetzt; der Seewind hielt die Düfte von uns ab.
Die Insel konnte nicht sehr tief reichen, denn unter ihr im tiefen Meer sah man nach dem Schatten, den sie warf, wieder Licht. Und wir dachten, daß jede Insel sich abgelöst hat wie eine reife Frucht von ihrem Stiel; – und als nichts mehr sie in der Tiefe am heimischen Felsen festhielt, da waren sie wie unehrliche Handlungen dem Zufall ausgesetzt und trieben in jeder Strömung.
Am fünften Tag haben wir sie zu unserem Bedauern aus den Augen verloren.
Sobald die Sonne untergegangen war, badeten wir in einem rosa und grünen Wasser; und da es den Himmel widerspiegelte, wurde es bald goldbraun. Die warmen, stillen Fluten durchdrangen uns mit ihrer Milde. Die Ruderer warteten. Wir sind wieder ins Boot gestiegen, als der Mond aufging; ein leichter Wind blies; wir setzten die Segel und kreuzten. Bald sah man die noch lilafarbenen Wolken, bald den Mond. In die silbrige Spur, die er über das ruhige Meer zog, gruben die Ruder Lichtstrudel; vor uns im Licht des Mondes glitt geheimnisvoll die *Orion* vorbei. Man sah ihn hinter einem Mast – dann allein – dann ist er am Morgen im Meer versunken.

II

Am siebten Tag legten wir an einem Sandstrand an, wo sich trokkene Dünen erhoben. Cabilor, Agloval, Paride und Morgain gingen an Land; wir warteten zwanzig Stunden auf sie, sie hatten uns gegen Mittag verlassen; am nächsten Morgen sahen wir sie gestikulierend im Laufschritt zurückkommen. Als sie ganz nahe waren, rief uns Paride zu:
«Laßt uns fliehen, laßt uns fliehen! Die Insel ist von Sirenen bewohnt, wir haben sie gesehen.»
Als sie Atem geschöpft hatten und die *Orion* mit vollen Segeln entfloh, begann Morgain mit seiner Erzählung:
«Wir waren den ganzen Tag zwischen blauen Disteln über die Wanderdünen gelaufen. Wir waren den ganzen Tag gelaufen, ohne etwas anderes zu sehen als Hügel, die auf uns zukamen und über die der Wind strich; unsere Füße waren vom Sand verbrannt, und die Glut der trockenen Luft dörrte unsere Lippen und unsere schmerzenden Lider aus. (Wer wird je eure Pracht und Üppigkeit beschreiben, Sonnen des Ostens, Mittagssonnen auf dem Wüstensand!) Als der Abend kam und wir am Fuß eines sehr hohen Hügels angelangt waren, fühlten wir uns so müde... Wir haben im Sand geschlafen, ohne auch nur den Sonnenuntergang abzuwarten.
Wir haben nicht lange geschlafen; die Kälte des Taus weckte uns noch vor dem Morgengrauen. Während der Nacht hatte sich der Sand bewegt, und wir erkannten den Hügel nicht wieder. Wir machten uns auf den Weg, stiegen immer weiter aufwärts, ohne zu wissen, wohin wir gingen, woher wir gekommen waren, wo wir das Schiff gelassen hatten; doch bald graute hinter uns der Morgen. Wir hatten eine weite Hochebene erreicht – zumindest schien sie uns zunächst sehr weit –, und wir dachten nicht, daß wir sie schon überquert hätten, als das Gelände plötzlich abbrach und sich ein Tal voller Nebel vor uns öffnete. Wir warteten. Hinter uns begann die Morgenröte; und während sie aufstieg, teilten sich die Nebel. – Da erschien uns diese großartige Stadt, nicht weit von uns, in einer unermeßlichen Ebene. Sie hatte die Farbe der Morgenröte und

war islamisch; phantastische Minarette ragten empor; lange Reihen von Treppen führten zu hängenden Gärten, und violette Palmen bogen sich auf den Terrassen. Über die Stadt zogen Nebelschwaden, die von den spitzen Minaretten zerrissen wurden. Die Minarette waren so hoch, daß die Wolken daran hängenblieben, und man hätte meinen können, es wären Fahnen, gebläht und faltenlos trotz der dünnen Luft, in der kein Hauch sich regte.

Unsere Unsicherheit ist nun die: Vor den hohen Kathedralen träumten wir von den Türmen der Moscheen; heute, vor den Minaretten, träumten wir von Kirchtürmen, und in der Morgenluft warteten wir auf das Angelusläuten. Doch in der noch allzu kühlen Dämmerung war nichts zu hören außer einem unbekannten Säuseln, das sich in der leeren Luft verlor, als mit der aufgehenden Sonne plötzlich von einem Minarett, dem, das der Sonne am nächsten war, ein Gesang aufstieg, ein pathetischer und bizarrer Gesang, der uns zum Weinen brachte. Die Stimme hielt vibrierend einen hohen Ton. Ein neuer Gesang erscholl, dann noch einer; und nach und nach erwachten singend die Moscheen, sobald die Sonne sie mit einem Strahl berührt hatte. Bald sangen alle. Ein unerhörter Ruf war es, den ein Gelächter beendete, sobald ein neuer Ruf begann. Die Muezzins antworteten einander bei Tagesanbruch wie die Lerchen. Sie schmetterten Fragen, denen andere Fragen folgten, nur der größte auf dem höchsten Minarett, verloren in einer Wolke, sagte nichts.

Diese Musik war so wunderbar, daß wir regungslos, in Ekstase stehengeblieben waren; als dann die Stimmen leiser und sanfter wurden, wollten wir näher herangehen, unmerklich angezogen von der Schönheit der Stadt und dem beweglichen Schatten der Palmen. Die Stimmen wurden immer leiser; doch als sie verklangen, da entfernte sich die Stadt, löste sich auf, wankend mit einer Strophe; die Minarette, die schlanken Palmen schwanden dahin; die Treppe brach zusammen; hinter den Gärten ließen entfärbte Terrassen Meer und Sand durchscheinen. Es war eine Luftspiegelung, die noch im Vergehen einem Gesang nachzuckte. Der Gesang verstummte; der Zauber verging und mit ihm die vorgespiegelte Stadt. Unser entsetzlich beklommenes Herz glaubte, sich zuzuhören, wie es starb.

Ein letzter Rest Vision, der noch auf einen Triller tanzt, pfeifende Atemzüge – und da sahen wir sie in den Algen liegen; sie schliefen. Da sind wir geflohen, so zitternd, daß wir kaum laufen konnten. Zum Glück waren wir sehr nah beim Schiff; wir haben es hinter einem Vorgebirge gewahrt: nur dieses trennte euch von den Sirenen. In welcher Gefahr wärt ihr gewesen, hätten sie euch hören können – wir haben erst ganz nah beim Schiff zu rufen gewagt, aus Angst, daß der Schrei sie wecken könnte. Ich weiß nicht, welchen Weg wir gestern genommen haben, daß wir so wenig vorwärts gekommen sind; ich glaube jetzt, daß wir auf der Stelle gegangen sind und daß jene beweglichen Hügel, die unter unseren Schritten zurückwichen, daß jene Hochebene, daß jenes Tal bereits eine Wirkung des Zaubers der Sirenen waren.»
Sie erörterten dann, wie viele Sirenen es gewesen sein mochten, und wunderten sich, daß sie ihrer List entgangen waren:
«Aber so sagt doch, wie waren sie?» fragte Odinel.
«Sie lagen in den Algen», sagte Agloval, «und ihre triefenden Haare, die sie ganz bedeckten, grün und braun, sahen aus wie Gräser des Meeres; doch wir sind zu schnell gelaufen, um sie richtig zu sehen.»
«Ihre Hände hatten Schwimmhäute», sagte Cabilor, «und ihre stahlfarbenen Schenkel glänzten, von Schuppen bedeckt. Ich bin geflüchtet, denn ich hatte große Angst.»
«Mir schienen sie wie Vögel», sagte Paride, «wie riesige Meeresvögel mit roten Schnäbeln. Nicht wahr, sie hatten Flügel?»
«O nein! nein!» sagte Morgain. «Sie waren wie Frauen und sehr schön. Deshalb bin ich geflüchtet.»
«Aber ihre Stimme, ihre Stimme, sagt doch, wie war ihre Stimme?» (Und jeder wünschte, sie gehört zu haben.)
«Sie war wie ein schattiges Tal», sagte Morgain, «und wie frisches Wasser für einen Kranken.»
Dann sprachen alle von der Natur der Sirenen und ihrem Zauber; Morgain schwieg, und ich begriff, daß er den Sirenen nachtrauerte.

Aus Angst vor ihnen badeten wir an jenem Tag nicht.

III

Es war der dreizehnte Tag; in jener Ebene, wo wir seit dem Morgen umherirrten, dauernd ausschreitend, ohne je den Weg zu wissen – wurde uns allmählich langweilig, als wir in einem Alfagrasfeld einem kleinen Mädchen begegneten: dunkel, ganz nackt unter der Mittagssonne, noch nicht im heiratsfähigen Alter, das weidende Dromedare hütete. Wir fragen es nach dem Weg; es weint und zeigt in Richtung Stadt.

... Eine Stunde später haben wir die Stadt gesehen; sie war groß, aber tot. Feierliche Trauer ergriff uns, denn die verfallenen Moscheen mit den zerstörten Türmen, die eingestürzten großen Mauern, die Säulen gaben dieser Stadt ein trostloses, monumentales Aussehen. Die breite Straße, der wir über Trümmer kletternd folgten, verlor sich schließlich auf dem offenen Land, unter Mandelbäumen, zwischen verlassenen Marabut-Hütten.

Wir sind noch eine Stunde weitergewandert. Die Ebene hörte auf; ein Hügel kam, und wir haben ihn erklommen. Von oben sah man das neue Dorf. Wir sind durch die Straßen gegangen; alle Häuser waren verschlossen; und, wer weiß, warum, es war niemand zu sehen. Angaire sagte, die Bewohner seien vielleicht bei der Arbeit auf den Feldern. Auf der Straße troff ein unerträglicher Brodem von den gelben Wänden. Dicke Fliegen summten in der Sonne auf den weißen Türen. Ein Kind, das auf den Stufen vor einer Tür saß, spielte mit seinem häßlichen Glied. Wir verließen das Dorf.

Von neuem hat sich das Land vor uns ausgebreitet. Noch eine Stunde sind wir durch Sonne und Staub gewandert. Plötzlich hat sich in dieser Landschaft, wer weiß, warum, ein viereckiges Bauwerk erhoben, und Schreie, die aus einer offenen Tür drangen, haben uns schon von weitem angezogen. Wir beeilten uns, da wir dachten, wir würden endlich etwas zu sehen bekommen. Wir haben einen großen Saal betreten. Eine Menschenmenge stieß laute Schreie aus, die uns zunächst ganz betäubten. Wir wollten sprechen, jemanden fragen, um etwas zu erfahren, doch keiner hörte zu, und alle blickten und zeigten mit wilden Gebärden in die Mitte des Saales.

Als wir uns, an die Wand gelehnt, reckten, haben wir im Zentrum der Menge zwei heulende Derwische sehen können, die ihre Ekstase begannen. Sie drehten sich langsam zum Klang einer Musik, die von vier hockenden Männern gespielt wurde, von der man aber bei dem Geschrei nichts hörte; und regelmäßig am Ende einer Strophe der Musikinstrumente stießen die Derwische ein gutturales, kreischendes Geheul aus, das die Menge mit enthusiastischem Trampeln beantwortete. Auf dem Kopf trugen sie eine Mütze, die halb so hoch war wie sie selber, und sonst nur ein langes, sehr weites Gewand. Unter dem Impuls der Musik haben sie angefangen, sich schneller zu drehen; ihr Gewand blähte sich um sie und ließ ihre springenden Füße in den Sandalen sehen; als sie sich noch schneller drehten, haben sie ihre Sandalen abgeworfen und barfuß auf dem Steinboden getanzt; ihr Gewand, das sich weitete und hochflog, legte wirbelnde Beine bloß; die verrutschte Mütze, der Bart boten einen unerträglichen Anblick; der Speichel rann ihnen aus dem Mund, und die Augen waren weiß vor Wonne. Die Menge war außer sich und wankte wie trunken. Dann wurden sie rasend, stießen wilde Schreie aus und drehten sich so irrsinnig schnell, daß ihr Gewand fast waagrecht abstand und sie ganz entblößte, obszön... Wir gingen fort.
Und da war wieder das offene Land; es wurde Abend. Noch eine Stunde sind wir ausgeschritten, dann haben wir das Schiff wiedergefunden.

Die Matrosen haben im lauen Wasser gebadet; die glühende Luft hat ihre Haut getrocknet. Der Abend ist gekommen, doch ohne die erholsame Kühle; ohne die Kühle der Nacht, die wie ein Kuß auf den Lidern liegt. Die Nacht ist jetzt so heiß, daß wir nicht schlafen können. Lautlose Blitze zucken am Rand des Himmels, und auf den Wellen liegt ein unbestimmtes Schimmern. Auf Deck hingelagert, träumten die Matrosen und Schiffsjungen; und in der geheimnisvollen Nacht haben sie die Arme nach den anderen Träumern ausgestreckt und sich gewunden vor Begehren. Wir unsererseits sind aufgeblieben, denn wir wagten nicht, uns auszustrecken, und wir hörten die ganze Nacht, wie sich ihre Seufzer mit dem verliebten

Säuseln des Meeres vermischten. Doch aus unserer strengen Haltung entstand in uns ein ernsterer Gedanke, und der Friede der Nacht senkte sich auf unser Antlitz.

IV

Am einundzwanzigsten Tag haben wir an einem mit Bäumen bepflanzten Ufer angelegt. Nicht weit vom Meer war eine Stadt zu sehen; eine Eukalyptusallee, auf der Gruppen von Frauen spazierengingen, führte zu ihr; auf beiden Seiten der Allee waren zwischen den Bäumen Stände und Zeltbuden für einen Markt aufgebaut, und vom Schiff aus konnte man an den roten und gelben Flecken die Paprikaschoten und Bananenbüschel erkennen.

Bevor es Abend wurde, gingen Mélian, Lambègue und Odinel sowie ein Teil der Besatzung an Land, um Lebensmittel zu kaufen und nach dem Weg zu fragen. Wir warteten den ganzen Abend auf sie. Am nächsten Tag kamen Mélian, Lambègue und Odinel zurück, aber nur mit einigen der Matrosen. Sie waren blaß, und ihre weit geöffneten Augen leuchteten in unbeschreiblicher Sanftmut. Sie brachten wunderbare scharlachrote Früchte mit, blutend wie Wunden, und Kuchen aus unbekanntem Mehl; doch als wir sie ausfragen wollten, schützten sie große Müdigkeit vor und streckten sich in den Hängematten aus; da begriffen wir, daß sie bei den Frauen vom Strand gewesen waren, und wir waren darüber unendlich traurig. Da wir nicht aufbrechen wollten, ohne daß alle anderen zurückgekehrt wären, beabsichtigten Lambègue, Odinel und Mélian und diejenigen Matrosen, die ihnen am Vortag gefolgt waren, gegen Abend noch einmal in die Stadt zu gehen; wir konnten sie nicht davon abhalten; und wir konnten Alfasar und Hector nicht davon abhalten, ihnen zu folgen. Sie mußten mit ihnen darüber gesprochen haben, was sie in der Nacht getan hatten, denn wir haben sie lange zusammen bei den Hängematten stehen sehen, in denen die schaukelten, denen die Nacht Erschöpfung gebracht hatte.

Am nächsten Tag kamen sie alle zurück, und die *Orion* konnte unter Segel gehen; sie brachten neue Früchte mit, riesig und violett

wie Auberginen. Ihr Blick war verstört und voller Hohn; von ihren Lippen lächelte böse Ironie. Ausgelöst wurde der Streit durch die schönen Früchte; sie wollten, daß wir davon essen, doch gerade ihr Glanz und ihre Pracht machten uns mißtrauisch; als wir es ihnen sagten, spotteten sie:
«Was für mutige Ritter! wagen vor lauter Angst nicht einmal, von Früchten zu kosten; eure sterile Tugend ist also Enthaltsamkeit; im Zweifelsfall. Zweifelt ihr noch immer? Warum denn?»
Und ohne daß wir sie darum gebeten hätten, erzählten sie uns, was sie in der Stadt getan hatten: der Markt, der Kauf der Früchte und die unbekannte Sprache jener Frauen; dann die Lustgärten mit den Lichtern und die Laternen im Laub; sie waren lange davor stehengeblieben, ohne einzutreten, und hatten durch den Zaun die Tänze und Lichtergirlanden angesehen; dann hatten vorbeikommende Frauen sie mit sich gezogen, und sie waren plötzlich widerstandslos geworden, sobald ihre Hände sich berührt hatten. Zuerst hatten sie sich geschämt, dann hatten sie das lächerlich gefunden. Doch als sie uns ihre nächtlichen Umarmungen schildern wollten, rief Angaire aus, er verstehe nicht, wie man es wagen könne, sich zusammenzutun, um diese unvermeidlichen Schweinereien zu vollführen, er verstecke sich in solchen Augenblicken sogar vor dem Spiegel. – Doch sie brachen in großes Skandalgeschrei aus bei diesem plötzlichen Freimut. Angaire sagte darauf, er möge die Frauen nur verschleiert, aber selbst dann fürchte er, sie würden schamlos und ließen ihre Hüllen fallen, sobald nur ein wenig Zärtlichkeit aufkäme. Da lachten sie laut heraus und wandten sich von uns ab. Von diesem Tag an waren wir nicht mehr alle im gleichen Denken vereint – und indem wir sehr deutlich fühlten, was wir nicht sein wollten, begannen wir zu wissen, was wir waren.

Sie haben in einem trüben, blauen Wasser gebadet und sind in der salzigen Gischt geschwommen. Ins Boot zurückgeklettert, lange noch nackt, betrachteten sie ihre in ungewohnter Blässe schimmernde Haut und ließen es zu, daß das Fieber den unschuldigen Meeresschaum auf ihnen trocknete. Und wir schämten uns für sie,

denn sie sahen sehr schön aus und schienen glücklicher zu sein als Menschen.
Alfasar mochten wir nicht sehr, denn er war emphatisch und aufbrausend, doch um Mélian, der sanft war und mitfühlende Zärtlichkeit kannte, tat es uns leid.

V

Den ganzen Tag zogen schöne Ufer am Schiff vorüber; Ibisse und rosafarbene Flamingos fischten Krebse aus dem Sand. Etwas weiter landeinwärts endeten auf terrassenförmigen Klippen dunkle Wälder. Es war heiß, und wir träumten von dem Schnee des Hafens, wo wir uns eingeschifft hatten; wir waren alle an Deck und betrachteten die vorbeiziehenden Ufer. Wenn wir kamen, flogen die rosafarbenen Flamingos auf, und sobald wir vorbei waren, kehrten sie an denselben Platz zurück, um sich auszuruhen; und das Verhalten der Vögel machte uns mißtrauisch gegenüber jenen Stränden.
Wir warteten; und unser großes müßiges Herz füllte sich mit Bitterkeit.
Werden wir hier einen Ort finden, der sich uns nicht entzieht oder, wenn er endlich bleibt, uns nicht sündhaft anlockt? Oder werden wir immer, über die Reling gebeugt den vorbeiziehenden Stränden nachschauend, von Ufer zu Ufer irren müssen?
Gegen Mittag sind wir in der Nähe einer Stadt an Land gegangen; sie erstreckte sich eng zusammengedrängt entlang dem Meer. Das Meer rundete sich zu einem Golf und legte bei Ebbe eine große Koralleninsel vor der Stadt bloß. Fischerboote holten dort jeden Tag Korallen, Schwämme und Perlmuscheln. Da uns in der Stadt nichts interessierte, hat uns eines der Boote zu der Insel gebracht. Sie schien sich aus dem Meer erhoben zu haben, das um sie her sofort tief und durchsichtig wurde; auf dem von bleichen Polypenstöcken bedeckten Grund sah man die Austern gähnen; Schwämme wuchsen auf den Felsen; grüne Krebse liefen umher, und in den Löchern, im Dunkeln, waren Kraken versteckt. Wenn die Taucher an ihnen vorbeikamen, versuchten klebrige Arme, sie

zu greifen; aber die Taucher mit ihrem offenen Messer schnitten den Kraken die Arme ab, die noch an ihnen klebten, wenn sie wieder auftauchten. Es waren Männer mit safranfarbener Haut; sie waren nackt, doch um ihren Hals hing ein Netz, das sie mit Muscheln füllen mußten. Sie lösten die Muscheln mit ihrem großen Messer ab, und wenn das Netz voll war, tauchten sie schnell wieder auf. Wenn sie an die Luft kamen, krampfte sich ihre Brust ein wenig zusammen, aus ihrem Mund lief, prächtig anzusehen auf ihrer goldbraunen Haut, ein Rinnsal von Blut, und sie wurden fast ohnmächtig.
Wir haben neue Münzen ins Wasser geworfen; man sah sie glitzernd sinken; und kurz bevor sie verschwanden, sprangen die Männer aus dem Boot, tauchten und schnappten sie, wie man eine Flamme ausbläst. Doch wenn die Freude, den Meeresgrund zu betrachten und das Blut der Männer zu sehen, nicht gewesen wäre, hätten diese Spiele uns nicht unterhalten; nach einiger Zeit sind wir in die Stadt zurückgekehrt.

Wir haben in zu lauen Schwimmbecken gebadet, wo Kinder schwimmend einander verfolgten. Durch das grüne Wasser sah man auf dem Grund Mosaiken, und zwei symmetrisch angeordnete Figuren aus rosa Marmor gossen Parfüm in Schalen; daraus fiel es in dünnen Kaskaden mit einem leichten Plätschern ins Wasser. Wir hatten uns den Statuen genähert, wir hielten die Hände uber die Schalen, und das Parfüm rieselte an unseren Armen entlang auf unsere Hüften. Das Wasser war brennend heiß, wenn man wieder eintauchte. Duftender Dampf stieg zu der lichtdurchlässigen Decke auf; er blieb als Tau hängen; das Licht war bläulich davon, und Tropfen für Tropfen fiel dieser Tau von der Decke zurück ins Wasser.
Und da wir vom Einatmen dieses warmen Dampfes ganz betäubt waren, ließen wir uns reglos, hingegeben, wie ohnmächtig, im wunderbaren blaugrünen Wasser treiben, in das nur noch ein trüber Lichtschein fiel, wo die Arme der schmächtigen Kinder sich azurn färbten und die von der Decke fallenden Tropfen mit einem monotonen Klatschen aufschlugen.

...Mit dem Einbruch der Nacht begann das Meer zu phosphoreszieren; am Ufer brachen sich Flammen und Wellen. Die Nacht wurde glühend heiß; die Matrosen und die falschen Ritter sind wieder zu den Frauen gegangen, und der Gedanke an ihre Umarmungen hat uns in dieser Nacht gequält, denn sie war wirklich allzu liebestrunken. Ein riesiger, errötender Mond stieg aus den Wogen auf, und sein Widerschein lag auf dem schimmernden Meer. Im Mondschein zogen dunkle Boote vorüber auf dem Weg zur Küste. Man hörte nur das Geräusch der Wellen und Flammen, die wir streiften in der Nacht.
Und die Vampire aus den Wäldern mit den breiten Flügeln näherten sich den schlafenden Fischern, ihren nackten Füßen, ihren Lippen und saugten ihnen das Leben aus, betäubten sie mit lautlosem Flügelschlag.

VI

Morgain hat Fieber. Er hat uns gebeten, ewigen Schnee zu holen, um ihn auf seine Stirn zu legen.
Wir haben eine Insel angelaufen, auf der sich ein sehr hohes Gebirge erhob. Wir sind an Land gegangen; Nathanael, Ydier, Alain, Axel und ich sind zum Schnee hinaufgestiegen. Lange danach dachten wir noch an diese Insel, denn sie war still und bezaubernd; wegen der bis ins Tal reichenden Gletscher wehte ein fast frischer Wind. Wir schritten aus, froh, uns so friedlich zu fühlen.
Wir hatten den Fuß des durchsichtigen Gletschers erreicht, eine klare Quelle ist sichtbar geworden. Sie sickerte leise unter dem Eis hervor: blanker Quarz, den sie zum Kelch gehöhlt hatte, fing sie auf. Wir füllten unsere Kristallflasche, um Morgain davon zu bringen.
Wasser des Gletschers, wer wird deine Reinheit beschreiben! In den Bechern, aus denen wir es tranken, war es noch azurn. Es war so klar und so blau, daß es immer noch in die Tiefe zu reichen schien. Es blieb immer noch kühl wie winterliche Gewässer. Es war so rein, daß es berauschte wie frühe Morgenluft in den Bergen. Wir tranken davon, und eine seraphische Fröhlichkeit über-

kam uns; wir haben die Hände hineingetaucht; wir haben damit die Lider benetzt; es hat die Fiebermale weggewaschen, und seine zarte Kraft drang bis zu unseren Gedanken wie ein reinigendes Wasser. Das Land ist uns danach schöner erschienen, und wir staunten über alles.
Gegen Mittag sind wir wieder ans Meer gekommen, und wir folgten dem Ufer. Wir sammelten goldene Kiesel aus dem Sand, die seltenen Muscheln, die das Meer zurückgelassen hatte, und die smaragdfarbenen Prachtkäfer auf den Tamarisken des Strandes.
Am Wasser wuchs eine Pflanze, die auf ihren Blüten ruhende Schmetterlinge trug. Die Schmetterlinge unterschieden sich nicht von den Blütenblättern, die Blüte sah aus wie von ihnen beflügelt. – Wir wußten, daß die Frühlingsschmetterlinge, die ersten Schmetterlinge im Mai, weiß und gelb sind wie Himmelsschlüssel und Weißdorn; die Sommerschmetterlinge bunt wie all die Blumen und die Herbstschmetterlinge von der Farbe trockenen Laubes; doch diese hier auf rosafarbenen Blüten hatten die durchsichtigen Flügel von Schmetterlingen des Hochgebirges, und die Blütenkronen waren durch diese Flügel hindurch sichtbar.
Wir sind am Strand einem seltsamen Kind begegnet, das träumend im Sand saß. Es hatte große Augen, blau wie das Eismeer; seine Haut schimmerte wie Lilien, und seine Haare waren wie eine Wolke, die der Sonnenaufgang färbt.* Es versuchte, Wörter zu verstehen, die es in den Sand gezeichnet hatte. Es sprach; seine Stimme sprühte von den Lippen, wie morgens, den Tau abschüttelnd, ein Vogel auffliegt; wir hätten ihm gern unsere Muscheln, unsere Insekten und unsere Steine und alles, was wir hatten, geschenkt, so süß war seine bezaubernde Stimme. Es lächelte mit unendlicher Traurigkeit. Wir wollten es zum Schiff mitnehmen, doch es beugte sich über den Sand und fiel in seine ruhige Betrachtung zurück.
Wir fuhren ab. Der Spaziergang auf dieser Insel hatte uns große

* Novalis.

Kräfte verliehen, und als die *Orion* wieder Segel setzte und wir das offene Meer vor uns sahen, fühlten wir unser Herz erbeben.

An jenem Tag badeten wir nicht.

VII

Zum siebtenmal legte das Schiff an. Auf dieser Insel, wo wir voller Hoffnung an Land gingen und die wir lange Zeit später nur mit gewaltigem Grauen im Herzen verließen, endete für viele die Reise. Wir, die sie fortgesetzt und so viele tote Gefährten und Hoffnungen hinter uns gelassen haben, wir haben nie wieder das herrliche Licht gefunden, das uns bis dahin wachhielt. Unter einem trüben Himmel umherirrend, vermißten wir die Stadt, die trotz all ihrer Wollust so schöne, die königliche Stadt, die Paläste der Haïatalnefus mit den Terrassen, die uns, wenn wir uns auf ihnen ergingen, fürchten ließen, sie könnten nicht sehr sicher sein, so schön waren sie. – Terrassen! Barmherzige Terrassen Baktriens bei Sonnenaufgang! Hängende Gärten, Gärten, von denen man das Meer sieht! Paläste, die wir nicht mehr sehen werden und nach denen wir uns noch immer sehnen! – Wie hätten wir euch geliebt, wäre es nicht auf dieser Insel gewesen!

Die Winde hatten sich vollkommen gelegt. Doch furchtsam wegen eines gewissen Glanzes, der die Luft an der Küste flimmern ließ, gingen zunächst nur vier von uns an Land. Von der *Orion* aus sahen wir sie auf einen mit Olivenbäumen bewachsenen Hügel steigen und wieder zurückkommen. Die Insel sei groß und schön, sagten sie; von dem Hügel aus sähe man Hochebenen, rauchende hohe Gebirge und zur Küste hin, die einen Bogen beschreibe, die letzten Häuser einer Stadt. Da nichts von dem, was sie gesehen hatten, unsere ersten Befürchtungen rechtfertigte, haben wir alle, auch die Matrosen der Besatzung, das Schiff verlassen und uns auf den Weg in die Stadt gemacht.

Die ersten Einwohner, die wir trafen, schöpften Wasser aus einem Brunnen; als sie uns sahen, kamen sie gleich auf uns zu. Sie waren mit einem sehr prächtigen, schweren und in geraden Falten herab-

fallenden Gewand bekleidet; eine diademförmige Haartracht gab ihnen ein priesterliches Aussehen. Sie boten ihre Lippen zum Kuß, und ihre Augen lächelten voll lasterhaften Versprechens. Doch als sie an unserer entsetzten Ablehnung merkten, daß wir Fremde und mit den Bräuchen der Insel nicht vertraut waren, öffneten diese Frauen, die wir zunächst nicht als solche erkannt hatten, ihren purpurnen Mantel und zeigten ihre rosa bemalten Brüste. Als wir sie wieder zurückstießen, wunderten sie sich; dann nahmen sie uns an der Hand und führten uns zur Stadt.
Auf den Straßen liefen nur bewundernswerte Geschöpfe umher. Jene, die nicht vollkommen schön waren, wanderten schon in der Kindheit aus, da sie einen Tadel auf sich lasten fühlten. Ganz abscheuliche oder sehr seltsame blieben jedoch, wurden sogar umsorgt und dienten abnormen Lüsten. Aber wir sahen keinen einzigen Mann, nur Knaben mit Frauengesichtern und Frauen mit Knabengesichtern; wenn sie die neue Unruhe nahen fühlten, flohen die Knaben auf die Hochebene der Insel, die allein von den Männern bewohnt war. Seit Camaralzamans Tod hatten sie alle die Stadt verlassen. Und all die verlassenen Frauen, die vor Begierde nach dem Mann den Kopf verloren, gingen manchmal aufs Land hinaus, wie jene, denen wir begegnet waren; sie dachten, daß vielleicht einer der Männer von der Hochebene käme, und um ihn zu verführen, verkleideten sie sich. Wir erfuhren davon zunächst aber noch nichts, sondern erst nachdem uns die Königin in den Palast geführt und verkündet hatte, daß wir ihre Gefangenen seien.
Köstliche Gefangenschaft, tückischer als schwerer Kerker. Die Frauen wollten unsere Liebkosungen und behielten uns da, um uns zu küssen.
Die Matrosen waren vom ersten Tag an verloren; dann wurden nach und nach die anderen schwach; aber unser zwölf sind übriggeblieben, die nicht nachgeben wollten.
Die Königin verliebte sich in uns; sie ließ uns in warmen Schwimmbecken baden und parfürmierte uns mit Mirbanöl; sie kleidete uns in prachtvolle Mäntel; doch wir entzogen uns den Liebkosungen und träumten nur von der Abreise. Sie gedachte, uns durch Langeweile zu bezwingen, und die langen Tage verstrichen. Wir

warteten; doch auf dem glatten Ozean wehte kein Hauch; die Luft war blau wie die See; und wir wußten nicht, was aus dem Schiff geworden war.
Vom Mittag bis zum Abend schliefen wir in kleinen Zimmern; eine Glastür öffnete sich auf eine breite Treppe, die zum Meer hinabführte. Wenn die Abendsonne ihre Strahlen auf die Scheiben warf, gingen wir hinaus. Die Luft war dann stiller; vom Meer stieg eine Art duftende Kühle auf; entzückt atmeten wir sie eine Weile ein, bevor wir hinabstiegen; um diese Abendstunde sank die Sonne ins Meer; schräg einfallende Strahlen tauchten die Marmorstufen in scharlachrotes Licht. Langsam schritten wir zwölf dann, majestätisch, in symmetrischer Anordnung, gravitätisch wegen unseres prächtigen Schmucks, der Sonne entgegen, bis zur letzten Stufe, wo die auslaufenden Wellen unser Gewand mit Gischt benetzten.
Zu anderen Stunden oder an anderen Tagen saßen wir alle zwölf wie Könige auf einem erhöhten Thron im Angesicht des Meeres und sahen dem Wechsel von Ebbe und Flut zu; wir warteten, ob nicht vielleicht ein Segel auf den Wogen oder eine Wolke am Himmel erschiene, die ein günstiger Wind blähte. Aus Noblesse bewegten wir uns nicht und schwiegen; doch abends, wenn mit dem Licht unsere enttäuschte Hoffnung schwand, schwellte ein tiefer Seufzer unsere Brust wie ein Gesang der Verzweiflung. Und die Königin eilte herbei, um sich an unserer Bedrängnis zu ergötzen, um etwas zu erfahren; doch sie fand uns reglos, trockenen Auges, den Blick dorthin gerichtet, wo die Sonne entflohen war. Sie sah, daß wir an das Schiff dachten, und wir wagten nicht, sie zu fragen, was aus ihm geworden war.
Da wir immer noch nicht nachgaben, sondern sie uns jeden Tag nur noch strenger erlebte, wollte die Königin uns ablenken; sie dachte, bei Spielen und Festen würden wir unsere Reise und unsere Schicksale vergessen. Diese schienen uns sehr ernst und bestimmt; unser Stolz entzündete sich am Widerstand, und unter dem Glanz der Mäntel fühlten wir in unseren Herzen die zermürbende Begierde nach ruhmreichen Taten wachsen.
Prachtvolle, terrassenförmig angelegte Gärten senkten sich vom

Palast bis ins Meer. Das Meer floß in marmorne Kanäle, und die Bäume neigten sich darüber; mächtige, von einem Ufer zum anderen geschlungene Lianen bildeten schwankende Brücken, Schaukeln. Am Eingang der Kanäle hingen sie so dicht, daß sie den höchsten Wellen Widerstand boten; das Wasser der entfernteren Kanäle war stets ruhig. Man fuhr in Barken darauf spazieren; in geheimnisvollem Dunkel sah man Fische schwimmen; aber wir wagten nicht zu baden wegen der stechenden Molukkenkrebse und der grausamen Langusten.
An der Küste, fast unter der Stadt, öffnete sich eine Grotte, in die uns die Königin führte. Das Boot drang durch eine sehr enge Öffnung ein, die man nicht mehr sah, sobald man drinnen war; das Licht, das durch das blaue Wasser unter den Felsen durchkam, nahm die Farbe der Wellen an, und ihre Bewegung, widergespiegelt auf den Wänden, zuckte wie bleiche Flammen. Das Boot fuhr zwischen zwei basaltenen Säulenreihen hindurch; die Luft und das durchsichtige Wasser mischten sich; man konnte sie nicht mehr voneinander unterscheiden; man verlor sich in einem azurnen Licht. Man sah die Säulen bis auf den Grund reichen, und die unbestimmte Helligkeit schien vom Sand, von den Algen und den Felsen auszugehen. Der Schatten des Bootes schwebte langsam über unseren Köpfen. Tief in der Grotte bildete der Sand einen Strand, an dem kleine Wellen plätscherten. Gern wären wir in dieser ozeanischen Märchenwelt geschwommen, doch aus Angst vor Krebsen und vor den Larven der Neunaugen wagten wir nicht zu baden.
So fuhr uns die Königin spazieren; wir gaben nicht nach; der Anblick dieser Wunder jedoch, mit denen sie uns verführen wollte, erfüllte uns schließlich mit einer lyrischen Stimmung. Wenn wir nachts im Boot auf dem Meer die Sterne und Sternbilder betrachteten, die denen unserer Himmel nicht glichen, dann sangen wir: «Königin! Königin der chimärischen Inseln, Königin mit den Korallenketten, Ihr, die wir geliebt hätten, wenn Ihr im Morgengrauen gekommen wäret, Königin all unserer Verzweiflung, schöne Haïatalnefus, ach, laßt uns ziehen!» Dann sagte sie: «Wozu?» Und wir wußten keine Antwort. Sie sagte: «Bleibt bei uns; ich sehne mich nach Liebe. Eines Nachts, wißt ihr, da schliefet

ihr in euren Zimmern; ich kam lautlos und küßte euch auf die Augen, und eure Seele wurde erfrischt von dem Kuß, den ich euch auf die Lider drückte. Bleibt, die Winde haben sich gelegt, und ihr habt kein Schiff mehr. Was sucht ihr noch woanders?» Und wir wußten ihr nichts zu sagen, denn sie konnte nicht verstehen, daß all das unsere großen Seelen nicht ausfüllte. Wir weinten vor Ungeduld: «Madame, ach, was soll ich Euch sagen? Edelmut und große Schönheit entlockten uns immer Tränen. So schön Ihr auch seid, Madame, Ihr seid nicht so schön wie unser Leben; und unsere zukünftigen Heldentaten leuchten vor uns wie Sterne.» Ich glaubte, in der Vergangenheit einen Abglanz dieser künftigen Taten zu sehen, und rief, begeistert von der Nacht und der Leichtigkeit, mit der ich Worte fand: «Ach! ach, wenn Ihr wüßtet, Madame, unsere Jugend, die Gesandtschaften, die Ritte von einst; die großen Jagden im Wald, die glorreichen Befreiungen und abends die Rückkehr auf demselben Weg, staubbedeckt, und diese Freude, unser Tagwerk vollbracht zu haben! Und die Müdigkeit, ach, Madame, und die traurigen Mienen, die wir hatten! Wie ernst unser Leben ist! Und unsere Bergbesteigungen, wenn wir uns in der Stunde des Sonnenuntergangs, da im Tal die Schatten stiegen, manchmal so nahe daran fühlten, unsere Chimären zu greifen, daß unser Herz vor Jubel bebte!...»

Die Königin sah mich immer noch an, und ihre Augen lächelten ein wenig, als sie sagte:

«Ist das wahr?»

Ich aber war so überzeugt, daß ich sagte:

«O ja, Madame.»

Dann, da der Mond vorüberzog, rief ich aus:

«Er macht mich so traurig wegen seiner Blässe.»

Darauf sagte die Königin zu mir:

«Was kümmert euch das?» Und plötzlich erschien mir das derart gleichgültig, daß ich mich gezwungen sah, ihr zuzustimmen.

Und so gingen die Tage dahin; mit Spazierfahrten oder Festen.

Eines Abends im Boot hatte die Königin spielerisch einen ihrer Ringe vom Finger ins tiefe Meer fallen lassen. Es war ein wertloser Ring, aber sie hatte ihn wie alle ihre Königinnenringe von Cama-

ralzaman, ihrem Gatten. Der Ring war alt und trug auf geflochtenen hellen Golddrähten einen gefaßten Aventurin. Man sah ihn noch, wenn die Pflanzen sich bewegten, auf dem blauen Sand, wo nachdenklich und verloren rosa Anemonen leuchteten. In Taucheranzügen schwammen Clarion, Agloval und Morgain hinab; ich folgte ihnen nicht – nicht aus Unlust, sondern im Gegenteil aus allzu großer Begierde, so sehr hatte mich stets der geheimnisvolle Grund der Wogen angezogen. Sie blieben lange unter Wasser; sobald sie wieder aufgetaucht waren, befragte ich sie eindringlich, doch eine große Schläfrigkeit befiel sie, und als sie wieder wach waren, schienen sie sich an nichts mehr zu erinnern oder mir nicht antworten zu wollen:
«Zuviel Dunkelheit umgab mich», sagte Agloval, «als daß es mir möglich gewesen wäre, etwas zu sehen.»
«Eine lähmende Betäubung überkam meinen Geist», sagte Clarion, «und ich dachte an nichts anderes mehr als den lichten Schlaf, den man in diesem kühlen Wasser, auf weiche Algen gebettet, schlafen würde.»
Morgain blieb schweigsam und traurig, und als ich ihn anflehte zu erzählen, was er gesehen hatte, antwortete er, daß er, auch wenn er wollte, die Worte nicht wüßte, es zu beschreiben.

Dann kamen neue Feste, Illuminationen und Tänze; so vergingen neue Tage, und wir waren untröstlich, unser schönes Leben im Mittelmaß solcher Beschäftigungen zerrinnen zu sehen.
Wir dachten an das Schiff, und ein Fluchtplan reifte in uns heran. Dem Palast gegenüber erstreckte sich die Ebene, und das freie Ufer bog sich zum Golf; man sah wohl, daß auf dem weiten Meer keine *Orion* war. Doch auf der anderen Seite des Palastes mußten sich andere Strände auftun; dort mußte die *Orion* sein. Die hohen Mauern der letzten Terrassen ragten bis ins Meer, als wollten sie jede Annäherung verbieten; Geheimgänge mußten hinführen, aber nur die Königin kannte den Zugang. In einer Nacht, in der das Wasser so niedrig stand, daß der Fuß der Mauern bloßlag, machten Ydier, Hélain, Nathanael und ich uns heimlich auf die Suche nach dem Schiff.

Es war noch in der Dämmerung, aber man hörte keine Geräusche mehr. Nachdem wir die Terrassen umgangen hatten, befanden wir uns hinter der Stadt; lange Mauern erstreckten sich hier und davor ein wenig Sand, über den Abwasserkanäle unerträglichen Gestank ergossen. Wir beeilten uns wegen der einfallenden Nacht und der Flut, doch wir dachten, wir könnten vielleicht auch auf einem anderen Weg zurückkehren, falls das Meer diesen bedekken sollte. Nach den Mauern kamen niedrige, tönerne Klippen; der Streifen, der sie vom Wasser trennte, wurde immer schmaler, und schließlich benetzten die Wellen den Fuß der Klippen. Unsicher sind wir stehengeblieben, um das Meer zu beobachten. Aber die Flut kam noch nicht; über die aus dem Wasser aufragenden Felsen steigend, haben wir unseren Weg fortgesetzt. Ein Kap sprang vor; dahinter meinten wir den Strand zu sehen. Unsere Füße glitten über das weiche Gras; das Wasser, das man kaum sah, grau und dämmrig, plätscherte schwach zwischen den Felsen; wir wurden unruhig, so unschlüssig schien dieses Wasser... Und plötzlich war die Klippe zu Ende; Furcht erfüllte unser Herz, denn wir fühlten, daß wir da waren. Es war jetzt finstere Nacht. Lautlos noch ein paar Schritte, und dann haben wir uns an den äußersten Felsen gelehnt und hinausgeschaut.

Über einem unermeßlichen Gestade ging der Mond auf; der blaue Sand bewegte sich, kräuselte sich wie Wellen. Auf dem Wasser schwamm ein ganzes Geschwader, gewaltig, nebelhaft, unbekannt; und wir hatten nicht den Mut weiterzugehen. Geheimnisvolle Gestalten liefen vorbei; all das erschien uns so blaß, so wenig sicher, daß wir, von jämmerlichem Grauen gepackt, entflohen, beschienen und kopflos gemacht vom Mond, der über den Klippen aufstieg und unsere riesigen Schatten vor uns auf die Felsen und das Wasser warf.

Unsere Befreiung geschah auf tragischere Weise. Schon keimte, wuchs in der Stadt, zunächst noch langsam, die furchtbare, erbärmliche Pest, die nachher die ganze Insel trostlos wie eine ungeheure Wüste zurückließ. Schon waren die Feste getrübt.

...Morgens die kühlen Getränke, die wir auf den Terrassen zu uns

nahmen, die Früchte, die Gläser kalten Wassers nach den Spaziergängen in der Sonne; und abends, wenn wir müde waren von der Fieberhitze des Tages, in den duftenden Gärten, die bis zum Meer hinunterreichten, das Zitroneneis unter den Bäumen; all das – auch die zu warmen Bäder und die Träumereien angesichts der verfänglichen Kleider der Frauen – hätte uns bald in jene Mattigkeit versetzt, die der Krankheit vorausging, wenn die Furcht vor zu großem Leid uns nicht gegen so viel Lustbarkeit gewappnet hätte. Wir widerstanden also dem Lächeln, den Rufen, die man abends hörte, dieser Begierde nach durstlöschenden Früchten, nach dem Schatten der Gärten, nach Musik; wir sangen nicht einmal mehr, aus Angst, schwach zu werden; aber wir gingen morgens vor Sonnenaufgang zum Meer hinunter, und während wir unsere nackten Glieder in das gesunde Wasser tauchten, tranken wir mit der Seeluft Kraft und Stärkung.
Von den verborgenen Abwasserkanälen, den Waschplätzen, aus dem Schlamm, den die maßlose Nachlässigkeit der Stadt dort zurückließ, stieg abends der Pesthauch auf; und diese sumpfigen Dünste verbreiteten Todeskeime. Die Matrosen und die Frauen spürten es als körperliche Irritation; es war eine beginnende Unruhe; sie wuschen sich den Mund mit Balsam, und der fade Geruch der Duftstoffe mischte sich mit ihrem heißen Atem.
An einem Abend waren selbst die Tänze und die Musik erschlafft. Nie hatten wärmere Winde geweht; die Wellen sangen, und alle Seelen waren wie toll in ihrem Leib. Die Körper waren schön wie Marmor; sie glänzten im Dunkel; sie suchten einander zu Umarmungen, doch ihr Glanz wurde dadurch nicht gemildert; ihr Fieber wurde geschürt; sie vereinten ihre beiden Feuer. Ihre Küsse waren Bisse; was ihre Hände berührten, blutete.
Bis zum Morgen verbrauchten sie ihr Fieber in vergeblichen Umarmungen, dann reinigte sie das Bad der Morgenröte: Nun gingen sie zu den Brunnen, um ihr verpestetes Gewand zu waschen. Dort begannen neue Feste; da sie leichtfertig waren, lachten sie vor Müdigkeit, und ihr Kopf vibrierte von den Ausbrüchen der Fröhlichkeit. Das Wasser des Waschplatzes war schmutzig geworden. Mit langen Stangen rührten sie den Schlamm am Grund auf; Schmutz-

wolken stiegen hoch; Luftblasen platzten; über den Brunnenrand gebeugt, atmeten sie ohne Abscheu den Sumpfgeruch ein; sie lachten, denn sie waren schon krank. Sie zogen ihre nassen Gewänder wieder an, und frierend freuten sie sich in der Illusion, ihr Fleisch wäre straffer geworden. Doch am Abend veränderte sich ihr Fieber; sie hörten auf zu lachen; Trägheit übermannte sie, und auf dem Rasen liegend, dachte jeder nur noch an sich selbst...

Auf der Insel wuchsen Blumen, deren zerriebene Blüten einen kühlen Minzegeruch verströmten. Die Pflanze wuchs im Sand; sie pflückten blühende Stengel, und die Blütenblätter, die sie den ganzen Tag kauten, befeuchteten, auf die heißen Lider gelegt, die trokkenen Augen mit köstlicher Frische. Diese Frische breitete sich über die Wangen aus und drang bis ins Gehirn, das sie mit lähmenden Träumen füllte. Sie schlummerten wie Fakire. Sobald sie sich vom Kauen ausruhten, verwandelte sich die Frische, die sie dadurch gewonnen hatten, in Feuer, wie es bei pfefferscharfen Gewürzen oder Heilkräutern vorkommt. Durstig tranken sie aus Metallbechern ein mit dem sauren Saft der Johannisbeere versetztes Wasser. Sie hörten nur auf zu kauen, um zu trinken.

Wenn ihr Mantel sich über der Brust öffnete, sah man unter dem Arm, dicht an der Brust, eine lilafarbene Druckstelle, wo die Krankheit keimte; manchmal überzog sich ihr ganzer Körper mit violettem Schweiß. Wir, schweigend alle zwölf und selbst zum Weinen noch zu ernst, sahen zu, wie unsere Gefährten starben.

Ach, das Schreckliche war das Erscheinen der Männer; sie stiegen von allen Hochebenen herab; sie hofften, noch kräftige Frauen zu finden und ihr Begehren zu nützen, um sie mit der Krankheit anzustecken. Sie liefen herbei, grauenerregend, fahl; doch als sie diese blassen Frauen sahen und begriffen, hallten ihre verzweifelten Entsetzensschreie durch die Stadt. Manche Frauen wollten sie noch, und da die Gewißheit des Todes ihnen eine Art finstere Kraft verlieh, umarmten sie sich wütend, saugten soviel Lust ein, wie sie nur konnten, mit einem Durst, einer Wut, einer Raserei, die für uns wahrhaft grauenerregend war; es schien, als wollten sie so die Zeit der Schande auslöschen. Und andere Frauen weinten, weil sie zu spät gekommen waren.

Ein leichter Wind erhob sich und bestäubte sie, indem er die schweren Wolken der Vulkane auf die Stadt drückte, mit grauer Asche. Erschöpft hatten sie sich voneinander gelöst, um sich zu übergeben. Nun wälzten sie sich kreuz und quer im Gras, und ihre Eingeweide machten entsetzliche Anstrengungen, nach außen zu treten. So starben sie, ohne Haltung, gekrümmt, grauenhaft, bereits verwesend; und Stille kehrte ein in der Stadt.
Dann zogen Wolken auf; gegen Morgen ließ ein kalter Regen ihre Seele vollends erstarren und bedeckte sie mit einem Leichentuch aus Schlamm, zu dem sich Wasser und Asche mischten.
Und wir haben an die großen Segel, an die Abreise gedacht; doch nachdem wir sie so lange in so eintönigem Warten herbeigesehnt hatten, fühlten wir uns jetzt, da ihr nichts mehr im Weg stand, so matt, so verwirrt, so ernst ob der Schwere unserer Aufgaben, so müde von alldem, daß wir, bevor wir die große Insel verließen, noch zwölf Tage am Strand geblieben sind; wortlos, nachdenklich saßen wir vor dem Meer und spürten die Ungewißheit und Maßlosigkeit unseres Willens.
Was uns schließlich abfahren ließ, war eher der unerträgliche Geruch der Leichen.

Sargassomeer

Sargassomeer; Morgengrauen in Tränen und trauriger Schimmer über dem grauen Meer. Gewiß, hätte ich die Wahl gehabt, wäre ich nicht in dieses Gebiet gerudert. Überdruß! Warum davon sprechen? Wer ihn nicht kennt, versteht ihn nicht; wer ihn kennt, möchte davon abgelenkt werden. Überdruß! Du bist es also, trübsinnige Erforschung unserer Seele, wenn sich um uns der verbotene Glanz, das verbotene Strahlen zurückzieht. Das Strahlen ist verschwunden, die Versuchungen weichen von uns; nichts beschäftigt uns mehr außerhalb von uns selbst in der entzauberten Morgenröte.
Auf die entfärbten Sonnen fällt die Asche der Dämmerung, und der Nieselregen des Überdrusses auf den Sturm des Begehrens.

Psychologie! Psychologie! Möge die Seele dir auf immer entsagen, Wissenschaft all ihrer Eitelkeit! Früchte der Asche, in die wir gebissen, Begierden, die unseren Gaumen verletzt hätten; o verlorene Versuchungen, die wir einst fürchteten; Begierden! Ihnen zu widerstehen, beschäftigte wenigstens noch unsere Seelen; wir haben nicht nachgegeben; wir wünschten, die Begierden mögen verschwinden, und wie endlos dehnt sich jetzt, da sie fort sind, der Überdruß auf dem grauen Meer!

Über das dickflüssige Meer breitet sich gallertartiger Tang aus. Endlos lange Algen, eine schwimmende Linie zum Horizont, flüchtig, kaum gewellt, die wir, als wir sie im Morgengrauen gewahrten, zunächst für ein riesiges Reptil hielten; nicht einmal das waren sie; nichts in der Ferne als die langen, fügsamen Algen.

Wir haben den Kompaß betrachtet, und unser schwindendes Vertrauen bestärkte uns in der traurigen Gewißheit. Wir lasen den Breitengrad ab und sahen, daß wir an der Stelle des wahrlich öligen Meeres angekommen waren, die die Seeleute jener Reglosigkeit wegen den «Schwarzen Topf» nennen.

An manchen Stellen hat sich das Meer im Tang verfangen, und bald sind wir zwischen zwei Strängen von Sargassum hindurchgefahren; zuerst waren die Algen lose und locker, dann sind sie zusammengeklumpt, sie sind allmählich dichter geworden, und in dem schmalen, immer mehr verengten Kanal, den das freie Wasser dazwischen bildete, wurde die *Orion* zur Feluke. Bald konnte man die langen Tangwedel nicht mehr unterscheiden, es war nur noch ein dichtes Gewirr von weichen Blättern, eine Pflanzengallerte, Materie noch, aber kaum beweglich, die sich dann, als wäre sie angeschwollen, in flachen, schlickigen Wällen aus dem niedrigeren Wasser erhoben hat. Der Kanal schlängelte sich zwischen ihnen hindurch.

Am dritten Tag erschienen die ersten Flußpflanzen; die Feluke fuhr langsam gegen eine schwache Strömung flußaufwärts.

Am vierten Tag suchten rauchfarbene Reiher im Uferschlamm Würmer; hinter ihnen erstreckte sich ebener Rasen. Nachts schien der Fluß unter den gespiegelten Wolken, die ein Rest Tageslicht bleichte, und durch die Dunkelheit, in der sich die Ufer versteckten, geradeaus zu fließen, und in den Biegungen verfingen sich die Ruder der Feluke im Schilf.

Am siebten Tag trafen wir meine liebe Ellis, die uns auf dem Rasen unter einem Apfelbaum sitzend erwartete. Sie war auf dem Landweg schneller angekommen als wir und schon vierzehn Tage da: Sie hatte ein gepunktetes Kleid an und trug einen kirschfarbenen Schirm; neben ihr stand ein kleiner Koffer mit Toilettenartikeln und ein paar Büchern; eine karierte Stola hing über ihrem Arm; sie aß Endiviensalat und las die *Prolegomena zu einer jeden künftigen Metaphysik.* Wir ließen sie ins Boot einsteigen.
Das Wiedersehen war ziemlich trübselig, und da wir die Gewohnheit hatten, nur über das miteinander zu sprechen, was wir gemeinsam wußten, fanden wir wegen der unterschiedlichen Wege, denen wir gefolgt waren, nichts zu sagen und betrachteten drei Tage lang schweigend die Ufer; dann gaben uns die neuen Landschaften, die wir durchquerten, wieder Anlaß zum Reden.
Der Himmel war blaß, das Land farblos. Sanftmütige Störche waren von ihrer Reise auf die schlickigen, mit grünen und grauen Gräsern bewachsenen Ufer zurückgekehrt. Ellis fand die Storchenbeine übertrieben; so stellte ich die ärgerliche Verständnislosigkeit ihrer Seele fest; doch ich sagte nichts über ihren kirschroten Schirm in der trostlosen Landschaft und hob die Frage des Unpassenden für spätere Gespräche auf.
Die einförmigen graugrünen, immer gleichen und so flachen, so ruhigen, so abgeschlossenen Ufer, zwischen denen wir weiter ruderten, boten nichts, das uns veranlaßt hätte, hier eher als dort unsere monotone Fahrt zu unterbrechen. Das Boot auf dem stillen Fluß zwischen den festgefügten Böschungen war das einzige Ereignis, und da es sich mit uns fortbewegte, blieben wir darin, denn wir hätten nicht gewußt, wohin, wenn wir es verlassen hätten. Und als wir eines Abends dennoch an einem belanglosen Ufer an Land gegangen sind, war es mehr der späten Stunde, der hereinbrechenden Dämmerung wegen.

Nebelfetzen lagen auf dem trüben Wasser und verfingen sich in den Binsen. Wir beschlossen, die Nacht auf dem Rasen zu verbringen; Ellis sollte das Boot bewachen; sie hüllte sich in ihre Stola ein wegen der Feuchtigkeit, legte den Koffer unter ihren Kopf und schlummerte zwischen dem geknickten Schilf, neben dem vertäuten Boot.

Auf eine traumlose Nacht folgte ein freudloses Erwachen; keine Morgenröte färbte den Himmel, den nur ein klirrendes, trübes, spätes Morgengrauen bleichte. Es war eine so verschwommene Helligkeit, daß wir noch auf die Dämmerung warteten, als die bereits aufgegangene Sonne hinter einer Wolke zum Vorschein kam. Wir gingen zu Ellis; sie saß in der Feluke und las die *Theodizee.* Ungehalten nahm ich ihr das Buch weg; die anderen schwiegen; einen Augenblick herrschte äußerst peinliche Verlegenheit; da nun keine bestimmte Aufgabe mehr unsere Schicksale einte, zersplitterte vor der Ungewißheit der Wege unser Wollen, und wir begaben uns jeder für sich ins Landesinnere.

Ich hatte nicht den Mut, weit zu gehen; nur bis zu einem kleinen Buchenwald: Doch auch ihn erreichte ich nicht einmal, vielmehr ließ ich mich gleich beim ersten Busch in den Schatten fallen; die anderen konnten mich nicht mehr sehen, und da ich keine Kraft mehr hatte und die Vergangenheit wiederkehren fühlte, stützte ich den Kopf auf die Hände und weinte jämmerlich.

Der Abend senkte sich auf die mit Bibernellen übersäte Wiese; ich sprach ein kleines Gebet, dann stand ich auf und ging zurück zu dem verlassenen Boot.

Ellis las im Boot den *Traktat von der Kontingenz;* erbost riß ich ihr das Buch aus der Hand und warf es in den Fluß.

«Weißt du nicht, unglückliche Ellis», rief ich, «daß das Buch eine Versuchung ist? Und wir sind zu ruhmreichen Taten ausgezogen...»

«Ruhmreich?» fragte Ellis und blickte auf die trostlose Ebene.

«Oh, ich weiß, daß es nicht so aussieht; ich weiß alles, was du sagen kannst; schweig! schweig!», denn sonst hätte ich wieder geweint; und um mein Gesicht vor ihr zu verbergen, starrte ich auf das Wasser des Flusses.

Nacheinander kamen die Gefährten zurück, und als wir erneut alle im Boot versammelt waren, fühlte jeder von uns so gut die Verzweiflung des anderen, daß wir nicht zu fragen wagten, ob auch der oder der nichts gesehen habe; jeder aber bemäntelte vielmehr taktvoll die Nichtigkeit des Gesehenen durch einen leeren Satz:
«Ich sah, ich sah», sagte Aguisel, «eine Reihe Zwergbirken auf einem schiefergrauen Hügelgrab.»
«Ich», sagte Eric, «Heuschrecken in einer Sandebene, die das bittere Gras abfraßen.»
«Und Sie, Urian?» fragte Axel.
«Eine von Bibernellen übersäte Wiese.»
«Morgain?»
«Blaue Kiefernwälder an einem Meeresstrand.»
«Ydier?»
«Verlassene Steinbrüche...»
Und da diese Befragung uns nichts mehr bedeutete und es finstere Nacht war, schliefen wir.

Am nächsten Tag erwachte ich spät; die anderen waren alle schon aufgestanden, und ich sah sie am Ufer sitzen. Alle lasen. Es waren moralische Broschüren, die Ellis verteilt hatte. Ich ergriff den kleinen Koffer: Darin fanden sich drei Notizbücher; das *Leben Franklins;* eine kleine Flora der gemäßigten Breiten, und *Unsere Pflicht heute* von Monsieur Desjardins. Während ich in dem Koffer wühlte, bereitete ich eine zornige Anrede vor; als alles fertig war, warf ich den Koffer weg. Er versank im Fluß. Zwei dicke Tränen rollten über Ellis' Wangen. Nicht daß ich gerührt gewesen wäre, doch beim Gefühl unseres gemeinsamen Elends verflog plötzlich mein Ärger, und aus dem Tadel wurden Klagen:
«Ach, gewiß», rief ich aus, «wir sind hier sehr unglücklich. Unsere Reise ist wirklich schlecht komponiert. Was bedeutet unsere so trostlose Ebene in diesem Augenblick unserer Geschichte? Oder was bedeuten wir in der Ebene? Wenn wir hier etwas Unnützes argwöhnen, werden unsere sogleich betrübten Seelen ihre Tugend sich ausbreiten lassen. Herr! Zu etwas Unnützem hätten wir keinen Glauben mehr noch irgendwelchen Mut. Wir werden jetzt ver-

zagen – oder sollen wir in frömmelnde Gottesfurcht verfallen? Aus Stolz haben wir gelebt, und die Härte unserer Siege hat unseren Edelmut aufs höchste gesteigert. Unsere Tugend, Herr, besteht ganz aus Widerstand; doch jetzt gibt alles um uns nach, alles zerfällt, und wir spüren unseren Mut nicht mehr. Und da steigt die ruhige Vergangenheit in uns auf wie ein Bedauern. Majestätische, tiefe Nacht, in der unsere Ekstase sich verloren hat; Bücher der Wahrheit, in denen oft eine metaphysische Flamme zitterte; Algebra und Theodizeen, Studien, wir haben euch aufgegeben um anderer Dinge, ach, wahrhaftig um anderer Dinge willen! Eines Morgens macht man sich auf den Weg, weil man beim Studium herausgefunden hat, daß man seinem Wesen Ausdruck verleihen muß; man geht in die Welt hinaus, um erhellende Taten zu suchen – und wer wird beschreiben, welch finsteres Tal unser hohes Zimmer, in dem wir träumen, mit der Welt verbindet, in der wir leben – welch ein so rauhes, so geheimnisvolles Tal, daß ich dachte, ich würde dort sterben, ein so finsteres Tal, daß meine Augen, als ich an das ersehnte weite Meer kam, die Fluten für Lichter hielten. Seither haben wir Strände gesehen, wahnwitzige Pflanzenwelten, von warmen Gewässern durchflossene Gärten, Paläste, alles überragende Terrassen, und die Erinnerung daran macht unsere Verzweiflung aus; wir haben alles Lächeln gesehen, alle Rufe, und haben nicht geantwortet; und die trügerische, duftende Königin Haïatalnefus hat unsere Tatkraft nicht gebrochen. Wir bewahrten uns für etwas anderes auf. Genährt von unserem Widerstand, waren unser Mut und unser Begehren in berechneter und, ich möchte sagen, ästhetischer Steigerung gewachsen; und wir erwarteten schließlich eine letzte Peripetie. Und dann bleibt unser Schiff im Schlamm stecken. Ach, unsere Geschichte ist wirklich schlecht, sehr schlecht, sie ist sehr schlecht komponiert. Was kann danach kommen? Alles wird uns gleichgültig, so sehr dehnt sich dieser Überdruß in die Zukunft aus; unsere großen Seelen werden dem Desinteresse an ihrer Aufgabe erliegen. Was auch geschieht, es wird immer bedeutungslos sein. Die logische Verkettung ist unterbrochen; wir haben die Pfade des Heils verlassen. Erinnern wir uns der schwimmenden Inseln: Sie trieben haltlos dahin, ohne

Verbindung mehr mit der Welt. Das ist das Traurigste, was einem zustoßen kann. Über dem Unnützen kann man nicht wieder mit dem Notwendigen anfangen. Wir sind ganz und gar verloren. Wir sind noch viel unglücklicher, als meine ganz unvollkommenen Worte es euch spüren lassen; noch viel unglücklicher, als wir es fühlen, denn die Apathie der Umgebung beginnt unsere Seelen zu betäuben. Ich habe viel zu lange gesprochen. Ungeordnete Dinge verlangen unzusammenhängende Sätze; ich werde mit ein paar Alliterationen schließen» – und indem ich meine Stimme plötzlich zu einem Murmeln zurücknahm, flüsterte ich als Kadenz:

«... So singt
die Heuschrecke
der Sandwüste.»

Alle hatten, am Ufer sitzend, bis zum Ende zugehört; doch dieser Schluß schien ihnen unpassend, und sie wurden von einem unverhohlenen Lachen geschüttelt; das hatte ich mir gewünscht, um unsere Erstarrung zu lösen. Ellis hatte nichts begriffen; ich wurde es dadurch gewahr, daß ich mich plötzlich über sie ärgerte; ich ließ mir jedoch nichts anmerken. Sie machte große fragende Augen; sie wartete darauf, daß ich fortfuhr.

«Ich bin fertig, liebe Ellis», sagte ich; «gehen wir ein paar Schritte. Sie sind sanft und lieblich heute. Die Luft über dem Rasen wird Sie wiederherstellen.»

Ich würde es für langweilig halten, den Spaziergang zu erzählen; ich könnte von einer Höhle sprechen, in die wir eindrangen, doch ein stehendes Wasser, das sie zum Teil füllte, erlaubte uns nicht, uns sehr weit vorzuwagen; trotzdem sah man hohe, finstere Gewölbe, Gänge, die in die Tiefe zu fliehen schienen; an Stellen, wo die Wände schräg wurden und sich zu einer Decke schlossen, sah man wie Früchte dieser Höhlen die lethargischen Fledermäuse hängen. Ich pflückte eine für Ellis ab, die noch nie welche gesehen hatte. Das Beste an der Grotte war, daß wir nach dieser bedrükkenden Düsternis den Tag draußen etwas weniger trist fanden. In dieser Grotte bekam Ellis das Sumpffieber, und in mir erwachten die ersten schrecklichen Zweifel über ihre Identität.

Während die anderen ins Boot zurückkehrten, machten Ydier,

Nathanael und ich, die wir wieder Lebenslust bekommen hatten, uns am Abend auf in die Heide. Da widerfuhr uns jenes merkwürdige Abenteuer, dessen Geheimnis uns immer noch quält, denn es war einzigartig auf dieser Reise und stand mit nichts anderem in Zusammenhang.

Die Nacht war hereingebrochen; der Wind strich über die Binsen der Heide; Lichter schwebten über dem Torfmoor, und aus Furcht vor Wasserlöchern gingen wir nur langsam. Ein Klingeln in der Stille ließ uns überrascht innehalten. Wie ein Rauchgebilde entstand eine weiße Frau, wiegte sich ätherisch, erhob sich über die Sümpfe; sie schwenkte ein Glöckchen in ihrer Hand wie einen Kelch. Unser erster Impuls war zu fliehen; ein wenig beruhigt durch ihre Zartheit, hätten wir sie dann vielleicht angerufen, doch da war sie bereits nur noch ein vergehender Rauch, hoch oben oder sehr fern, und das kleine Gebimmel wollte sich mit ihr verlieren; doch es war immer noch da, und wir begannen, an eine Sinnestäuschung aus Müdigkeit zu glauben, als wir es, in seine Richtung gehend, näher hörten, von neuem ganz deutlich, dicht über der Erde, manchmal verschwommen, sich entfernend, dann zögernd, dann klagend, ein Rufen, und als wir in die Dunkelheit spähten, fanden wir ein armes Schaf, das sich in der Heide verirrt hatte, hilflos, die Wolle feucht von der Nacht. Es trug das Glöckchen am Hals. Wir nahmen das verirrte Schaf und banden das Glöckchen von ihm los. – Doch ein neues Geräusch war zu vernehmen, und erneut erhob sich aus dem Schlamm wie ein Leichentuch langsam eine verschleierte Frau; der graue Schleier hing über dem Röhricht wie Nebelschwaden, die sich in den Binsen verfangen. Der gebogene Lilienstengel neigte den Kelch zur Erde; die Töne fielen heraus wie Körner. Und als sie floh, sah ich, wie sie, in einen schattigen Winkel geduckt, einem herbeigelaufenen Schaf ihre Lilie als Glöckchen um den Hals hängte. Wir fingen das Schaf in der Ebene ein. – Eine dritte Gestalt erschien; das Leichentuch bedeckte ihr Gesicht; hinter ihr wallte ihre Schleppe wie ein zerrissener Stoff zwischen den Blättern des Schilfs. Und ich habe gesehen, wie sie die Lilie anbrachte, während sie sich auflöste, wie ihre sich verflüchtigende Hand dem traurigen Schaf das Glöckchen in die

Wolle hängte. – So sind zwölf Frauen gekommen; wir haben hinter ihnen die Schafe eingesammelt, und wir führten die Herde mit der Hand, wie Hirten ohne Stab, auf dem unbekannten Weg durch die Nacht, hindurch zwischen Schilfbüscheln und den Keimzwiebeln der Ranunkeln.
Als wir zum Boot zurückkamen, begann der Morgen zu schimmern; Ellis war ein wenig leidend und phantasierte. An diesem Tag merkte ich zum erstenmal, wie mir scheint, daß ihr Haar vollkommen blond war; blond – und mehr war auch nicht dazu zu sagen.

Die Feluke begann wieder stromaufwärts zu fahren; so vergingen lange Tage, deren Eintönigkeit sich nicht erzählen läßt. Die Ufer blieben sich so gleich, daß man nicht von der Stelle zu kommen glaubte. Die Strömung wurde unmerklich langsamer, hörte ganz auf, und wir ruderten in einem stehenden, tiefen schwarzen Wasser. Auf jedem Ufer stand eine Allee von Zypressen; von jedem Zweig fiel ein ernster, lastender Schatten auf unsere Seelen. Man hörte unsere Ruder in gedämpftem Rhythmus auf das Wasser schlagen und dann das vom Ruder hochgeschleuderte Wasser wie schwere Tränen zurückfallen; sonst hörte man nichts. Über das Wasser gebeugt, sah jeder sein vergrößertes und von Dunkelheit umhülltes Gesicht, denn wegen der Zypressen, die riesenhaft geworden waren, spiegelte das Wasser den Himmel nicht mehr wider. Wir betrachteten oft das schwarze Wasser und oft unsere Gesichter darin. Ellis auf dem Grund des Bootes redete irre und sagte Prophezeiungen auf. Wir begriffen, daß wir am höchsten Punkt unserer Geschichte angekommen waren. Und tatsächlich wurden die riesenhaften Zypressen bald kleiner. Wir waren aber von der Stille und der Dunkelheit zu bedrückt, um uns über etwas Verwirrendes lange zu wundern: Das Wasser begann wieder zu fließen, es floß jedoch in die andere Richtung. Wir fuhren jetzt den geheimnisvollen Fluß stromabwärts. Und wie in einer Geschichte, die man rückwärts liest, oder wie im Spiegel der Vergangenheit machten wir unsere Reise noch einmal; wir fanden die früheren Uferhänge wieder, wir erlebten noch einmal all unseren Überdruß. Die sanftmütigen Störche fischten erneut Würmer aus dem Schlick…

Ich werde diese Eintönigkeit nicht wiederholen; es hat mich schon einmal allzuviel Mühe gekostet, sie zu beschreiben. Dennoch werde ich nicht die Unausgeglichenheit der Geschichte beklagen, denn wenn dieser lethargische Fluß stromaufwärts so lang war wie stromabwärts, dann merkte ich es nicht; ich betrachtete nicht mehr die Ufer und das Wasser, das ohne ein Lächeln dahinfloß; der Gedanke an Ellis allein lenkte mich vom Lauf der Stunden ab; oder ich versuchte, über das gebeugt, was das Wasser von mir widerspiegelte und was ich nicht kannte, in meinen traurigen Augen meine Gedanken besser zu verstehen, und las in den Falten um meinen Mund die bittere Reue, die sie gräbt. Ellis! Lesen Sie das nicht, ich schreibe diese Zeilen nicht für Sie! Sie würden niemals die ganze Verzweiflung meiner Seele verstehen.

Doch der Strom des Überdrusses endete; das Wasser wurde wieder klarer; die niedrigen Uferhänge lösten sich auf, und da war von neuem das Meer. Ellis phantasierte in dem größer gewordenen Boot leise vor sich hin. Das Wasser des Meeres wurde allmählich so durchscheinend, daß die Felsen am Grund sichtbar wurden. Ich dachte an all den Überdruß von gestern, an die parfümierten Bäder von damals und betrachtete die unterseeische Ebene; ich erinnerte mich, daß Morgain in den Gärten der Haïatalnefus unter die Wogen getaucht und zwischen den Algen herumspaziert war. Ich wollte sprechen, doch ich bemerkte auf dem Sand zwischen den Algen wie eine azurblaue Vision eine vom Meer verschlungene Stadt. Ich blieb im ungewissen; ich schaute und wagte nichts zu sagen; das Boot bewegte sich langsam vorwärts. Man sah die Mauern der Stadt; die Straßen waren angefüllt mit Sand; nicht alle, manche bildeten noch tiefe grüne Täler zwischen den hohen Mauern. Die ganze Stadt war grün und blau. Algen rankten sich von den Balkonen auf die Plätze, die Zwergtang bedeckte. Man sah den Schatten der Kirche. Man sah den Schatten des Bootes über die Gräber des Friedhofs schweben; friedlich schlief grünes Moos. Das Meer war still; Fische spielten in den Fluten.
«Morgain! Morgain, sehen Sie!» rief ich.
Er schaute bereits.

«Werden Sie bereuen?» fragte er. Ich antwortete nicht, aus Gewohnheit; doch in plötzlichem Gefühlsüberschwang, den man mit dem vergangenen Überdruß begründen müßte und mit der Freude, wieder eine Stadt, eine stille Stadt zu sehen, sang ich: «Ach, wie wohl würden wir uns fühlen im kühlen Wasser, unter dem Portal der überfluteten Kirche! Schatten und Feuchtigkeit kosten. Der Klang der Glocken unter Wasser. Und die Ruhe, Morgain!... Morgain, Sie können nicht wissen, was mich quält. Sie wartete, doch ich habe mich getäuscht; Ellis ist nicht die, wofür ich sie halte. Nein, das ist nicht die blonde Ellis; ich habe mich erbärmlich getäuscht; ich erinnere mich jetzt, daß ihr Haar schwarz war und daß ihre Augen ebenso hell strahlten wie ihre Seele. Ihre Seele war lebhaft und heftig; und ihre Stimme dennoch sehr ruhig; denn sie war ein beschaulicher Mensch. Und die, die ich am Ufer aufgelesen habe, ist eine schwächliche Jammergestalt. Warum? Zunächst hat mir ihr Schirm mißfallen; dann ihre Stola; dann haben mich all ihre Bücher geärgert. Man reist doch nicht, um seine alten Gedanken wiederzufinden! Und dann weinte sie, als ich sie auf diese Dinge aufmerksam machte. Zuerst sagte ich mir: Ach, wie sie sich verändert hat! Doch jetzt sehe ich wohl, daß es eine andere ist. Und diese Periode ist immer noch die ungereimteste der Reise. Sobald ich sie am Ufer sah, fühlte ich, daß sie fehl am Platz war. Doch was soll man jetzt tun? Denn all das lenkt von der Reise ab; und sentimentale Melancholie, Morgain, mag ich nicht.»

Aber Morgain schien mich nicht zu verstehen; da begann ich noch einmal vorsichtiger...

Am gleichen Tag, kurze Zeit nach diesem so ernsten Gespräch, tauchten am Horizont die ersten schwimmenden Eisschollen auf. Eine Strömung trieb sie bis in die wärmeren Gewässer; sie kamen aus den Eismeeren. Sie schmolzen nicht, vermute ich, sondern lösten sich, unmerklich flüssiger, in der blauen Luft auf; sie vergingen wie Nebel. Und die ersten, denen wir begegneten, waren wegen des noch fast lauen Wassers so leicht, so durchsichtig geworden und bereits aufgelöst, daß das Boot sie durchquert hätte,

ohne sie zu sehen, und wir nur durch die ganz plötzliche Kühle auf sie aufmerksam wurden.
Gegen Abend kamen immer mehr und auch viel höhere. Wir fuhren mitten hindurch; sie waren ein wenig schwerer, das Boot stieß dagegen und konnte sich nur noch mit Mühe einen Weg bahnen. Die Nacht kam, und wir hätten die Eisschollen gar nicht mehr gesehen, wäre das Licht der Sterne durch sie hindurch nicht ausgedehnter, blasser und verwaschener erschienen. So sollten wir in unmerklichem Übergang – den eine Erzählung viel zu deutlich macht – nach einem trübseligen Klima, nach herrlichen Ufern und sonnigen Gärten, über die Eismeere schließlich die kahlen Gestade des Pols anlaufen.
Und ebenfalls unmerklich wurde die von der Krankheit geschwächte, blaßwangige, blondere und wie sich verflüchtigende Ellis immer unwirklicher und schien zu vergehen.
«Ellis», sagte ich schließlich zu ihr, um sie vorzubereiten, «Sie sind ein Hindernis für meine Verschmelzung mit Gott, und ich kann Sie nur lieben, wenn auch Sie ganz mit Gott verschmolzen sind.»
Und als die Feluke ein nördliches Gestade anlief, wo leichter Rauch von den Eskimobehausungen aufstieg, als wir Ellis auf dem Strand zurückließen, um sogleich zum Pol zu segeln, hatte sie schon fast keine Realität mehr.
Und wir ließen dort ebenfalls Yvon, Hélain, Aguisel und Lambègue zurück, die krank waren vor Überdruß und wohl nahe daran, an Schläfrigkeit zu sterben – um sogleich ganz ruhig zum Pol zu segeln.

Fahrt auf einem Eismeer

Am Himmel ein etwas verspätetes Morgenrot; purpurner Schein auf dem Meer, wo blaßblaue Eismassen schillern. Ein leicht fröstelndes Erwachen wegen der sehr klaren Luft, die keine lauen Winde mehr erwärmten. Das nördliche Gestade, an dem wir am Vorabend die blasse Ellis und unsere vier kranken Gefährten zurückgelassen hatten, war in der Ferne kaum noch sichtbar und verschwand dann vollends; ein zarter Dunst, der ganz am Horizont den Himmel mit den letzten Wellen verband, schien es in die Höhe zu heben und einzuhüllen. Wir waren alle acht auf Deck zu einem Morgengebet versammelt; ernst, doch nicht traurig stieg eine friedliche Hymne vom Schiff empor; eine seraphische Fröhlichkeit erfüllte uns wie an dem Tag, als wir das kristallklare Wasser der Quelle getrunken hatten. Da ich unseren frohen Willen spürte und nicht wollte, daß er sich verzettelte, sondern daß wir uns seiner bemächtigten und es fühlten, sagte ich:

«Die schweren Prüfungen sind vorbei. Fern sind jetzt die tristen Ufer, wo wir vor Überdruß zu sterben glaubten, ferner noch die Strände der verbotenen Freuden; schätzen wir uns glücklich, sie kennengelernt zu haben. Nur über sie kann man hierher gelangen; zu den stolzesten Städten führen die beschwerlichsten Straßen; wir nähern uns der göttlichen Stadt. Die Sonne ist ein wenig rosig, weil sie gestern so trübe war. Im Widerstand haben wir zuerst unseren Willen gespürt; und auch die Untätigkeit auf dem grauen Rasen war nicht unnütz für uns, denn indem sie entfloh, ließ die Landschaft unserem Willen alle Freiheit; dank dem Überdruß konnten sich unsere auf dem Land noch unschlüssigen Seelen zu großer Ehrlichkeit entwickeln. Und wenn wir jetzt handeln, dann wird es gewiß im Sinne unseres Weges sein.»

Die Sonne ging auf, als wir mit unseren Gebeten begannen; das Meer glänzte im Widerschein; Strahlen glitten über die Wellen, und die bewegten, zitternden Eisschollen erschauerten im Licht

Um die Tagesmitte erschienen ein paar Wale; sie schwammen in einem Rudel, vor dem Packeis tauchten sie unter; weiter weg sah man sie wieder auftauchen; doch vom Schiff hielten sie sich fern.

Man mußte sich jetzt vor den Eisbergen in acht nehmen; im noch nicht sehr kalten Wasser schmolz langsam ihre Basis; plötzlich sah man sie kentern, die prismenförmige Spitze brach ab, verschwand im bewegten Meer, wühlte das Wasser auf wie ein Sturm, kam mit Kaskaden an den Flanken wieder an die Oberfläche und schwankte, ihrer Lage ungewiß, noch lange im Tumult der Wogen. Das majestätische Getöse ihres Sturzes hallte auf den Fluten

wider. Manchmal fielen Eiswände in aufspritzende Gischt, und all diese schwimmenden Berge veränderten unaufhörlich ihre Form.
Gegen Abend kam ein ganz großer, der nicht mehr durchsichtig war; wir hielten ihn zunächst für ein von riesigen Gletschern bedecktes neues Land. Bäche stürzten von seinen Gipfeln; Eisbären liefen am Rand entlang. Das Schiff fuhr so nahe daran vorbei, daß seine großen Rahen, wenn sie eine überstehende Kante streiften, dünne Eiszapfen abbrachen.
Es kamen Eisberge, die ungeheure, vom Heimatgletscher gelöste Steine bargen und so Stücke von unbekanntem Fels über die Wasser trugen.
Andere kamen, die sich in plötzlicher Affinität einander angenähert und Wale eingeschlossen hatten; diese schienen über dem Wasserspiegel in der Luft zu schwimmen. Über die Reling gebeugt, sahen wir dem Treiben des Packeises zu.
Der Abend brach herein. In der untergehenden Sonne schienen die Eisberge wie aus Opal. Neue kamen; sie führten gepreßte Algen mit, dünn und lang wie Haare; man hätte sie für gefangene Sirenen halten können; dann wurde ein Geflecht daraus; der Mond hing darin wie eine Qualle im Netz, wie eine perlmutterne Seegurke; als er dann wieder frei in der Luft schwebte, färbte er sich azurn. Gedankenverlorene Sterne irrten umher, kreisten, tauchten ins Meer.
Um Mitternacht erschien ein riesenhaftes Schiff; der Mond beleuchtete es geheimnisvoll. Seine Takelung bewegte sich nicht; kein Licht auf Deck. Es fuhr nahe an uns vorbei; man hörte kein Fahrtgeräusch und keinen Laut einer Schiffsmannschaft. Schließlich begriffen wir, daß es im Packeis gefangen war, zwischen zwei Wänden, die sich über ihm geschlossen hatten. So zog es ruhig vorüber und verschwand.
Gegen Morgen, kurz vor der Dämmerung, in der Stunde, da der Wind auffrischt, schwamm neben uns eine Insel aus sehr reinem Eis; in der Mitte schimmerte wie eine eingefaßte Frucht, wie ein Wunderei, ein unvergänglicher Edelstein. Wir wurden nicht müde, ihn anzusehen, den Morgenstern auf den Wogen. Er war

rein wie ein Strahl der Lyra; in der Morgenröte vibrierte er wie ein Gesang; doch sobald die Sonne kam, schmolz das ihn umhüllende Eis und ließ ihn ins Meer fallen. – An jenem Tag haben wir Wale gefangen.
Hier endet die zeitliche Einordnung meiner Erinnerungen, und es beginnt mein undatiertes Tagebuch.

Eric hat sich an einem elastischen Seil in den blinden Abgrund von Gischt und Stürmen hinuntergelassen, wo kein Mensch je die wilden Feste der Albatrosse und Eiderenten störte; mit dem nackten Arm schwenkt er das breite Messer des Schwanentöters. Ein feuchter Atem steigt von drunten auf, wo die grünen Wogen brausen und der Wind die Gischt peitscht. Die großen, aufgescheuchten Vögel kreisen und betäuben ihn mit Flügelschlägen. Vornübergebeugt, an den Fels geklammert, wo das gespannte Seil befestigt ist, sehen wir zu: Eric hängt über den Nestern; er läßt sich mitten in das Geflatter hinab; in den schneefarbenen Federn und den wertvollen Daunen schlummern die kleinen Eiderenten; Eric der Vogeltöter legt die Hand auf die Brut; aufgewacht, regen sich die Jungen und wollen voller Angst entfliehen; aber Eric stößt das Messer in die Federn und lacht, als er auf seinen Händen das warme Blut der Küken fühlt. Das Blut tropft auf die Federn, und die schlagenden Flügel bespritzen damit den Felsen. Das Blut rieselt auf die Wogen, und die aufgewirbelten Daunen fliegen umher, scharlachrot gefleckt. Die großen, aufgeschreckten Vögel wollen die Brut schützen! Eric, den sie mit ihren Krallen angreifen, tötet sie mit einem Messerhieb. Und da steigt vom Wasser, durch den Seewind emporgetragen, ein närrischer Schaumwirbel zwischen den Felswänden auf, weiß wie der Flaum der Schwäne, und steigt und steigt und verschwindet, hoffnungslos davongetrieben mit den vielen Federn, im Himmel, diesem blauen Schlund, den man sieht, wenn man den Kopf hebt.

Auf diesen Schieferklippen nisten die Lummen. Die Weibchen bleiben sitzen; die Männchen fliegen umher; sie stoßen schrille Schreie aus, und die Schreie und das Rauschen der Flügel betäu-

ben einen, sobald man sich ihnen nähert. Sie fliegen in so großer Schar, daß es Nacht wird, wenn sie vorbeiziehen; sie kreisen unaufhörlich. Die braven Weibchen erwarten sie, ernst, reglos und ohne Schreie, aufgereiht auf einem langen Grat, wo der Fels etwas vorspringt. Sie brüten über ihrem einzigen Ei. Sie haben es dort schnell gelegt, nicht einmal in ein Nest, sondern auf den schräg abfallenden Felsen; sie haben es ausgeschieden wie Kot. Steif und gewissenhaft sitzen sie auf ihrem Ei, das sie zwischen Beinen und Schwanz halten, damit es nicht davonrollt.
Das Schiff wagte sich zwischen zwei Felswänden in einen engen, finsteren Fjord; im durchsichtigen Wasser sah man die Felsen senkrecht in unbekannte Tiefen ragen; so daß es manchmal schien, als wäre es die Spiegelung der Klippen; doch die Tiefe war dunkel und die Klippe weiß von Vögeln. Die Männchen über unseren Köpfen stießen solche Schreie aus, daß wir einander nicht verstehen konnten. Wir fuhren sehr langsam; sie schienen uns nicht zu sehen. Doch als Eric, ein geschickter Wurfschütze, ein paar Steine nach ihnen geschleudert und in diesem dichten Schwarm mit jedem Stein mehrere Vögel getötet hatte, die neben dem Schiff herabfielen, da verschreckten die immer lauteren Schreie die Weibchen auf den Klippen; sie verließen den Brutfelsen, die Hoffnung auf Nachkommenschaft, und flogen mit gräßlichem Kreischen davon. Es war eine grauenerregende Schar; wir schämten uns des Lärms, vor allem, als wir die im Stich gelassenen Eier, die nicht mehr gegen den Stein gedrückt wurden, über die Klippen purzeln sahen. Die Schalen zerbrachen, und über den ganzen Felsen hin zogen sich gelbe und weiße Spuren. Manche opferbereiten Brüterinnen versuchten, beim Davonfliegen ihr Ei zwischen den Krallen mitzunehmen, doch es entglitt ihnen bald und zerschellte auf dem blauen Meer. Das Wasser war schmutzig geworden. Das Durcheinander verwirrte uns, und wir flohen eiligst, denn von überallher stieg der scheußliche Gestank der angebrüteten Eier auf.
...Abends, zur Stunde des Gebets, war Paride noch nicht zurückgekehrt; wir suchten und riefen ihn bis in die Nacht, konnten aber nicht in Erfahrung bringen, was aus ihm geworden war.

Die Eskimos leben in Schneehütten, die man, wenn man sie in der Ebene sieht, für Gräber halten könnte; doch mit dem Leib ist auch die Seele darin eingeschlossen; ein wenig Rauch steigt aus der Hütte zum Himmel auf. Die Eskimos sind häßlich; sie sind klein; ihre Liebe ist ohne Zärtlichkeit; sie sind nicht wollüstig, und ihre Freude ist theologisch; sie sind weder böse noch gut; ihre Grausamkeit ist emotionslos. In ihren Hütten ist es schwarz; man kann darin kaum atmen. Sie arbeiten nicht, noch lesen sie; dennoch schlafen sie nicht; eine kleine Lampe brennt und erhellt ein wenig die Dunkelheit der Abende; da die Dunkelheit bewegungslos ist, haben sie nie erfahren, was Zeit ist; da sie sich nicht zu beeilen brauchen, denken sie langsam; Induktion ist ihnen unbekannt, doch aus drei dürftigen Punkten leiten sie eine Metaphysik ab; und die bis zuletzt stockende Folge ihrer Gedanken reicht von Gott bis hinab zum Menschen, ihr Leben wird zu dieser Folge; sie messen ihr Alter an dem Punkt, zu dem sie gelangt sind; manche haben nie bis zu ihrer Existenz gelangen können; manche haben es bemerkt. Sie haben keine gemeinsame Sprache; sie rechnen endlos. Ach, ich könnte noch viel von ihnen erzählen, denn ich habe sie sehr gut verstanden. Sie sind verwachsen, ihr Gesicht ist platt, weil sie nicht darauf achten. Ihre Frauen haben keine Krankheiten; sie lieben sich in der Finsternis.

Ich spreche von den vernünftigen Eskimos; manche unterbrechen im Morgengrauen des feierlichen Tages ihre Syllogismen und gehen hinaus auf das zugefrorene Meer und in den etwas geschmolzenen Schnee, um Rentiere und Walrösser zu jagen. Sie fangen auch Wale und kehren, sobald es Nacht wird, beladen mit frischem Fett zurück.

Jedes Klima hat seine Nöte; jedes Land seine Krankheiten. Wir hatten auf den warmen Inseln die Pest gesehen; in der Nähe der Sümpfe das krankhafte Schmachten. Jetzt entstand eine Krankheit sogar aus der Abwesenheit von Sinnenlust. Das Salzfleisch, der Mangel an frischem Grün und der beharrliche Widerstand, in dem sich unser Stolz ausdrückte; die Lust, in feindlichen Gegenden schlecht zu leben, und diese Unbeugsamkeit der Außenwelt, woran sich die entzückte Seele ergötzte, verschlissen auf die

Dauer unsere Kräfte, und während die Seelen sich heiter in letzte Eroberungen hätten stürzen wollen, bannte uns der Skorbut, an dem wir alle zu leiden begannen, aufs Schiffsdeck, und wir zitterten vor Angst, sterben zu müssen, bevor wir unsere Aufgabe zu Ende gebracht hätten. O selbstgewählte, o teuerste Aufgaben! Vier Tage blieben wir so, nicht weit von dem erwarteten Land, dessen Eisspitzen man ins aufgetaute Meer tauchen sah; und ich glaube, daß ohne den köstlichen Likör, den Eric aus der Hütte der Eskimos geholt hatte, unsere Reise hier zu Ende gewesen wäre.
Unser Blut war zu flüssig geworden; es trat überall aus; es sickerte aus dem Zahnfleisch, den Nasenlöchern, den Lidern, unter den Nägeln hervor; manchmal schien es nur noch eine stagnierende Feuchtigkeit zu sein und fast nicht mehr zu fließen; bei der geringsten Bewegung ergoß es sich in Strömen wie aus einer geneigten Schale; an den zartesten Stellen bildete es unter der Haut fahle Flecken. Im Kopf spürten wir die Leere, den Schwindel der Übelkeit; unser Nacken schmerzte; wegen unserer zu schwachen Zähne, die in ihren Höhlen wackelten, war der trockene Schiffszwieback für uns eine unmögliche Nahrung; in Wasser gekocht, ergab er einen dicken Brei, an dem unsere Zähne hängenblieben. Die Reiskörner verletzten unser Zahnfleisch; wir konnten fast nur noch trinken. Und kraftlos auf dem Deck liegend, träumten wir den ganzen Tag über von reifen Früchten, von frischem, saftigem Fruchtfleisch, von den Früchten der Inseln von einst, der unheilvollen Inseln. Doch selbst damals, glaube ich, hätten wir uns geweigert, von ihnen zu kosten. Wir freuten uns, daß Paride nicht mehr da war und unser Leid nicht miterlebte. Der blutstillende Likör aber wurde schließlich mit der Krankheit fertig.
Es war der Abend des letzten Tages; die Sonne einer ganzen Jahreszeit war in der Erde verschwunden; lange danach blieb noch ein Dämmerschein zurück. Ohne Todeskampf war die Sonne untergegangen, ohne diesen Purpur auf den Wolken; sie war langsam verschwunden; gebrochene Strahlen erreichten uns noch. Doch schon begann die große Kälte; das Meer war um uns wieder zugefroren und hatte das Schiff eingeschlossen. Das Eis, von Stunde zu Stunde dichter, drohte beständig, das Schiff zu zertrümmern; es

war für uns nur der allerunsicherste Zufluchtsort; wir beschlossen, es zu verlassen. Doch möchte ich betonen, daß wir dies weder aus Verzweiflung noch aus ängstlicher Vorsicht taten, sondern aus tollkühnem Willen, denn wir konnten ja immer noch das Eis durchstoßen, den Winter fliehen und dorthin aufbrechen, wohin die Sonne geflohen war; aber das wäre der Weg in die Vergangenheit gewesen. Wir zogen also die rauhesten Ufer vor, wenn sie nur der Zukunft gehörten, und gingen der Nacht entgegen, da unser Tag vollendet war. Wir wußten, daß das Glück nicht aus dem Verzicht auf Traurigkeit besteht; stolz und stark gingen wir durch die schlimmste Not dorthin, wo die reinste Freude zu finden sein würde.

Nachdem wir das große Rentier vor den aus Schiffsteilen gebauten Schlitten gespannt hatten, begannen wir, diesen mit Holz, Äxten und Seilen zu beladen. Die letzten Strahlen erloschen, wir wollten zum Pol aufbrechen. Auf Deck gab es eine Stelle, die hinter den Tauhaufen versteckt war; wir kamen nie dorthin. Ach, trauriger Abschied des Tages, als ich vor dem Verlassen des Schiffes über das ganze Deck lief! Als ich die Seile auseinanderzog, um sie mitzunehmen, ach, was erblickte ich dahinter? – Paride! – Wir hatten ihn vergeblich gesucht; ich dachte, er habe, zu schwach, um sich zu rühren, und zu krank, um zu antworten, sich dort versteckt wie ein Hund, der einen Winkel zum Sterben sucht. Aber war es noch Paride? Er war ohne Haare, ohne Bart; weiß lagen auf dem Boden um ihn her seine ausgespuckten Zähne: Seine Haut war verschlissen wie alter Stoff; sie schimmerte violett, perlmutterartig; nichts war schmerzlicher anzusehen. Seine Augen hatten keine Lider mehr, und ich begriff zunächst nicht, ob er uns ansah, denn er konnte nicht mehr lächeln. Sein unförmig angeschwollenes, schwammiges Zahnfleisch wuchs wie eine Frucht aus seinem Mund und schob, zerrte die Lippen auseinander; in der Mitte sah man einen weißen Zahn aufragen, seinen letzten. Er wollte mir die Hand reichen; seine spröde gewordenen Knochen zerbrachen. Ich wollte ihm die Hand drücken, sie löste sich in der meinen auf und ließ Blut und Fäulnis zwischen meinen Fingern zurück. Ich glaube, er sah Tränen in meinen Augen, denn er schien dann zu verstehen, daß er

es war, den ich beweinte, und ich glaube, er hatte noch einige Hoffnung in bezug auf seinen Zustand gehabt, die meine mitleidigen Tränen ihm nun raubten, denn plötzlich stieß er einen heiseren Schrei aus, der ein Schluchzen sein sollte, ergriff mit der Hand, die ich ihm nicht zerquetscht hatte, in einer Gebärde der Verzweiflung, tragisch und wahrhaft verloren, den Zahn und seine Lippen, und ironisch, fast lachend, riß er sich plötzlich ein großes Stück aus dem Gesicht, dann sank er, bereits leblos, zurück.
An diesem Abend haben wir mit großer Trauer zum Abschied das Schiff verbrannt. Majestätisch zog die Nacht herauf und breitete sich langsam aus. Die Flammen schlugen triumphierend empor; das Meer leuchtete im Feuer; die Großmasten, die Balken brannten, und als die purpurnen Flammen das Schiff verzehrt hatten und wieder in sich zusammenfielen, ließen wir die unwiederbringliche Vergangenheit hinter uns und brachen zum Polarmeer auf.

Stille der Nacht über dem Schnee. – Der Nacht. – Einsamkeit, und du, Besänftigung des Todes. Weite, zeitlose Ebene; die Lichtstrahlen haben sich zurückgezogen. Alle Formen sind gefroren; Kälte liegt auf der stillen Ebene und Reglosigkeit – und Reglosigkeit. Und Heiterkeit. O reines Entzücken unserer Seele! Nichts rührt sich, doch schwebt in der Luft – so hell ist das Packeis – ein erstarrtes Strahlen. Alles ist von nächtlichem Blaßblau – soll ich sagen, der Mond? – Der Mond. – Fern von allem habe ich das Gebet gesucht; die ekstatische Landschaft ist es. Ellis! Die du nicht diejenige bist, die ich gefunden; frische Ellis, ist es hier, wo du mich erwartet hast? Ich würde noch weiter gehen, doch ich warte auf dein Wort – und bald wird alles zu Ende sein. – Ich habe ihre verlorene Gestalt gesucht – und meine Seele hat ihr Gebet gesprochen. Dann hat die Nacht ihre Stille zurückgewonnen und all ihre Heiterkeit.
Wozu also auf eine Morgenröte warten? Man weiß nicht mehr, wann sie kommen wird. Die Stunde ist es nicht wert, daß man sie erwartet. Nach ein wenig Schlaf in der Nacht haben wir uns auf den Weg zum Pol gemacht.
Reiner Gips! Salzbrüche! Weißer Marmor der Gräber! Glimmer! Das ist das Weiß in der Finsternis. Leichter Rauhreif, der du in der

Sonne ein Lächeln wärst; Kristallschmuck der Nacht; Schneehauben! Erstarrte Lawinen! – Dünen aus Mondstaub – Daunen auf der Gischt der Wogen – Eisspitzen der verschwiegenen Hoffnungen! – Wir sind durch den Schnee gewandert, ohne Hast, denn die Zeit ist abgelaufen; unsere langsamen, ernsten Bewegungen verliehen ihr Feierlichkeit. So gingen wir alle sieben – Alain, Axel, Morgain, Nathanael, Ydier, Eric und ich – unserer Aufgabe entgegen.

Sie schliefen; die Hütte war ruhig; draußen auf der weiten, reifbedeckten Ebene eine sternlose Nacht; über der Ebene war die Nacht ob all der Weiße etwas fahl; ein Schimmer lag auf der Erde; ich suchte einen Ort zum Beten. Als ich niederknien wollte und mein Gebet begann, sah ich Ellis. Sie saß nachdenklich auf einem Felsen neben mir; ihr Kleid war schneeweiß; ihr Haar schwärzer als die Nacht.
«Ellis! Du bist es doch», schluchzte ich; «ach, ich habe dich wohl erkannt.»
Doch sie schwieg, und ich sagte: «Weißt du nicht, welch traurige Geschichte ich erlebt habe, seit ich dich verlor? Welch trostlose Landstriche ich durchquert habe, seit deine Hand mich nicht mehr führt? An einem Gestade glaubte ich eines Tages, dich wiedergefunden zu haben; doch es war nur eine Frau: ach, verzeih! Ich habe dich so lange herbeigewünscht. Wohin wirst du mich nun führen in dieser Nacht nahe am Pol, Ellis, meine Schwester?»
«Komm», sagte sie. Und sie nahm mich an der Hand und führte mich auf einen hohen Felsen, von dem man das Meer sah. Ich schaute, und plötzlich riß die Nacht auf, teilte sich, und über dem Wasser breitete sich das Nordlicht aus. Es spiegelte sich im Meer, ein stilles Geriesel von Phosphor, ein ruhiges Herniederstürzen von Strahlen; und die Lautlosigkeit dieser Pracht war betäubend wie die Stimme Gottes. Es schien, als wären die unablässig bewegten purpurnen und rosafarbenen Flammen eine Zuckung des göttlichen Willens. Alles schwieg; meine geblendeten Augen schlossen sich; doch Ellis hatte einen Finger auf mein Lid gelegt, ich öffnete die Augen und sah nur noch sie.

«Urian! Urian, trauriger Bruder! Warum hast du mich nicht immer erträumt? Erinnere dich unserer einstigen Spiele. Warum wolltest du im Überdruß mein zufälliges Bild einfangen? Du wußtest doch, daß die Stunde nicht gekommen war und daß Besitzen hienieden nicht möglich ist. Ich erwarte dich jenseits der Zeit, wo der Schnee ewig ist; Schneekronen werden wir tragen, nicht Blumenkränze. Deine Reise wird zu Ende gehen, mein Bruder. Schau nicht mehr zurück. Es gibt noch andere Länder, die du nicht gekannt haben wirst; die du nie kennen wirst. Was hätte es dir genützt, sie zu kennen? Für jeden gibt es nur einen einzigen Weg, und jeder dieser Wege führt zu Gott. Doch in diesem Leben werden deine Augen seine Herrlichkeit nicht schon sehen können. Dem armen Kind, in dem du mich zu erkennen glaubtest – wie konntest du dich täuschen? –, hast du grausame Worte gesagt; und dann hast du es im Stich gelassen. Es lebte nicht; du hast es geschaffen; jetzt wirst du auf es warten müssen; denn diese Seele kann nicht allein in Gottes Reich aufsteigen. Ach, ich hätte mir gewünscht, wir beide wären allein den Sternenweg zum reinen Licht gegangen. Du wirst jene andere führen müssen. Ihr werdet eure Reise beenden; doch das ist nicht das wahre Ende. Nichts endet, es sei denn in Gott, mein Bruder; verliere also nicht den Mut, wenn du dich über den Tod zu beugen glaubst. Hinter jedem Himmel ist ein anderer: Das Ende ist erst bei Gott. Mein geliebter Bruder, halte fest an der Hoffnung.»
Dann beugte sie sich über den Schnee und schrieb in glühenden Lettern, was ich auf Knien lesen konnte:

SIE HABEN NOCH NICHT ERLANGT, WAS GOTT IHNEN VERHEISSEN HATTE – DAMIT SIE NICHT OHNE UNS VOLLENDET WÜRDEN.*

Ich wollte weiter mit ihr sprechen, sie bitten, noch mehr zu mir zu sagen, und ich streckte die Hände nach ihr aus; sie aber wies mir mitten in der Nacht mit ihrer Hand die Morgenröte und nahm, nachdem sie sich langsam erhoben hatte, wie ein mit Gebeten be-

* *Hebräer* 11, 39.40.

ladener Engel ihren seraphischen Weg wieder auf. Während sie höher stieg, wurde ihr Kleid zum Hochzeitsgewand; ich sah, daß es mit Karfunkelnadeln zusammengehalten wurde; es strahlte in allen Farben der sieben mystischen Edelsteine; und obwohl ihr Glanz derart war, daß er die Lider versengt hätte, rieselte eine so himmlische Milde von ihren ausgestreckten Händen, daß ich das Brennen nicht spürte. Sie schaute nicht mehr zu mir hin; ich sah sie immer höher steigen; sie erreichte die flammenden Tore; sie verschwand hinter einer Wolke... Da blendete mich ein noch viel weißeres Licht, die Wolke öffnete sich, und ich sah Engel. Ellis war in ihrer Mitte, doch ich konnte sie nicht erkennen; jeder Engel bewegte mit erhobenen Armen, was ich für die Morgenröte gehalten hatte, was aber nur ein Vorhang war vor der unsterblichen Helligkeit, und jede Flamme war ein Schleier, durch den das Licht schien. Große Strahlen glitten unter den himmlischen Fransen hindurch – doch als die Engel den Vorhang öffneten, brach ein solcher Schrei aus den Wolken, daß ich, die Hand vor den Augen, entsetzt zu Boden stürzte.
Als ich mich wieder erhob, war von neuem finstere Nacht; in der Ferne hörte man das Meer. Zu den Hütten zurückgekehrt, fand ich meine Gefährten noch schlafend; ich legte mich neben sie, von Müdigkeit überwältigt.

Auf dem Weg zum Pol. Aus dem maßlosen Weiß der Dinge entsteht eine gewisse Helle; ein Strahlen umgibt sie. Ein Schneesturm bläst, und der aufgewirbelte, fortgetriebene Schnee breitet sich aus, tanzt, rollt, wellt sich, bildet Stoffalten oder Locken. Unser Weg war ständig versperrt und ließ uns nur sehr langsam vorankommen; wir mußten Schneisen und Stufen ins Eis hauen. Ich möchte nicht von unserer Arbeit sprechen; sie war so mühsam, so hart, daß es schiene, als wolle man sich beklagen, wenn man von ihr erzählte. Ich möchte auch nicht von der Kälte und nicht von unseren Leiden sprechen; es wäre lächerlich zu sagen, wir hätten schrecklich gelitten – so viel harmloser würde sein, was man sich bei diesen Worten vorstellt. Es gelänge mir nicht, mit Worten diese höchste Bitternis des Leidens zu beschreiben; es gelänge mir nicht, dieses Leiden als so bitter zu beschreiben, daß aus ihm so etwas wie Freude, wie Stolz entsteht; noch den wütenden Biß der Kälte.

Gegen den äußersten Norden erhob sich eine merkwürdige Eiswand; ein riesiger, prismenförmiger Block stand da wie eine Mauer. Eine Art Weg führte dorthin, eine tiefe, schneegefüllte Schlucht, und über die Mauer fiel, wohl von einem gleichmäßigen Wind getrieben, ein Schneegestöber in dieses Tal. Ohne die Seile, die uns aneinanderbanden, wären wir im Schnee versunken. Wir waren des Wanderns in diesem Sturm bald so müde, daß wir uns trotz der Gefahr, die es bedeutet, sich in den Schnee zu legen, ausstreckten, um zu schlafen. Wir hatten hinter einem Eisblock Schutz gefunden; der Wind blies den Schnee darüber hin; die Wand bildete eine Höhle. Wir lagen auf den Planken des Schlittens und auf der Haut des getöteten Rentiers.

Während die sechs anderen schliefen, verließ ich allein die Höhle, um zu sehen, ob es zu schneien aufhörte. Über die Schneedecke hinweg glaubte ich, bei einem weißen Felsen die gedankenverlorene Ellis zu erblicken. Sie schien mich nicht zu sehen; sie schaute zum Pol; ihre Haare waren gelöst; sie flatterten im Wind. Ich hatte nicht den Mut, sie anzusprechen, weil sie zu traurig schien, und ich zweifelte, ob sie es war. Und da ich nicht zugleich traurig sein und diese Reise beenden konnte, kehrte ich zurück, um zu schlafen.

Der Wind ist jetzt so heftig, daß der Schnee über unsere Köpfe hinwegweht. Wir stehen am Fuß der großen Mauer. Ein seltsamer Gang führt dorthin. An seinem Ende beginnt die Mauer, glatt wie ein Spiegel und durchsichtig wie Kristall. Eine Stelle ist da, wohin der allzu leichte Schnee nicht gefallen ist. Auch der Boden ist durchsichtig. Im Vorgefühl der Verzweiflung beugten wir uns vor und lasen auf dieser Mauer wie mit einem Diamanten auf Glas geschrieben und wie die Stimme aus einem Grab die beiden Wörter:

HIC DESPERATUS

und ein verwischtes Datum.

Und unter diesen Wörtern sahen wir, als wir uns in gemeinsamer

Bewegung niederknieten, einen Leichnam im durchsichtigen Eis liegen. Das Eis hatte sich über ihm geschlossen und umfing ihn wie ein Grab, die große Kälte, die ihn umhüllte, hatte verhindert, daß er verweste. Auf seinen Zügen glaubte man eine furchtbare Müdigkeit zu gewahren. Er hielt ein Blatt Papier in der Hand.
Wir spürten, daß wir fast am Ende unserer Reise angelangt waren; doch wir fühlten uns noch kräftig genug, um die Eismauer zu erklimmen, denn wir ahnten, daß dahinter das Ziel lag, aber wir wußten nicht, was es war. Und nun, da wir alles getan hatten, um es zu erreichen, wurde es fast unnötig für uns, es zu kennen. Wir knieten immer noch vor diesem unbekannten Grab, ohne Gefühlsregung, ohne zu denken, denn wir waren an dem Punkt, wo man nicht mehr mitfühlen kann, ohne auch über sich selbst zu weinen, wo man die Augen vom Traurigen abwendet, weil man seine Kraft braucht. Das Herz gelangt zur Tapferkeit nur durch Verhärtung. Und mehr noch deshalb, als weil wir das Grab nicht schänden wollten, öffneten wir das Eis nicht, trotz unseres Verlangens, die Zeilen auf dem Blatt zu lesen, das der Leichnam in der Hand hielt. Nach einem kurzen Gebet erhoben wir uns und begannen mühsam die Eiswand zu besteigen.
Ich weiß nicht, woher der Wind kam, der das Schneetreiben erzeugte, denn sobald die Mauer erklommen war, hörte der Wind auf, und die Luft war fast mild. Die andere Seite der Mauer fiel hügelartig ab, ein sanfter Hang mit weichem Schnee. Dann kam ein Streifen Grün; dann ein kleines, nicht zugefrorenes Meer. Ich glaube, die Mauer darum war vollkommen kreisförmig, denn die Hänge stiegen gleichmäßig an, und da in diesem geschlossenen Rund keinerlei Wind mehr wehte, blieb das Wasser des Sees reglos.
Wir dachten wohl, daß dies das Ende sei; weiter ging es nicht mehr; doch wir wußten, wenn wir zum Ufer hinuntergingen, wüßten wir nicht mehr, was tun, und um irgendeinen Schluß zu erfinden oder eine Geste, die ihn motivierte, kamen wir auf den frommen Gedanken, den unbekannten Leichnam zu holen, um ihn am ersehnten Ufer zu begraben. Denn wir dachten, er sei auch, um dieses zu sehen, bis hierher gekommen, und es tat uns

leid, daß er, so nah am Ziel, es dennoch nicht hatte erreichen können.

Zum Grab zurückgekehrt, öffneten wir also das Eis, um den Leichnam herauszunehmen, doch als wir das Papier lesen wollten, das er hielt, merkten wir, daß das Blatt vollkommen weiß war; diese Enttäuschung war sehr schmerzlich, denn nun schwand unsere Neugier. Nachdem wir den Leichnam dann auf das kleine Polarufer getragen hatten, fühlten wir, ohne es auszusprechen, daß es vielleicht besser war, daß er dieses ersehnte Ufer nicht gesehen hatte und daß ihn, als er noch lebte, eine Mauer von seinem Ziel trennte, denn sonst hätte er vielleicht dieselben Wörter auf sein Grab geschrieben.

Ein farbloser Morgen dämmerte; und in einer letzten Anstrengung, mit der wir unsere Gedanken vertreiben wollten, hoben wir im Gras zwischen dem Schnee und dem Wasser des Sees eine Grube aus.

Wir verspürten keinen Wunsch mehr, zurückzukehren und blühendere Gegenden wiederzusehen; das wäre die Vergangenheit ohne Überraschung gewesen; man steigt nicht wieder ins Leben hinab. Hätten wir am Anfang gewußt, daß es das war, was wir sehen würden, hätten wir uns vielleicht nicht auf den Weg gemacht; so haben wir Gott gedankt, daß er das Ziel vor uns verborgen hat und daß er es so fern gerückt hat, daß die Anstrengungen, die wir machten, um es zu erreichen, uns schon einige Freude brachten, die einzig sichere; und wir haben Gott gedankt, daß die so großen Leiden uns ein so herrliches Ende erhoffen ließen.

Wir hätten gern erneut irgendeine schwache und frömmere Hoffnung erfunden; da wir unseren Stolz befriedigt hatten und fühlten, daß die Vollendung der Schicksale nicht mehr von uns abhing, warteten wir jetzt darauf, daß die Dinge ringsumher uns ein wenig treuer würden.

Und wir sind noch einmal niedergekniet und haben auf dem schwarzen Wasser den Widerschein des Himmels gesucht, den ICH erträume.

Zueignung

Madame! Ich habe Sie betrogen:
Wir haben diese Reise nicht gemacht.
Wir haben die Gärten nicht gesehen
und nicht die Flamingos am Strand;
es haben sich nach uns auch nicht
der Sirenen Hände gestreckt.
Wenn ich nicht in die Früchte gebissen
noch unter Alleen geschlafen;
wenn ich nicht die Hände geküßt
der duftenden Haïatalnefus;
wenn ich an das Morgen geglaubt;
wenn ich diese Taten erzählt;
so weil das alles nur Rauch
und alles nur Trugbild war.
Ich glaubte zu widerstehen, hab' gewartet;
die Versuchungen aber kamen mir nicht.
Verzeihen Sie, Ellis, ich habe gelogen.
Diese Reise ist nichts als mein Traum.
Wir sind niemals aufgebrochen
aus der Kammer unserer Gedanken–
wir haben das Leben verbracht
und sahen es nicht. Wir lasen.
Sie kamen am Morgen,
müde von Ihrem Gebet.
Madame, ich habe Sie betrogen:
Dies ganze Buch ist nur Lüge.
Wenigstens habe ich darin nicht geschrien,
weil man ja ruhig ist im Traum.
Eines Tages jedoch, wie Sie wissen,
da wollt' ich das Leben sehn;
wir beugten uns über die Dinge.
Doch dann habe ich begriffen,
wie ernst und schrecklich sie sind,
wie verantwortungsschwer überall,

und habe sie nicht zu erzählen gewagt;
ich habe mich abgewandt – ach, Sie verzeihen, Madame;
ich habe lieber eine Lüge erzählt.
Ich fürchtete, zu laut zu schreien
und alle Kunst zu verderben,
hätt' ich die Wahrheit gesagt,
die Wahrheit, die gehört werden muß;
denn lieber lüge ich weiter
und warte – und warte, warte…

La Roque, Sommer 1892.

Der Liebesversuch
oder
Eine Abhandlung
über die Sinnlosigkeit
des Verlangens

(La Tentative amoureuse
ou
Le Traité du vain désir)

Aus dem Französischen

übertragen

von Gisela Kleineidam

FÜR FRANCIS JAMMES

Das Verlangen ist wie eine leuchtende Flamme; was es berührt hat, ist nur mehr Asche – leichter Staub, den ein Lufthauch verweht – laß uns also allein an das Ewige denken.

CALDERON
(Das Leben – ein Traum)

Unsere Bücher werden keinesfalls sehr wahrheitsgetreu von uns selbst erzählt haben, sondern eher von unserem kläglichen Verlangen, vom Begehren nach anderen Leben, die uns für immer verschlossen sind, vom Begehren nach all den unmöglichen Gesten. Ich schreibe hier einen Traum nieder, der meine Gedanken allzusehr störte und der existieren wollte. Ein Verlangen nach Glück hat mich in diesem Frühjahr zermürbt; ich habe irgendeine vollkommenere Entfaltung meiner selbst begehrt. Ich habe begehrt, glücklich zu sein, so als hätte ich nichts anderes zu sein; so als trüge die Vergangenheit nicht immer über uns den Triumph davon; so als bestünde das Leben nicht aus der Gewöhnung an seine Traurigkeit, sei das Morgen nicht die Fortsetzung des Gestern – so als kehrte meine Seele nicht heute schon zu ihren gewohnten Studien zurück, sobald sie von ihrem Traum frei sein wird.
Und jedes Buch ist nur noch eine aufgeschobene Versuchung.

Eins steht fest: Weder die lästigen Gesetze der Menschen, weder Ängste, Scham oder Gewissensbisse, weder die Selbstachtung noch die meiner Träume, noch du, trauriger Tod, noch das Grauen jenseits des Grabes werden mich daran hindern, das zu erreichen, was ich begehre; nichts – höchstens, wenn ich etwas so stark weiß, mein Stolz, mich noch stärker zu fühlen und es zu besiegen. – Aber die Freude über einen so hochmütigen Sieg ist längst nicht so köstlich, ist nicht so gut, wie vor euch, ihr Wünsche, zurückzuweichen und kampflos überwältigt zu werden.

Als der Frühling dieses Jahr kam, hat seine Anmut mich gequält; und da Sehnsüchte meine Einsamkeit schmerzlich erfüllten, ging ich am Morgen hinaus auf die Felder. Den ganzen Tag strahlte die Sonne über der Ebene; ich schritt voran, träumend vom Glück. Gewiß, so dachte ich, gibt es andere Fluren als diese entzauberte Heide, auf der ich meine Seele weiden ließ. Wann werde ich es fertigbringen, fern all dieser verdrießlichen Gedanken, meine ganze Freude offen in der Sonne vorzuzeigen und im Vergessen des Gestern und so vieler unnützer Religionen das Glück, das zu mir kommen wird, kraftvoll, skrupellos, furchtlos zu ergreifen? Und an dem Abend wagte ich nicht heimzukehren, denn ich vermochte mir zu viele neue, beunruhigende Sorgen einzubilden: Ich wandte mich den Wäldern zu, wo ich auch vorher schon so oft meine Traurigkeit gelassen hatte. – Die Nacht kam und der Mondschein. Der Wald begann zu schweigen und füllte sich mit wunderbaren Schatten; der Wind rauschte in den Bäumen; die Nachtvögel wachten auf. Ich trat in eine tiefe, dunkle Allee ein, wo ich mich von dem weißen, leuchtenden Sand zu meinen Füßen leiten ließ. Wenn der Wind die Zweige über mir auseinanderbog, sah man unförmige Nebel über der Allee schweben; und als mitten in der Nacht der Tau von den Blättern tropfte und Düfte emporstiegen, wurde der Wald von Liebe erfaßt. Es zitterte im Gras; alle Formen suchten, fanden, verbanden sich in Harmonie, die großen Blumen wiegten sich im Wind, und der Blütenstaub schwebte leichter dahin als der Nebel. Das Rascheln der Zweige verriet eine verborgene, unbändige Lust. Während ich wartete, weinten die Nachtvögel. Dann schwieg alles; das war die Andacht vor Tagesanbruch; die Lust verband sich heiterer Gelassenheit, und meine Einsamkeit verlor sich in der bleichen, Rat schenkenden Nacht.

Qualquiera ventio que sopla.
Leichter Staub, den ein Windhauch verweht.

I

Der Tag brach an. Mit Blumen beladen trat Luc aus dem noch nächtlichen, ein wenig in morgendlicher Kühle erstarrten Wald und setzte sich auf die Böschung am Waldrand, um auf den Sonnenaufgang zu warten. Vor ihm breitete sich eine feuchte Rasenfläche aus, von Blumen bunt und von Wasser dampfend und leuchtend. Luc wartete zuversichtlich auf das ganze Glück; er glaubte, es werde sich wie ein Bienenschwarm auf ihn setzen und es sei schon alles auf dem Weg zu ihm. In dem Zittern der Morgenröte lag eine unendliche Freude; und mit schelmischem Ruf kündigte der Frühling sich an. Die Luft vibrierte von Gesängen, und eine Schar junger Mädchen erschien.
Ausgelassen und vom feuchten Gras benetzt, die Haare noch von der Nacht aufgelöst, pflückten sie alle Blumen und ließen ihre nackten Füße tanzen, während sie ihre Röcke zu Körben schürzten. Aber alsbald des Tanzes überdrüssig, stiegen sie die Wiese hinunter zu den Quellen, sich zu waschen, ihr Spiegelbild zu betrachten, sich für die Freuden des Tages zurechtzumachen.
Als sie auseinandergingen, hatte jede ihre Gefährtinnen schon vergessen.
Nur Rachel kam nachdenklich zurück; sie hob die herabgefallenen Blumen auf und bückte sich, als wolle sie neue pflücken, um nicht wahrnehmen zu müssen, wie Luc herbeikam. Sie pflückte Sumpfdotterblumen, Salbei, Margeriten und alle Wiesenblumen. Luc brachte den roten Fingerhut der Schluchten und die violetten Hyazinthen. Er stand ganz nahe bei Rachel; jetzt wand sie die Blumen zu einem Kranz. Luc wollte seine Blumen mit hineinflechten, aber er wagte es nicht; plötzlich warf er sie ihr zu Füßen:
«Dies sind dunkle Waldblumen», sagte er, «und ich habe sie im Finstern gepflückt – für dich, denn du bist gekommen; ich hatte die ganze Nacht gesucht. Du bist schön wie der Frühling in diesem Jahr und noch jünger als ich. Ich habe heute morgen deine nackten

Füße gesehen. Du warst mit deinen Freundinnen zusammen, und ich wagte nicht, mich euch zu nähern; jetzt bist du hier – allein. Bitte nimm meine Blumen und komm mit; laß uns voneinander lernen, entzückt und fröhlich zu sein.»
Rachel hörte aufmerksam zu und lächelte; Luc hatte sie bei der Hand genommen, und zusammen gingen sie heim.

Der Tag verging mit Spielen und Lachen. Luc ging am Abend allein nach Haus. Die Nacht brachte ihm keinen Schlaf; im Bett war ihm zu heiß, und oft stand er auf, lief im Zimmer umher und beugte sich aus dem offenen Fenster. Er wünschte sich, jünger und viel schöner zu sein, denn er meinte, daß zwischen zwei Menschen die Liebe die Herrlichkeit ihrer Körper hat. Die ganze Nacht begehrte Luc nach Rachel. Am Morgen eilte er zu ihr.
Eine Fliederallee führte zu ihrem Haus; dann kam ein Garten voller Rosen, von einem niedrigen Zaun umgeben; von weitem schon hörte Luc, wie Rachel sang. Er blieb bis zum Abend, am nächsten Tag kam er dann wieder; – er kam jeden Tag; sobald er aufgewacht war, brach er auf; im Garten wartete Rachel mit einem Lächeln.
Tage vergingen; Luc wagte nichts; Rachel gab sich zuerst hin. – Eines Morgens, als er sie nicht wie gewohnt im Laubengang angetroffen hatte, beschloß Luc, hinauf in ihr Zimmer zu gehen. Rachel saß auf ihrem Bett, sie hatte ihr Haar gelöst und war fast nackt, nur ein Schal bedeckte sie, er war schon fast heruntergeglitten; augenscheinlich wartete sie. Luc trat ein, errötete, lächelte – dann aber sah er ihre so feingliedrigen, anmutigen Beine und erahnte darin eine große Zerbrechlichkeit; er kniete vor ihr nieder und küßte ihre zarten Füße, dann legte er ihr den Schal wieder um.
Luc wollte sie lieben, aber er schrak vor dem Besitz ihres Körpers wie vor einer Wunde zurück. Traurige Erziehung, die wir erhielten und die dazu geführt hat, daß wir uns die Wollust schluchzend und tief betrübt vorstellen, oder aber verdrossen und einsam, obgleich sie doch so glorreich und heiter ist. Wir werden nicht mehr von Gott verlangen, daß er uns zum Glück erhebe. – Aber nein! Luc war nicht so; was soll diese lächerliche Manie, alle, die wir erfin-

den, so auszustatten, wie wir selbst es sind? – Also: Luc nahm diese Frau in Besitz.
Wie soll ich ihre neue Freude sagen, wenn nicht dadurch, daß ich die Natur erzähle, die sie umgab, ihnen gleich, teilnehmend auch an ihrer Freude? Ihre Gedanken waren nicht mehr wichtig: Sie befaßten sich nur noch damit, glücklich zu sein; ihre Fragen waren Wünsche, ihre Antworten Erfüllungen. Sie lernten die vertrauliche Sprache des Körpers, und ihre geheime Innigkeit wuchs von Tag zu Tag.
Eines Abends, als er wie immer von ihr fortgehen wollte, fragte sie ihn: «Warum gehst du? Wenn zu einer Geliebten, so ist's gut, geh – ich bin nicht eifersüchtig. Wenn nicht, bleib – komm: mein Ruhebett lädt dich ein.»
Von da an blieb er jede Nacht.

Die Luft war wärmer geworden, die Nächte so schön, daß sie das Fenster nicht mehr schlossen: So schliefen sie unter dem Mond – und da ein Rosenstrauch voll von Blüten sich hinaufrankte und das Fenster einrahmte, hatten sie einige seiner Zweige eingeklemmt; der Rosen Duft vermischte sich mit dem der Blumensträuße im Zimmer. Die Liebe ließ sie erst sehr spät einschlafen; ihr Erwachen war wie das Betrunkener – sehr spät, noch müde von der Nacht. Sie wuschen sich in einer klaren Quelle, die im Garten entsprang, und Luc sah Rachel zu, wie sie sich nackt unter dem Blätterdach badete. – Dann brachen sie zum Spaziergang auf.
Oft saßen sie untätig im Gras und warteten nur auf den Abend; sie sahen der Sonne zu, wie sie unterging; dann, wenn es endlich etwas frischer geworden war, schlenderten sie langsam nach Hause. Das Meer war nicht weit; wenn die Gezeiten stark waren, hörte man nachts schwach die Wellen rauschen. Manchmal stiegen sie hinab bis an den Strand; durch ein enges, gewundenes Tal ohne Wasserlauf; Stechginster und Besenginster wuchsen dort, und der Wind wirbelte Sand auf; dann öffnete sich vor ihnen der Strand: ein Golf ohne Boote, ohne Schiffe, obgleich das Meer hier ruhig war. Fast gegenüber bog sich die Küste zurück und schien, aus der Ferne gesehen, eine Insel zu bilden: Genau an diesem

Punkt sah man, bemerkte man etwas wie das prachtvolle Gittertor eines Parks; am Abend glänzte es wie von Gold. – Bald fand Rachel keine Muscheln mehr im Sand; sie langweilten sich angesichts des Meeres.
In der Nähe war auch ein Dorf, aber wegen der armen Leute gingen sie nicht oft dorthin.
Wenn es regnete oder wenn sie aus Schlaffheit nicht einmal auf die Wiese traten, Rachel auf ihrem Bett lag, Luc ihr zu Füßen, bat sie ihn, ihr eine Geschichte zu erzählen: «Sprich», sagte sie, «jetzt höre ich zu; hör nicht auf, wenn ich schlummere: erzähl mir – du weißt schon – die Gärten im Frühling und die hohen Terrassen.»

Und Luc erzählte die Terrassen, die Kastanienalleen, die hängenden Gärten über der Ebene; «– morgens kamen kleine Mädchen in die Gärten, um zu spielen und ihre Reigen zu tanzen, und die Sonne stand noch so niedrig über der Ebene, daß die Bäume keinen Schatten warfen.
Ein wenig später traten stillere, größere Mädchen zwischen die Blumenbeete hinaus und wanden im Gehen Kränze – so wie du, Rachel, Kränze geflochten hast. Gegen Mittag kamen die Paare hinzu – und da die Sonne über die Bäume hinaufgestiegen war, schenkte – so schien es – das dichte Gewölbe des Gezweigs der Allee ein wenig Frische; die dort spazierengingen, sprachen nur mehr leise zueinander. Ein wenig später, wenn weniger Glanz blendete, konnte man erst die Ebene überblicken, auf der der Sommer ausgebreitet zu liegen schien. Spaziergänger beugten sich über die Balustraden oder lehnten sich an. Frauen setzten sich in Gruppen nieder, die einen wickelten Wollstränge zu Knäueln, womit andere Handarbeiten machten. Die Stunden verrannen. Nach Schulschluß kamen Schüler; Kinder spielten mit Murmeln. Der Abend brach herein; die Spaziergänger wurden einsam; einige, die doch noch zusammen waren, sprachen vom Tag, als ob er schon zu Ende sei. Der Schatten der Terrasse stieg auf die Ebene hinab, und ganz am Ende des Horizonts erschien am klaren Himmel der Mond sehr zart und rein. – In der Nacht bin ich gekommen und bin auf der menschenleeren Terrasse umhergeirrt...» – Luc schwieg und

betrachtete Rachel, die über dem Gemurmel seiner Worte eingeschlafen war.
Sie wanderten einmal noch viel weiter; das geschah, als der Frühling zu Ende ging. Nachdem sie den Hügel, an dem ihr Haus gelegen war, erstiegen hatten, stießen sie mitten auf dem entgegengesetzten Abhang auf einen Kanal. Eine Pappelreihe führte an ihm entlang; ein eingeschnittener Weg folgte ihm, dahinter wurde das Gelände wieder abschüssig. Sie konnten den Kanal auf einer Brücke überqueren, wegen der brennenden Sonne folgten sie weiter dem Wasserlauf. Aus dem Tal stieg Hitze in Wellen hoch; die Luft flimmerte über den Feldern; von einer Landstraße in der Ferne wirbelte Staub auf, wenn ein Karren darüberfuhr; sie sahen den Sommer auf der Ebene. Der Weg, die Bäume, der Kanal, alles folgte beharrlich den Wölbungen des Hügels; sie also folgten auf der Böschung dem Kanal; auf der anderen Böschung lief ein kleines Wäldchen aus. – Das war alles. So wanderten sie sehr lange dahin; aber es war kein Ende des Weges abzusehen, und als sie genug davon hatten, kehrten sie heim.

II

Ihnen, Verehrteste, erzähle ich diese Geschichte. Sie wissen, daß unsere traurigen Liebesbemühungen sich in der Heide verirrt haben, und gerade Sie beklagten sich damals darüber, daß mir das Lächeln so schwer fiel. Diese Geschichte ist für Sie bestimmt: in ihr habe ich danach gesucht, was die Liebe zu schenken vermag; wenn ich nur Langeweile gefunden habe, ist das mein Fehler: durch Sie habe ich es verlernt, glücklich zu sein. – Wie kurz ist doch die Freude in einem Buch, und wie schnell ist sie erzählt, und wie banal ist ein Lächeln ohne Makel und ohne Melancholie! Und überhaupt, was haben wir von der Liebe der andern, von der Liebe, die ihnen Glück bedeutet? – Macht nichts, Luc und Rachel liebten sich; aus Gründen der Handlungseinheit meiner Erzählung taten sie sogar nichts anderes; Langeweile lernten sie nur als Langeweile des Glücks kennen. – Blumenpflücken war ihre monotone Beschäftigung. Sie wiesen ihr Verlangen nicht zurück, um

nach Fernerem zu streben, und genossen kaum das Schmachten in der Erwartung. Sie hatten die Geste nicht kennengelernt, die gerade das zurückstößt, was man zu umfassen begehrt – wie wir es taten, ach, Verehrteste, weil wir uns vor dem Besitz fürchteten und weil uns das Pathetische so zusagte. – Sie pflückten allzugleich jede Blume, die sie haben wollten, es kümmerte sie wenig, daß sie vielleicht in ihren warmen Händen viel zu schnell welken könnte. – Glücklich, wer so lieben kann wie sie: Lieben ohne Gewissensbisse! Kaum spürten sie Erschöpfung; denn es ist nicht so sehr die Liebe, es ist nicht so sehr die Sünde, die zur Erschöpfung führt, als vielmehr die Reue darüber. Sie hatten sich also angewöhnt, recht wenig ihre auf den Wogen der Vergangenheit schwimmenden Taten zu betrachten; und die ihnen eigene Freude rührte daher, daß sie die Traurigkeit nicht kannten; nur an Küsse und an Umarmungen erinnerten sie sich, die sich wiederholen lassen. So kam es, daß einen Augenblick lang ihrer beider Leben wirklich ineinander verschmolzen. Das war zur Zeit der Sommersonnenwende; in der tiefblauen Luft waren die Zweige hoch über ihnen von erhabener Anmut.
Sommer! Sommer! Wie einen Lobgesang müßte man das singen. – Fünf Uhr; ich bin aufgestanden (da geht die Sonne auf!), und ich bin hinausgegangen auf die Felder. – Wenn sie wüßten, wieviel frischer Tau auf dem Gras liegt, wieviel kühles Naß, um die fröstelnden Füße morgens darin zu baden; wenn sie wüßten, wie die Felder glänzen und der Anblick der Ebene berauschen kann; wenn sie wüßten, wie das Morgenrot uns lächelnd begrüßt, wenn wir ihm im Gras entgegengehen – sie würden nicht weiterschlafen wollen, vermute ich. – Aber Luc und Rachel sind müde von den Küssen der Nacht, und diese Müdigkeit der Liebe schenkt ihren Träumen vielleicht mehr Lächeln, als das Morgenrot den Feldern geschenkt hat.

Aber eines Morgens gingen sie doch hinaus; sie erreichten dasselbe Tal und den Kanal, dem sie an einem Frühlingstag gefolgt waren; aber da sie den Hügel umgangen hatten, anstatt ihn zu besteigen, befanden sie sich plötzlich dort, wo der Kanal in einen breiten Fluß mündete; der Kanal war ein Treidelkanal; sie überquerten das Wasser auf einer Schleuse und blieben auf dem Treidelpfad, zu ihrer Rechten der Kanal, zur Linken der Fluß. Auf dem anderen Ufer führte auch eine Straße entlang. Und diese fünf parallelen Straßen drangen in das enge Tal vor, so weit sie sehen konnten. Ihre Wanderung an diesem Tag war ziemlich lang, aber es lohnt sich nicht, sie zu erzählen.

Sie wollten den Strand wiedersehen; sie stiegen wieder den Abhang hinab; angesichts des Meeres setzten sie sich nieder. Vor nicht langer Zeit hatten die Wellen einer Sturmflut Muscheln aus der Tiefe, Strandgut und abgerissene Algenfetzen an den Strand gespült; man wurde betäubt vom ununterbrochenen Grollen der immer noch aufgeblähten Wogen. Und Rachel wurde plötzlich von Unruhe erfaßt: Sie spürte, daß Luc nachzudenken begann. Ein kälterer Wind wehte; sie fröstelten; sie erhoben sich. – Luc ging voraus, zu schnell, ein wenig pathetisch; da lag ein Balken, rissig und schwarz, ein unbekannter Rammpfahl, Schiffstrümmer, Holz von den Inseln... und beide blieben sie davor stehen. Später dann sah Luc auf das Meer hinaus; Rachel hatte sich, weil sie es brauchte, instinktiv auf Luc gestützt und lehnte ihren Kopf an seine Schulter, denn verworren spürte sie in ihm die Furcht und den Durst auf Abenteuer. Sie blieben so stehen. Die Sonne ging unter, sie versank auf der anderen Seite des Golfes, hinter der Meerenge, dort, wo man zwischen den Vorgebirgen die unendliche Linie des Meeres sich in der Ferne verlieren sah.
Und während die Sonne ins Meer eintauchte, da empfingen ihnen gegenüber wie auf einer Insel die Gitter des Parks die sterbenden Strahlen und begannen auf unerklärliche und fast übernatürliche Weise zu leuchten: Zumindest hatten sie so stark diesen Eindruck, daß sie darüber kein Wort miteinander sprachen; jeder Stab für sich, eher aus Stahl denn aus Gold, schien zu leuchten, aus seinem Inneren heraus oder als Ergebnis übermäßigen Polierens; am seltsamsten war, daß man hinter dem Gitter noch etwas zu sehen glaubte, wenn man auch nicht hätte sagen können, was. Jeder von beiden, Luc und Rachel, spürte, daß der andere nicht darüber zu sprechen wagte.

Auf dem Heimweg fand Rachel im Sand ein Tintenfischei*, riesig, schwarz, zäh und von einer dermaßen bizarren Form, als ob darin eine Absicht läge, so daß sie ihr Bedeutung für sich beimaßen und nach einer Ursache dafür suchten.

Die Erinnerung an diesen Tag ließ in ihnen eine diffuse Unruhe zurück, und da sie oft, ohne es zu wollen, an diesen umschlossenen Park vor dem Meer dachten, angezogen von ihm sich Fragen stellten, entschlossen sie sich eines Morgens – sie besaßen übrigens kein Boot, das sie hätte hinbringen können –, an der Küste entlangzuwandern, bis sie den Park erreicht hätten.
Bevor der Tag anbrach, standen sie auf und machten sich auf den Weg; es war noch grau und frisch; sie schritten einher wie Pilger, die, ernst, still, in sich gekehrt, ein Ziel suchen außerhalb ihrer selbst; und ihre ernüchterte Wißbegier ließ in ihnen etwas wie das Gefühl einer Aufgabe zurück. – Aber, Verehrteste, behaupten wir nicht zuviel, denn schon gefallen sie uns fast. – Sei's drum! Ausnahmsweise drangen sie einmal voran, ohne daß die Hitze des Tages sie störte, denn sie ließen sich von einer Idee leiten – es war schon kein Wunsch mehr. Und Rachel beklagte sich weder über die wegrollenden Kieselsteine auf der Straße noch über den losen Sand, in den ihre Füße beim Gehen einsanken; bald wanderten sie am Strand entlang, bald querfeldein – einmal mußten sie auf der Uferböschung eines Flusses zurück, bis sie eine Brücke fanden, um dann wieder auf der Böschung flußabwärts zu laufen – und danach wieder von neuem querfeldein. Da waren sie endlich, ach, fast am Fuß der Mauer angekommen; das war der Park; und um besser zu verhindern, daß man ihm nahe kam, war in einen ausgemauerten Graben Meerwasser geleitet worden, das den Fuß der Mauer umspülte und einen geschlossenen Ring zu bilden schien, und diese Mauer drang wie ein Deich ins Meer vor, so daß man nach dieser Seite hin nichts als ein finsteres Kap aus Kalkstein erkennen

* Wörtliche Übersetzung von «œuf de seiche»; nach der Beschreibung handelt es sich aber um ein Rochenei. (Anm. d. Ü.)

konnte. Sie drangen weiter vor. Der Graben hörte auf. Danach folgten sie weiter der Mauer. Die Sonne lastete schwer auf ihnen; die Straße vor ihnen nahm kein Ende; es war die Stunde, in der die Gartenmauern keinen Schatten werfen. Von Efeu fast völlig überwuchert, entdeckten sie eine kleine, verschlossene Tür. Kaum merklich bog sich die Mauer, und mit fortschreitender Stunde schien auch die Sonne sich zu drehen und ihnen zu folgen. Zweige bogen sich über die Mauer herab, aber in starrer Geste. Aus dem Innern des Parks stieg unablässig ein Geräusch auf wie von Lachen, doch oft erzeugen Springbrunnen dasselbe Geräusch wie Menschenstimmen. Plötzlich lag das Meer wieder vor ihnen. Da bemächtigte sich ihrer eine tiefe Traurigkeit, und sie setzten sich ein wenig hin, bevor sie sich auf den Heimweg machten. Vor ihnen, genau so wie auf der anderen Seite, ragte ein felsiges Kap ins Meer und setzte die Mauer fort, gegen deren Fuß das Meerwasser in einem unüberwindbaren Graben anbrandete. Und die Traurigkeit durchdrang sie, erfüllte sie ganz, drang gleichzeitig in sie ein auch durch die kleinste Spalte. – Vor allem waren sie müde vom Laufen, und davon, daß es so vergeblich gewesen war. – Jetzt verschwand die Sonne hinter dem Park; sie wanderten in dem länger werdenden Schatten der Mauer; sie hatten den schwachen Eindruck, daß sie ein Geheimnis in sich berge. Zuweilen glaubten sie ein Geräusch zu vernehmen, als ob mit den Fingern gegen Fensterscheiben getrommelt würde, aber das Geräusch hörte auf, sobald sie stehenblieben, deshalb glaubten sie, es werde vom Widerhall ihrer Schritte verursacht. Es war schon tief in der Nacht, als sie zu Hause ankamen.

Als sie sich ausruhten am nächsten Tag, sagte Rachel: «Erzähl mir die Morgendämmerung im Sommer, hält mich doch nah bei dir meine Trägheit zurück.»

Luc begann: «Es war Sommer, vor Tagesanbruch schon; die Vögel sangen noch nicht; der Wald war kaum erwacht.»

«Oh, kein Wald», sagte sie, «eine Alleestraße. Der Tag bricht an, und wenn die Vögel noch nicht singen, so liegt das an dem zu tiefen Tal, wo die Nacht länger verweilt; aber oben auf den Hügeln wird es schon hell.»

«Und diesem hohen Licht entgegen», fuhr Luc fort, «wagten sich zwei Ritter; ihr Ziel schien, nachdem sie die ganze Nacht dem Tal gefolgt waren, die alles überragende Hochebene. Sie waren still und ernst nach ihrem langen Ritt durch die Finsternis, und die hohen Eichen der Alleestraße breiteten ihre Zweige über ihnen aus. Langsam stiegen ihre Pferde die gerade, steile Straße empor. Indem sie höher stiegen, umleuchtete sie heller das Licht. Auf der Hochebene wurde es Tag. – Auf der Hochebene erstreckte sich eine andere, breitere Alleestraße; sie kreuzte die erste und verlief auf dem Rücken des Hügels. Die beiden Ritter hielten an. Der eine sagte: ‹Trennen wir uns, mein Bruder; nicht die gleiche Straße ruft uns beide – auch reicht mein Mut aus, ich brauche deinen zur Hilfe nicht. Wo einer allein genügt, ist der andere überflüssig.› – Der andere sagte: ‹Leb wohl, mein Bruder.› – Dann wandten sie einander den Rücken zu, und jeder ritt in seiner Richtung einsamen Eroberungen entgegen. – Alsbald erwachten alle Vögel. Verfolgungen im Liebesspiel setzten ein unter dem Blätterdach, Insekten tanzten in der Luft: der summende Flug der Bienen war zu hören, und in den Wiesen öffneten sich die Blumen mit neuer Blütentracht. Liebliches Säuseln breitete sich aus.

Etwas weiter, wo der Boden sich neigte, waren nur noch Blätter zu sehen; weiter unten, in dem jetzt weniger finsteren Tal, die wogenden Baumkronen; und noch tiefer eine Nebelbank. Oh, wie gern hätten wir uns niedergebeugt, um die Hirsche zur Tränke hinabsteigen zu sehen!»

«Und die beiden Ritter?» fragte Rachel.

«Ach, lassen wir sie», sagte Luc, «beschäftigen wir uns mit der Alleestraße. – Gegen Mittag kam auf ihr eine Schar junger Frauen herbei; sie hatten sich beim Gehen die Hände gereicht, so wie du und deine Freundinnen; sie lachten; dann kamen Männer in seidenen Anzügen mit modischem Goldschmuck; sie setzten sich und plauderten alle miteinander.

Der Tag ging vorüber; sie schwiegen nun, und der Schatten hatte sich ausgedehnt bis über das Moos; sie erhoben sich und brachen auf, um den Sonnenuntergang zu sehen. Und die Alleestraße war voller Unruhe und Gemurmel; alles bereitete sich auf den Schlaf vor; – dann wurde es ganz still; der Abend brach herein, und die Zweige wiegten sich leicht; geheimnisvoll wirkten die grauen Stämme im Schatten; der Nachtgesang der Vögel erklang. Da sah man in der anbrechenden Nacht zwei Ritter heimkehren; sie ritten aufeinander zu auf der Straße, der sie folgten, und ihre Pferde sahen aus, als hätten sie eine große Anstrengung hinter sich. Die Ritter selbst hielten sich niedergebeugt, ernster als am Morgen, des vergeblichen Tagewerks wegen. Und nachdem sie zusammengetroffen waren, ritten sie wortlos wieder die Allee hinab, die vom Hügel hinunterführt, und sie verschwanden in der Nacht unter den Zweigen.»

«Warum willst du also fortgehen, Luc», sagte Rachel, «welchen Zweck hätte es aufzubrechen? Bist du nicht mein ganzes Leben?»

«Aber du, Rachel», sagte Luc, «du bist nicht mein ganzes. Es gibt noch anderes.»

III

Verehrteste, diese Geschichte langweilt mich. Sie wissen genau, wenn ich Phrasen gedroschen habe, dann für die andern und nicht für mich. Ich wollte eine Beziehung zwischen Jahreszeiten und der Seele erzählen; wir mußten zum Herbst kommen: Ich lasse nicht gern eine einmal begonnene Aufgabe, was es auch sei, unerledigt.

Zwei Seelen begegnen sich eines Tages, und da sie Blumen pflückten, glaubten sie beide, sie seien sich gleich. Sie haben sich an der Hand gefaßt und dachten, so ihren Weg fortzusetzen. Was aus der Vergangenheit folgt, trennt sie. Die Hände lassen einander los, und so wird jeder kraft des Vergangenen allein seinen Weg fortsetzen. Diese Trennung ist notwendig, denn nur eine gleiche Vergangenheit kann ihre Seelen gleich werden lassen. Für die Seelen geht alles ineinander über. – Es gibt welche, Sie wissen es, wir wissen es, Verehrteste, die immer parallel nebeneinander hergehen werden und sich nicht näherkommen können. – Und so trennten sich Luc und Rachel; einen einzigen Tag lang, einen einzigen Sommeraugenblick, hatten sich ihrer beider Lebenslinien vermischt – an

einem einzigen Berührungspunkt –, und schon jetzt schauten beide in verschiedene Richtungen.
Im Sand nahe den Wogen sitzend, schaute Luc hinaus aufs Meer, Rachel in die Landschaft. Ab und zu versuchten sie, ihre sich auflösende Liebe wieder fester zu fassen, aber das war Lust ohne Überraschung; alles hatte sich abgenutzt, und Luc war glücklich, wenn er an die Abreise dachte. Rachel hielt ihn nicht mehr zurück. – Wenn sie noch zusammen hinausgingen, liefen sie träumend einher – ich wollte sagen: nachdenklich; jeder schaute vor sich hin, anstatt weiter den andern anzusehen. Luc dachte nicht mehr an die Liebe, aber ihre Liebe ließ in ihnen etwas wie die Erinnerung an eine große Zärtlichkeit zurück, und etwas wie den Duft der verwelkten schönen Blumen – all das, was von den Kränzen übrigblieb – aber ohne Traurigkeit, ohne Traurigkeit.
An manchen Tagen gingen sie so einher, lustlos und schweigend. Wegen der prachtvollen Farben des Herbstlaubs, die sich leuchtend im Wasser widerspiegelten, suchten sie am liebsten stehende Gewässer auf und wanderten langsam auf ihren Ufern dahin. Die Wälder waren herrlich und voller Musik: Die herabfallenden Blätter gaben den Blick frei bis zum Horizont. Luc dachte an die Weite des Lebens. – Ich sage das, weil ich selbst daran denke; ich meine einfach, daß er daran denken mußte. – Luc und Rachel langweilen mich, Verehrteste: was könnte ich Ihnen über sie noch erzählen?
Einmal wollten sie den Park mit dem wunderschönen Gittertor wiedersehen. Sie fanden auch, indem sie der Mauer folgten, jene kleine verborgene Tür; damals ganz abweisend und ohne Schloß, stand sie jetzt offen; sie traten ein – und sahen einen verlassenen Park.
Nichts könnte die Farbenpracht der Alleen wiedergeben. Der Herbst überhäufte den Rasen, Zweige waren abgebrochen; Gras wuchs auf den Wegen, blühendes Gras, Süßgräser; schweigend gingen sie dazwischen einher, nah den Sträuchern voll roter Beeren, in denen Rotkehlchen sangen. Ich liebe die Pracht des Herbstes. – Es gab Bänke aus Stein, Statuen, dann traf man auf ein großes Haus mit geschlossenen Fensterläden und zugenagelten Türen. – Im Garten spürte man noch die Erinnerung an Festlichkei-

ten; überreife Früchte hingen an den Spalieren. – Da der Abend hereinbrach, gingen sie wieder heim...

«Erzähl mir den Herbst», sagte Rachel.
«Der Herbst», fuhr Luc fort, «ach, das ist der ganze Wald, und der dunkle See am Waldrand. Hirsche kommen dorthin, und das Jagdhorn ertönt. Halali! Halali! – Die Meute bellt; die Hirsche springen davon. Laß uns in dem großen Wald spazierengehen. – Die Jagdgesellschaft kommt heran; sie ist vorbeigeeilt; hast du die Zelter gesehen? Der Ruf des Jagdhorns ertönt fern, fern in den Wäldern. – Laß uns wieder den stillen See anschauen, wo es Nacht wird.»
«Was für eine dumme Geschichte du erzählst», sagte Rachel, «man sagt heute nicht mehr ‹Zelter›; und der ganze Lärm gefällt mir nicht. Laß uns schlafen.»
Da ließ Luc sie schlafen; denn er selbst war noch nicht müde.
Bald danach trennten sie sich; ein Abschied ohne Tränen und ohne Lächeln; ruhig und wie selbstverständlich; denn ihre Geschichte war vollendet. – Sie dachten an kommende Dinge.

So ist der Herbst hier, Verehrteste; es regnet, tot sind die Wälder, und der Winter kommt bald. Ich denke an Sie; meine Seele glüht und hat sich abgekühlt; ich sitze neben dem Kaminfeuer; neben mir liegen meine Bücher; ich bin allein, ich denke, ich horche. – Werden wir uns wieder wie einst auf eine so geheimnisvolle und schöne Weise lieben? – Ich bin glücklich; ich lebe; ich habe hehre Gedanken.

Endlich habe ich Ihnen diese Geschichte zu Ende erzählt, die uns beide langweilt; jetzt warten große Aufgaben auf uns. Ich weiß, daß das Meer, daß der Ozean des Lebens ruhmreiche Schiffbrüche für uns bereithält – und verschollene Seeleute und Inseln, die es zu entdecken gilt. – Doch wir bleiben hier, über die Bücher gebeugt, und unsere Wünsche verlieren sich an weniger unsichere Unternehmungen. Das macht uns, ich weiß es, fröhlicher als die anderen Menschen. – Zuweilen allerdings, wenn ein zu lang andauerndes Studieren mich ermüdet hat, gehe ich in den Wald, im Regen, und ich schaue mir den Herbst an, wie er zu Ende geht. Und ich weiß, daß ich mich danach, an gewissen Abenden, wenn ich von diesem Spaziergang zurückgekehrt war, wie trunken vom Glück des Lebens am Feuer niedergelassen habe und, schluchzend fast vor Trunkenheit, in meinem Kopf die ernst zu nehmenden Werke spürte, die ich schaffen werde. – Ich werde etwas schaffen! Ich werde etwas schaffen; ich lebe. Unter allen werden wir schließlich die großen, stillen Werke am meisten geschätzt haben: das Epos, die Geschichtsschreibung, die dramatische Dichtung; wir werden uns über das Leben beugen – wie Sie es so schön taten, meine Schwester, nachdenklich und mit Bedacht. Jetzt reise ich ab, aber denken Sie, sinnen Sie dem Reiseglück nach…

Und doch hätte ich gerne – jetzt, da es Winter ist – diesen Bericht mit Ihnen weitergeführt. Eines Abends wären wir allein nach Holland gefahren, in eine Stadt: Die Straßen wären verschneit gewesen; auf den zugefrorenen Kanälen hätte man das Eis glattgefegt. Sie wären lange Schlittschuh gelaufen, mit mir, bis aufs Land hinaus, wir wären auf den Feldern gewesen, wo man sieht, wie die Schneedecke entsteht; unendlich weiß dehnt sie sich aus; es tut gut, die eiskalte Luft zu spüren. – Es wird Nacht, doch der Schnee leuchtet jetzt; wir kehren heim. Jetzt wären Sie bei mir im Zimmer; das Feuer brennt; die Vorhänge und alle unsere Gedanken wären zugezogen. – Dann würden Sie, meine Schwester, so zu mir sprechen:

Kein Ding ist es wert, daß wir uns von unserem Weg abbringen lassen; im Vorübergehen wollen wir alle Dinge wahrnehmen; aber unser Ziel liegt weiter entfernt – wir wollen uns also nicht beirren lassen; diese Dinge kommen und gehen; unser Ziel sei unverrückbar – und wir sind unterwegs, um es zu erreichen. Ach! Wehe jenen stumpfen Seelen, welche die Hindernisse für Ziele halten. Es gibt keine Vielzahl von Zielen; *die Dinge sind nicht Ziele oder Hindernisse – nein, nicht einmal Hindernisse; man muß einfach nur an ihnen vorübergehen. Unser einziges Ziel ist Gott; wir können ihn nicht aus den Augen verlieren, denn man sieht ihn durch alle Dinge hindurch. Von jetzt an wollen wir Ihm entgegengehen; auf einer Allee,* die ihre Pracht nur uns allein verdankt, *zur Rechten die Kunstwerke, zur Linken die Landschaften, vor uns die Straße, der wir folgen müssen; – wir wollen jetzt, nicht wahr, unsere Seele schmücken und fröhlich stimmen. Denn es sind nur unsere Tränen, die rund um uns Traurigkeit sprießen lassen.*

Und ihr, Gegenstände unseres Verlangens, ihr gleicht jenen vergänglichen Konkretionen, die, sobald man sie zwischen die Finger nimmt, nur Asche übriglassen. – *Qualquiera ventio que sopla.*

Erhebt euch, Stürme meines Denkens – verweht diese Asche!

Sommer 1893.
Yport und La Roque.

Paludes

(Paludes)

Aus dem Französischen

übertragen

von Gerda Scheffel

Für meinen Freund
EUGÈNE ROUART
schrieb ich diese Satire – worauf?

Dic cur hic.
(Die andere Schule)

Bevor ich den andern mein Buch erkläre, erwarte ich, daß andere es mir erklären. Es als erster erklären zu wollen, hieße, sofort seinen Sinn einzuschränken; denn wenn wir auch wissen, was wir sagen wollten, so wissen wir doch nicht, ob wir nur das gesagt haben. – Man sagt immer mehr als DAS. – Und was mich besonders interessiert, ist gerade das, was ich unwissentlich hineingelegt habe – der Anteil an Unbewußtem, den ich den Anteil Gottes nennen möchte. – Ein Buch ist stets eine Gemeinschaftsarbeit, und sein Wert ist um so größer, je kleiner der Anteil des Schreibers ist und je mehr Gott an ihm teilhat. Erwarten wir von überallher die Enthüllung der Dinge; vom Publikum die Enthüllung unserer Werke.

Hubert

Dienstag.

Gegen fünf Uhr kühlte es ab; ich schloß meine Fenster und machte mich wieder ans Schreiben.

Um sechs trat mein guter Freund Hubert ins Zimmer; er kam vom Reiten.

Er sagte: «Sieh an! Du arbeitest?»

Ich antwortete: «Ich schreibe *Paludes.*»

«Was ist das?» – «Ein Buch.»

«Etwas für mich?» – «Nein.»

«Zu gelehrt?» – «Langweilig.»

«Warum schreibst du es dann?» – «Wer würde es sonst schreiben?»

«Wieder Bekenntnisse?» – «Fast keine.»

«Was dann?» – «Setz dich.»

Und als er saß:

«Ich habe bei Vergil zwei Verse gelesen:

Et tibi magna satis quamvis lapis omnia nudus
Limosoque palus obducat pascua junco.

Ich übersetze: – ein Hirte spricht mit einem anderen Hirten; er sagt ihm, seine Weide sei sicher voller Steine und Sümpfe, doch für ihn reiche sie aus; er könne glücklich sein, daß er sich mit ihr zufriedengebe. – Wenn man seine Weide nicht tauschen kann, gibt es keine klügere Einstellung, wirst du sagen?...»

Hubert sagte nichts. Ich fuhr fort: «*Paludes* ist vor allem die Geschichte dessen, der nicht reisen kann; bei Vergil heißt er Tityrus; – *Paludes* ist die Geschichte eines Mannes, der Tityrus' Weide besitzt und sich nicht bemüht, sie zu verlassen, sondern im Gegenteil sich mit ihr zufriedengibt; das ist es... Ich erzähle: Am ersten Tag stellt er fest, daß er sich mit ihr zufriedengibt, und denkt darüber nach, was er hier tun soll. Am zweiten Tag, als ein Segler vorbeizieht, schießt er am Morgen vier Trauer- oder Krickenten ab und

ißt gegen Abend zwei von ihnen, nachdem er sie auf einem kümmerlichen Reisigfeuer gebraten hat. Am dritten Tag beschäftigt er sich damit, eine Hütte aus hohem Schilfrohr zu bauen. Am vierten Tag ißt er die beiden letzten Trauerenten. Am fünften Tag zerstört er seine Hütte und grübelt über ein kunstvolleres Haus nach. Am sechsten Tag...»
«Hör auf», sagte Hubert, «ich habe begriffen. Lieber Freund, du kannst weiterschreiben.» Er ging.
Die Nacht war undurchdringlich. Ich räumte meine Blätter weg. Ich aß nicht zu Abend; ich verließ das Haus; gegen acht war ich bei Angèle.
Angèle saß noch bei Tisch, sie war gerade beim Obst; ich setzte mich zu ihr und begann, eine Apfelsine für sie zu schälen. Man brachte Süßigkeiten, und als wir wieder allein waren, fragte Angèle, während sie mir ein Stück Brot belegte:
«Was haben Sie heute getan?»
Ich erinnerte mich keiner einzigen Handlung und antwortete unüberlegt: «Nichts», doch da ich psychologische Abschweifungen fürchtete, fiel mir sofort der Besuch ein, und ich rief: «Mein guter Freund Hubert hat mich um sechs besucht.»
«Er ist eben weggegangen», erwiderte Angèle; und sie kam auf den alten Streitpunkt zurück: «Er jedenfalls tut etwas», sagte sie, «er beschäftigt sich.»
Ich hatte gesagt, ich hätte nichts getan; jetzt ärgerte ich mich: «So? Was tut er?» fragte ich... Sie legte los:
«Eine Unmenge Sachen... Zunächst reitet er... und dann wissen Sie ganz genau: Er ist Mitglied von vier Industrieunternehmen; außerdem leitet er mit seinem Schwager eine Versicherungsgesellschaft für Hagelschäden: Eben habe ich unterschrieben. Er besucht Kurse für Popularbiologie und veranstaltet jeden Dienstagabend öffentliche Lesungen. Er hat genügend medizinische Kenntnisse, um sich bei Unfällen nützlich zu machen. – Hubert tut sehr viel Gutes: Fünf notleidende Familien verdanken ihm, daß sie noch existieren; er bringt Arbeiter, die keine Arbeit haben, bei Arbeitgebern unter, denen es an Arbeitern fehlt. Er schickt kränkliche Kinder in Heime aufs Land. Er hat eine Werkstatt für Stroh-

flechten gegründet, um junge Blinde zu beschäftigen. – Und er geht sonntags auf die Jagd. – Und Sie! Was tun Sie?»
«Ich?» antwortete ich etwas verlegen, «ich schreibe *Paludes.*»
«*Paludes?*» fragte sie, «was ist das?»
Wir waren fertig mit Essen, ich wartete mit meiner Antwort, bis wir im Salon waren.
Als wir beide am Kamin saßen, begann ich:
«*Paludes*... das ist die Geschichte eines Junggesellen in einem von Sümpfen umgebenen Turm.»
«Oh», sagte sie.
«Er heißt Tityrus.»
«Ein häßlicher Name.»
«Durchaus nicht», widersprach ich. «Er steht bei Vergil. Außerdem kann ich nichts erfinden.»
«Warum ein Junggeselle?»
«Oh!... weil das einfacher ist.»
«Ist das alles?»
«Nein; ich erzähle, was er tut.»
«Und was tut er?»
«Er betrachtet die Sümpfe...»
«Warum schreiben Sie?» fing sie nach einer Pause wieder an.
«Ich? ... Ich weiß es nicht... wahrscheinlich, um zu handeln.»
«Sie werden es mir vorlesen», sagte Angèle.
«Wann immer Sie wollen. Ich habe gerade ein paar Seiten in der Tasche.» Und ich zog sie sofort heraus und las sie ihr mit aller nur wünschenswerten Ausdruckslosigkeit vor:

Tagebuch des Tityrus oder Paludes

«Von meinem Fenster fällt mein Blick, wenn ich ein wenig den Kopf hebe, auf einen Garten, den ich mir noch nicht richtig angesehen habe; rechts ein kleiner Wald, der seine Blätter verliert; hinter dem Garten die Ebene; links ein Teich, von dem ich noch sprechen werde.
Der Garten war früher mit Malven und Akeleien bepflanzt, doch

meine Nachlässigkeit hat die Pflanzen drauflos wachsen lassen; wegen des benachbarten Teiches haben Binsen und Moose alles überwuchert; die Wege sind unter dem Unkraut verschwunden; es bleibt mir zum Laufen nur noch die große Allee, die von meinem Zimmer zur Ebene führt und in die ich eines Tages bei einem Spaziergang eingebogen bin. Die Tiere aus dem kleinen Wald überqueren sie abends, um das Wasser des Teiches zu trinken; wegen der Dämmerung erkenne ich nur graue Formen, und da die Nacht dann undurchdringlich ist, sehe ich sie niemals zurückkommen.»

«Mir hätte das Angst gemacht», sagte Angèle, «aber lesen Sie weiter – es ist sehr gut geschrieben.»

Ich war durch die Anstrengung des Lesens völlig verkrampft.

«Ach», sagte ich, «das ist so ziemlich alles; der Rest ist noch nicht fertig.»

«Notizen», rief sie, «oh, lesen Sie Ihre Notizen! die sind am amüsantesten; da sieht man viel besser, was der Autor sagen will, als er es später schreibt.»

Also las ich weiter – im voraus enttäuscht und, was blieb anderes übrig, mit dem Versuch, die Sätze unvollendet erscheinen zu lassen:

«*Von den Fenstern seines Turmes aus kann Tityrus angeln*... Wie gesagt, es sind nur Notizen...»

«Ja ja, ich weiß!»

«Trübsinniges Warten auf Fische. Mangelhaftigkeit der Köder, Vervielfachung der Angeln (Symbol) – notwendigerweise kann er nichts fangen.»

«Warum das?»

«Wegen der Wahrheit des Symbols.»

«Und wenn er doch etwas finge?»

«Dann wäre es ein anderes Symbol und eine andere Wahrheit.»

«Es gibt gar keine Wahrheit mehr, da Sie die Fakten so arrangieren, wie es Ihnen gefällt.»

«Ich arrangiere die Fakten so, daß sie eher der Wahrheit entsprechen als in der Wirklichkeit; das ist zu kompliziert, um es Ihnen

jetzt zu erklären, aber man muß überzeugt sein, daß die Ereignisse den Charakteren entsprechen; das macht die guten Romane aus; nichts von dem, was wir erleben, ist für andere bestimmt. Hubert hätte da schon einen wunderbaren Fang gemacht! Tityrus fängt nichts: das ist eine psychologische Wahrheit.»
«Nun ja – gut; lesen Sie weiter.»

«Ausdehnung des Mooses am Ufer bis unter das Wasser. Unbestimmte Reflexe; Algen; Fische schwimmen vorbei. Bei ihrer Erwähnung vermeiden, sie als ‹undurchsichtige Stupiditäten› zu bezeichnen.»

«Das hoffe ich. Aber wozu diese Notiz?»
«Weil mein Freund Hermogenes bereits die Karpfen so nennt.»
«Ich finde das als Ausdruck nicht sehr geglückt.»
«Macht nichts. Ich lese weiter?»
«Ich bitte Sie darum; sie sind sehr amüsant, Ihre Notizen.»

«Tityrus bemerkt in der Morgendämmerung weiße Kegel, die aus der Ebene aufragen; Salinen. Er geht hinunter, um zu sehen, wie gearbeitet wird. – Nicht vorhandene Landschaft; sehr schmale Dämme zwischen zwei Salzsümpfen. Zu grelles Weiß der Kristalle (Symbol); man kann nur bei Nebel hinsehen; Brillen mit getönten Gläsern schützen die Arbeiter vor Augenentzündungen.
Tityrus steckt eine Handvoll Salz in die Tasche und kehrt in seinen Turm zurück. – Das ist alles.»
«Das ist alles?»
«Alles, was ich geschrieben habe.»
«Ich fürchte, Ihre Geschichte ist ein bißchen langweilig», sagte Angèle.
Es folgte ein ausgedehntes Schweigen – nach dem ich sehr bewegt ausrief: «Angèle, Angèle, ich bitte Sie, wann endlich werden Sie begreifen, was das Thema eines Buches ausmacht? – Die Empfindungen meines Lebens, die will ich ausdrücken: Überdruß, Eitelkeit, Monotonie – mir ist das gleichgültig, denn ich schreibe *Paludes* – aber die von Tityrus sind noch gar nichts; unsere Sicht,

Angèle, ich versichere es Ihnen, ist noch viel trüber und mittelmäßiger.»
«Ich finde das nicht», sagte Angèle.
«Weil Sie nicht darüber nachdenken. Genau das ist das Thema meines Buches; Tityrus ist mit seinem Leben nicht unzufrieden; er findet Freude daran, die Sümpfe zu betrachten; ein Wechsel des Wetters variiert sie; aber betrachten Sie sich selbst! betrachten Sie Ihre eigene Geschichte! wie wenig sie variiert! Seit wie langer Zeit bewohnen Sie dieses Zimmer? – Billige Miete! billige Miete! – und Sie sind nicht die einzige! Fenster zur Straße, zum Hof; vor sich sieht man auf Mauern oder auf andere Leute, die einen beobachten... Aber ich will Sie jetzt nicht dazu bringen, sich Ihrer Kleider zu schämen – und glauben Sie wirklich, wir hätten es verstanden, einander zu lieben?»
«Es ist neun Uhr», sagte sie; «heute abend veranstaltet Hubert seine Lesung, erlauben Sie mir bitte hinzugehen.»
«Was liest er?» fragte ich unwillkürlich.
«Jedenfalls nicht *Paludes,* dessen können Sie gewiß sein!» – Sie ging.
Nach Hause zurückgekehrt, versuchte ich, den Anfang von *Paludes* in Verse zu setzen – ich schrieb die ersten vier Zeilen:

Von meinem Fenster fällt mein Blick
Lehn ich ein wenig mich zurück
Auf eines kleinen Waldes Rand
Der nie in festlichem Kleide stand.

Dann ging ich zu Bett, da ich mein Tagewerk vollendet hatte.

Angèle

Mittwoch.

Einen Kalender führen; für jeden Tag eintragen, was ich im Laufe der Woche machen muß, das bedeutet klug seine Zeit einteilen. Man bestimmt seine Handlungen selbst, man ist sicher, da man sie im voraus und ohne Druck beschlossen hat, daß man nicht jeden Morgen von der herrschenden Atmosphäre abhängt. Ich schöpfe aus meinem Kalender Pflichtbewußtsein; ich trage acht Tage im voraus ein, damit ich Zeit habe zu vergessen und mir Überraschungen zu bereiten, die mir bei meiner Lebensart unentbehrlich sind; so habe ich jeden Abend beim Einschlafen einen unbekannten Tag vor mir, über den ich doch bereits selbst bestimmt habe.

Mein Kalender hat zwei Teile: Auf die eine Seite schreibe ich, was ich tun werde, und auf die gegenüberliegende Seite schreibe ich jeden Abend, was ich getan habe. Anschließend vergleiche ich; ich subtrahiere, und was ich nicht getan habe, das Defizit, das wird zu dem, was ich hätte tun müssen. Ich übertrage es auf den Dezember, und das verschafft mir moralische Gedanken. – Vor drei Tagen habe ich damit angefangen. – So habe ich heute morgen gegenüber der Eintragung: versuchen, um sechs aufzustehen, geschrieben: um sieben aufgestanden – und in Klammern: unvorhergesehenes Minus. Es folgten verschiedene Notizen:

An Gustave und Léon schreiben.

Sich wundern, daß von Jules kein Brief kommt.

Gontran besuchen.

Über Richards Individualität nachdenken.

Sich über die Beziehung zwischen Hubert und Angèle Sorgen machen.

Versuchen, Zeit für Besuch im Jardin des Plantes zu finden; dort die verschiedenen Arten des kleinen Potamogeton für *Paludes* studieren.

Den Abend bei Angèle verbringen.

Dann folgte eine Betrachtung (ich schreibe für jeden Tag eine im voraus; sie entscheidet über meine Mißstimmung oder Fröhlichkeit):

«Es gibt Dinge, die man täglich wiederholt, nur weil man nichts Besseres zu tun hat; es gibt da keinen Fortschritt und nicht einmal Erhalten – dennoch kann man nicht einfach nichts tun... Das ist das gleiche in der Zeit wie im Raum die Bewegung gefangener Raubtiere oder von Ebbe und Flut am Meeresstrand.» – Dieser Gedanke kam mir, ich erinnere mich, als ich vor einem Terrassenrestaurant vorbeiging und sah, wie die Kellner die Schüsseln brachten und wieder abräumten. – Ich schrieb darunter: «Für *Paludes* geeignet.» Und ich begann, über Richards Individualität nachzudenken. Ich stopfe meine Einfälle und Betrachtungen hinsichtlich meiner wenigen besten Freunde in einen kleinen Sekretär; für jeden eine Schublade; ich nahm den Stapel und las:

Richard

Blatt I.

Ausgezeichneter Mensch; verdient meine ganze Hochachtung.

Blatt II.

Ist durch ständiges Bemühen aus dem großen Elend herausgekommen, in das ihn der Tod seiner Eltern gebracht hatte. Seine Großmutter lebt noch; er umgibt sie mit der pietätvollen und zärtlichen Sorge, die man häufig fürs Alter aufbringt; doch ist sie seit vielen Jahren schon kindisch. Hat aus Anstand eine Frau geheiratet, noch ärmer als er selbst, und macht sie mit seiner Treue glücklich. – Vier Kinder. Ich bin Pate eines Mädchens, das hinkt.

Blatt III.

Richard hegte für meinen Vater eine sehr große Verehrung; er ist der verläßlichste meiner Freunde. Behauptet, mich genau zu kennen, obwohl er nie etwas von dem liest, was ich schreibe; das ermöglicht mir, *Paludes* zu schreiben; ich denke an ihn, wenn ich an Tityrus denke; ich hätte ihn gern nie gekannt. – Angèle und er kennen sich nicht; sie würden sich nicht verstehen.

Blatt IV.

Ich habe das Pech, von Richard sehr geschätzt zu werden; das ist der Grund, weshalb ich nichts zu tun wage. Man entledigt sich nicht leicht einer Wertschätzung, solange man noch an ihr hängt. Oft versichert Richard mir bewegt, daß ich unfähig zu einer schlechten Handlung sei, und das hält mich zurück, wenn ich mich ab und an zum Handeln entschließen will. Richard veranschlagt diese Passivität, die mich auf dem Pfad der Tugend hält, auf den mich andere, ihm Ähnliche, gestoßen haben, sehr hoch. Er bezeichnet häufig mit Tugend das Sichabfinden, denn das macht sie den Armen möglich.

Blatt V.
Den ganzen Tag Büroarbeit; abends liest Richard in Gesellschaft seiner Frau die Zeitung, damit er etwas hat, worüber er reden kann. – «Haben Sie das neue Stück von Pailleron in der Comédie Française gesehen?» hat er mich gefragt. Er hält sich über alle Neueingänge auf dem laufenden. «Sehen Sie sich die neuen Gorillas an?» fragt er, wenn er weiß, daß ich in den Jardin des Plantes gehe. Richard behandelt mich wie ein großes Kind; das ist mir unerträglich; was ich mache, ist nicht seriös für ihn; ich werde ihm von *Paludes* erzählen.

Blatt VI.
Seine Frau heißt Ursule.

Ich nahm Blatt VII und schrieb:
«Alle beruflichen Laufbahnen, bei denen man für sich selbst nichts profitiert, sind entsetzlich – jene, die nur Geld einbringen, und so wenig, daß man unaufhörlich von neuem beginnen muß. Dieses Stagnieren! Was haben sie getan, wenn der Tod eintritt? Sie haben ihren Platz ausgefüllt. – Das glaube ich wohl! Sie haben ihn ebenso klein gewählt, wie sie selbst sind.» Mir ist das gleichgültig, denn ich schreibe *Paludes,* aber sonst würde ich über mich so denken wie über sie. Man muß wirklich versuchen, unser Dasein ein wenig zu variieren.
In diesem Augenblick brachte mein Diener das Frühstück und die Post – ausgerechnet einen Brief von Jules, und ich gab es auf, mich über sein Schweigen zu wundern; ich stellte mich auf die Waage, aus Gründen der Körperpflege, wie an jedem Morgen; ich schrieb ein paar Worte an Léon und Gustave, dann dachte ich, während ich meine tägliche Schale Milch trank (nach Art mancher Lakisten): Hubert hat nichts von *Paludes* verstanden; er kann nicht begreifen, daß ein Autor, sobald er nicht mehr zur Belehrung

schreibt, nicht unbedingt zur Unterhaltung schreibt. Tityrus langweilt ihn; er versteht keinen Zustand, der nicht sozial ist; er glaubt sich weit davon entfernt, weil er ständig in Bewegung ist; – ich habe mich sicher auch schlecht ausgedrückt. Alles steht zum besten, denkt er, weil Tityrus zufrieden ist, aber gerade weil Tityrus zufrieden ist, will ich selbst es nicht mehr sein. Man muß sich im Gegenteil empören. Ich werde Tityrus verachtenswert machen, weil er resigniert... – Ich wollte gerade wieder über Richards Individualität nachdenken, als ich es läuten hörte und, während der Diener seine Karte brachte, er selbst eintrat. Ich war etwas gereizt, weil ich in Gegenwart der Leute nicht gut über sie nachdenken kann.
«Ach, lieber Freund», rief ich, während ich ihn umarmte, «welch ein Zufall! Ich wollte gerade heute morgen über Sie nachdenken.»
«Ich möchte Sie um einen Gefallen bitten», sagte er. «Oh, nur einen ganz kleinen; aber da Sie nichts zu tun haben, dachte ich, Sie könnten mir ein bißchen Zeit opfern – nur eine Unterschrift leisten; ich brauche einen Gewährsmann; Sie werden für mich bürgen; ich erkläre Ihnen alles unterwegs, wir müssen uns beeilen: Ich muß um zehn im Büro sein.»
Ich kann es nicht ausstehen, unbeschäftigt zu erscheinen; ich erwiderte:
«Zum Glück ist es noch nicht neun Uhr; wir haben etwas Zeit; aber anschließend muß ich sofort in den Jardin des Plantes, wo ich zu tun habe.»
«Aha!» begann er, «Sie wollen die neuen...»
«Nein, lieber Richard», unterbrach ich ihn mit betonter Ungezwungenheit, «ich will mir nicht die Gorillas ansehen; ich muß dort einige kleine Arten des Potamogeton für *Paludes* studieren.»
Gleich darauf war ich wegen meiner blödsinnigen Antwort auf Richard böse. Er schwieg aus Furcht vor unserer Unwissenheit. Ich dachte: er müßte doch in Lachen ausbrechen. Er wagte es nicht. Sein Mitleid ist mir unerträglich. Offensichtlich findet er mich absurd. Er verbirgt mir seine Gefühle, um mich daran zu hindern, ihm gegenüber ähnliche zu zeigen. Aber wir wissen, daß wir sie

haben. Unsere gegenseitigen Hochachtungen halten einander in Schach, die eine stützt die andere, er wagt es nicht, mir die seine zu entziehen, weil er fürchtet, die meine bricht dann sofort zusammen. Er ist mir gegenüber von beschützender Leutseligkeit... Ach, was soll's; ich erzähle ihm von *Paludes* – und ich begann vorsichtig:

«Wie geht es Ihrer Frau?»

Richard verfiel sofort in einen Monolog:

«Ursule? Ach, die Ärmste! Jetzt hat sie sich die Augen verdorben, ihr eigener Fehler. Soll ich Ihnen erzählen, lieber Freund, was ich sonst niemandem erzählen würde? – Aber ich kenne Ihre verschwiegene Freundschaft. – Hier haben Sie die ganze Geschichte. Mein Schwager Édouard brauchte dringend Geld; es mußte welches aufgetrieben werden. Ursule wußte alles, denn ihre Schwägerin Jeanne war noch am selben Tag zu ihr gekommen. Meine Kasse war also fast leer, und um die Köchin zu bezahlen, mußten wir Albert die Geigenstunden entziehen. Mir tat das sehr leid, denn sie sind die einzige Abwechslung in seiner langen Rekonvaleszenz. Ich weiß nicht, wieso die Köchin Wind von der Sache bekommen hat; das arme Mädchen hängt sehr an uns. Sie kennen sie, es ist Louise. Weinend kam sie zu uns und erklärte, sie würde lieber aufs Essen verzichten als Albert eine Enttäuschung bereiten. Wir mußten es annehmen, um das brave Mädchen nicht zu kränken; aber ich faßte den Entschluß, jede Nacht, wenn meine Frau glaubt, ich schlafe, zwei Stunden aufzustehen und durch ein paar Übersetzungen englischer Artikel, für die ich Abnehmer habe, das Geld zusammenzubringen, um das wir die gute Louise beraubten.

In der ersten Nacht ging alles gut; Ursule schlief tief und fest. In der zweiten Nacht hatte ich mich kaum an die Arbeit gemacht, wen sehe ich da kommen? ... Ursule! – Sie hatte dieselbe Idee: Um Louise zu bezahlen, wollte sie kleine Wandschirme fertigen, für die sie Abnehmer hat – Sie wissen, sie verfügt über ein gewisses Talent fürs Aquarellieren – entzückende Sachen, mein Lieber... Wir waren beide sehr bewegt; wir haben uns weinend umarmt. Vergebens habe ich versucht, sie zu überreden, wieder ins Bett zu gehen – wo sie doch so leicht ermüdet –, sie wollte es nicht; sie hat mich angefleht, als wäre es ein großer Freundschaftsbeweis, sie bei mir arbeiten zu lassen. Ich habe einwilligen müssen – aber es ist zu anstrengend für sie. Wir machen es jeden Abend so. Das bedeutet ziemlich lange Nächte, denn wir fanden es überflüssig, vorher ins Bett zu gehen, da wir uns nicht mehr voreinander verstecken.»

«Das ist ja außerordentlich rührend, was Sie mir da erzählen», rief ich – und ich dachte: Nein, niemals werde ich ihm von *Paludes* erzählen können; im Gegenteil – und ich murmelte: «Lieber Richard! glauben Sie mir, ich verstehe Ihre Kümmernisse sehr gut – Sie sind wirklich sehr unglücklich.»

«Nein, mein Freund», entgegnete er, «ich bin nicht unglücklich. Es sind mir wenige Dinge gegönnt, aber ich habe mir mein Glück aus diesem Wenigen bereitet; glauben Sie etwa, ich hätte Ihnen meine Geschichte erzählt, um Ihr Mitleid zu erregen? – Von Liebe und Achtung umgeben sein, die Arbeit zusammen mit Ursule am Abend... Ich möchte diese Freuden gegen nichts eintauschen...»

Es entstand ein ziemlich langes Schweigen; ich fragte: «Und die Kinder?»

«Die armen Kinder!» sagte er. «Das macht mich doch traurig: Was ihnen fehlt, ist frische Luft, sie müßten in der Sonne spielen; wir verkümmern in diesen viel zu engen Räumen. Mir persönlich macht das nichts aus, ich bin alt; ich habe mich mit diesen Dingen abgefunden – aber meine Kinder sind nicht fröhlich, und darunter leide ich.»

«Es stimmt», erwiderte ich, «bei Ihnen ist die Luft ein bißchen stikkig, aber wenn man die Fenster zu weit aufmacht, kommen alle Gerüche von der Straße herauf... Aber es gibt den Jardin du Luxembourg... Das ist sogar das Thema von...» Doch sofort dachte ich: Nein, ganz sicher, ich kann ihm nicht von *Paludes* erzählen – und am Ende dieser Erwägung tat ich, als verfiele ich in tiefes Nachdenken.

Ein wenig später wollte ich mich in meiner Verzweiflung gerade nach der Großmutter erkundigen, als Richard mir zu verstehen gab, daß wir am Ziel waren.

«Hubert ist schon da», sagte er. «Jetzt habe ich Ihnen gar nichts erklärt... ich brauche zwei Bürgen... na, macht nichts... Sie werden schon begreifen... die Schriftstücke werden ja verlesen.»

«Ich glaube, Sie kennen sich», fügte Richard hinzu, als ich die Hand meines guten Freundes schüttelte. Dieser begann bereits: «Na, was macht *Paludes?*» Ich drückte ihm stärker die Hand und flüsterte: «Pst! nicht jetzt! nachher begleitest du mich; wir unterhalten uns dann.»

Und sobald die Schriftstücke unterschrieben waren und wir uns von Richard verabschiedet hatten, machten Hubert und ich uns gemeinsam auf den Weg. – Ein Kurs für angewandte Geburtshilfe führte ihn ebenfalls in Richtung Jardin des Plantes.

«Also folgendes», begann ich. «Du erinnerst dich an die Trauerenten; – Tityrus schoß vier ab, hatte ich gesagt. Keineswegs! – er kann gar nicht: Die Jagd ist verboten. Sofort ist ein Priester da: Die Kirche, sagt er zu Tityrus, habe mit tiefer Betrübnis gesehen, wie Tityrus Krickenten gegessen habe; das sei ein sündiges Wild; man könne nicht genug auf der Hut vor ihm sein; die Sünde lauere überall auf uns; im Zweifel gelte es, Enthaltsamkeit zu üben; – die Kasteiung vorziehen; die Kirche kenne ausgezeichnete, deren Wirksamkeit verbürgt sei. – Darf ich einem Bruder einen Rat erteilen? Essen Sie, essen Sie Schlammwürmer.

Kaum ist der Priester fort, kommt ein Arzt des Weges: Sie wollten Krickenten essen! Ja wissen Sie denn nicht, daß das sehr gefährlich ist! In diesen Sümpfen muß man ein heimtückisches Fieber fürchten, Sie müssen Ihr Blut anpassen; *similia similibus,* lieber Tityrus! Essen Sie Schlammwürmer *(lumbriculi limosi)* – in ihnen konzentriert sich die Essenz der Sümpfe, und außerdem sind sie sehr nahrhaft.»

«Igittigitt!» machte Hubert.

«Nicht wahr?» erwiderte ich. «Und all das ist entsetzlich falsch; du kannst dir denken, daß es dabei nur um eine Frage der Wildhege geht. Aber das verblüffendste ist – daß Tityrus sie kostet; nach ein paar Tagen hat er sich an sie gewöhnt; bald findet er sie ausgezeichnet. – Was meinst du, ist Tityrus widerlich?»

«Er ist ein Glückspilz», sagte Hubert.

«Also dann reden wir von etwas anderem», rief ich ungeduldig.

Und da mir plötzlich einfiel, daß ich mir über die Beziehung zwischen Hubert und Angèle Sorgen machen müsse, versuchte ich, ihn zum Sprechen zu bewegen:
«Diese Monotonie!» begann ich wieder – nach einem längeren Schweigen. «Kein einziges Ereignis! – Man müßte versuchen, unser Dasein ein wenig in Bewegung zu bringen. Aber man kann seine Leidenschaften nicht erfinden! – Außerdem kenne ich nur Angèle; – sie und ich, wir beide haben uns nie wirklich entschieden geliebt: – Was ich ihr heute abend sagen werde, hätte ich ihr ebensogut gestern sagen können, da gibt es kein Vorwärtskommen…»
Ich wartete nach jedem Satz. Er schwieg. Also fuhr ich mechanisch fort:
«Mir ist das gleichgültig, denn ich schreibe *Paludes* – was mir aber unerträglich ist, das ist die Tatsache, daß sie diesen Zustand nicht begreift… Und das hat mich auf den Gedanken gebracht, *Paludes* zu schreiben.»
Hubert erregte sich endlich: «Warum willst du sie verwirren, wenn sie doch auf ihre Weise glücklich ist?»
«Aber sie ist eben nicht glücklich, mein Lieber; sie glaubt es zu sein, weil sie sich über ihren Zustand keine Rechenschaft ablegt; du kannst dir vorstellen, wenn sich zur Mittelmäßigkeit noch Blindheit gesellt, dann wird es noch trostloser.»
«Und wenn du ihr die Augen öffnetest; wenn du alles getan hättest, um sie unglücklich zu machen?»
«Das wäre bereits viel interessanter; zumindest wäre sie dann nicht mehr zufrieden; – sie würde suchen.» – Doch mehr konnte ich nicht erfahren, denn Hubert zuckte in diesem Augenblick mit den Achseln und schwieg.
Nach kurzer Zeit begann er wieder: «Ich wußte gar nicht, daß du Richard kennst.»
Das war fast eine Frage; – ich hätte ihm sagen können, daß Richard Tityrus sei, doch da ich Hubert keinerlei Recht zugestand, Richard zu verachten, sagte ich nur: «Er ist ein sehr schätzenswerter Junge.» Und als Entschädigung versprach ich mir, heute abend mit Angèle über ihn zu sprechen.

«Also adieu», sagte Hubert, der begriff, daß wir uns nichts mehr sagen würden; «ich habe es eilig – du gehst mir zu langsam. – Übrigens kann ich heute abend um sechs nicht zu dir kommen.»
«Na um so besser», erwiderte ich. «Das bringt uns ein bißchen Abwechslung.»
Er ging. Ich betrat allein den Jardin des Plantes, näherte mich langsam den Pflanzen. Ich liebe diesen Ort und komme oft hierher; alle Gärtner kennen mich; sie öffnen mir die abgezäunten Bereiche und halten mich für einen Wissenschaftler, weil ich mich neben die Wasserbecken setze. Dank ständiger Aufsicht wird aus diesen Becken nichts geklaut; geräuschlos fließendes Wasser speist sie. Die dort wachsenden Pflanzen läßt man wachsen; sehr viele Insekten wimmeln umher. Ich beschäftige mich damit, sie zu betrachten; das hat mich sogar ein bißchen auf den Gedanken gebracht, *Paludes* zu schreiben; das Gefühl einer unnützen Kontemplation, die Empfindungen, die die zarten grauen Dinge in mir hervorrufen. – An diesem Tag schrieb ich für Tityrus:
«Vor allem die weiten, flachen Landschaften ziehen mich an – die monotonen Heideflächen – und ich hätte große Reisen gemacht, um Länder mit Seen zu finden, aber hier finde ich welche in meiner Umgebung. – Schließt daraus nicht, ich sei traurig; ich bin nicht einmal melancholisch; ich bin Tityrus und solitär, ich liebe eine Landschaft wie ein Buch, das mich nicht von meinen Gedanken ablenkt. Denn meine Gedanken sind traurig; sie sind ernst und sogar in Gesellschaft der andern trübselig; ich liebe sie über alles, und weil ich sie in den Ebenen spazierenführe, suche ich vor allem diese auf, die Seen ohne Lächeln, die Heideflächen. Dort führe ich sie behutsam spazieren.
Warum meine Gedanken traurig sind? – Hätte ich darunter gelitten, ich hätte es mich öfter gefragt. Hättet ihr mich nicht darauf hingewiesen, ich hätte es vielleicht gar nicht bemerkt, denn häufig beschäftigen sie sich mit vielen Dingen, die euch überhaupt nicht interessieren. So gefällt es ihnen, diese Zeilen wiederzulesen; sie holen sich ihre Freude aus winzigen Beschäftigungen, die ich euch gar nicht zu nennen brauche, da ihr sie doch nicht anerkennen würdet...»

Es wehte ein leichter, lauer Wind. Zarte Gräser beugten sich unter dem Gewicht der Insekten und neigten sich über das Wasser. Ein keimendes Drängen spaltete die Fugen der Steine; ein wenig Wasser versickerte, näßte die Wurzeln. Bis zum Grund sich ausbreitendes Moos ließ gemeinsam mit dem Schatten Tiefe entstehen: Meergrüne Algen hielten Luftblasen zurück für die Atmung der Larven. Ein Kolbenwasserkäfer kam vorbei. Ich konnte einen poetischen Gedanken nicht unterdrücken, zog ein neues Blatt aus der Tasche und schrieb:
Tityrus lächelte.

Woraufhin ich Hunger verspürte; ich verschob also das Studium des Potamogeton auf einen anderen Tag und suchte am Seinekai das Restaurant, von dem mir Pierre erzählt hatte. Ich dachte, ich wäre allein. Ich traf Léon dort, der mit mir über Edgar redete. Nach dem Essen besuchte ich einige Literaten. Gegen fünf kam ein kleiner Regenschauer; ich ging nach Hause, schrieb die Definitionen von zwanzig Schulvokabeln und fand für das Wort *Blastoderm* sogar acht neue Epitheta.
Ich war ein wenig erschöpft gegen Abend, und nach dem Essen verließ ich das Haus, um bei Angèle zu schlafen. Ich sage bei und nicht mit, da ich nie über harmlose Scheinmanöver bei ihr hinausgegangen bin.

Sie war allein. Als ich eintrat, spielte sie sehr exakt auf einem neu gestimmten Klavier eine Sonatine von Mozart. Es war bereits spät, und man hörte keine anderen Geräusche. Sie hatte alle Kerzen in den Leuchtern angezündet und trug ein kariertes Kleid.
«Angèle», sagte ich, als ich ins Zimmer trat, «wir sollten versuchen, unser Dasein ein wenig zu variieren! Werden Sie mich wieder fragen, was ich heute getan habe?»
Sie verstand die Bitterkeit meiner Worte sicher nicht richtig, denn sofort fragte sie mich:
«Nun, was haben Sie heute getan?»
Da antwortete ich ganz unwillkürlich:
«Ich habe meinen guten Freund Hubert gesprochen.»

«Er ist eben weggegangen», sagte Angèle.
«Aber, liebe Angèle, können Sie denn niemals uns beide gleichzeitig empfangen?» rief ich.
«Vielleicht liegt ihm nicht so viel daran», sagte sie. «Aber schließlich, wenn Ihnen so viel daran liegt, dann kommen Sie Freitag abend zum Essen zu mir, er wird auch dasein: Sie könnten Verse lesen... Übrigens – morgen abend; habe ich Sie schon eingeladen? da kommen ein paar Literaten; Sie sollten dabeisein. – Gegen neun.»
«Ich habe heute mehrere besucht», entgegnete ich und meinte die Literaten. «Ich liebe diese ruhigen Existenzen. Sie arbeiten immer, und dennoch stört man sie nie; wenn man zu ihnen kommt, hat man den Eindruck, sie arbeiteten nur für uns und würden gern mit uns sprechen. Ihre Liebenswürdigkeit ist reizend; sie verfügen über sie ganz nach Wunsch. Ich liebe diese Leute, deren Leben immer erfüllt ist, aber vielleicht von uns erfüllt. Und da sie nichts tun, was einen Wert hat, fühlt man keine Gewissensbisse, wenn man ihnen die Zeit stiehlt. Apropos: Ich habe Tityrus getroffen.»
«Den Junggesellen?»
«Ja – aber in der Wirklichkeit ist er verheiratet – Vater von vier Kindern. Er heißt Richard... sagen Sie jetzt nicht, er ist eben weggegangen, denn Sie kennen ihn nicht.»
Angèle sagte darauf etwas gekränkt: «Da sehen Sie, daß Ihre Geschichte nicht wahr ist.»
«Wieso nicht wahr? – weil es sechs sind statt einem! – Ich habe Tityrus solitär gemacht, um die Monotonie zu konzentrieren; ein künstlerisches Verfahren; Sie wollen doch nicht etwa, daß ich sie alle sechs angeln lasse?»
«Ich bin ganz sicher, daß sie in der Wirklichkeit verschiedene Beschäftigungen haben!»
«Wenn ich sie beschriebe, würden sie zu verschieden erscheinen; erzählte Ereignisse behalten nicht die Geltung, die sie im Leben hatten. Um wahr zu bleiben, muß man sie arrangieren. Wichtig ist, daß ich die Empfindungen wiedergebe, die sie in mir hervorrufen.»
«Aber wenn diese Empfindungen falsch sind?»

«Empfindungen, liebe Freundin, sind niemals falsch; haben Sie nicht manchmal gelesen, daß der Irrtum mit dem Urteilen kommt? Warum sechsmal erzählen? wenn doch der Eindruck von jedem derselbe ist – von allen sechsen... Wollen Sie wissen, was sie tun – in der Wirklichkeit?»
«Erzählen Sie», sagte Angèle; «Sie scheinen gereizt zu sein.»
«Überhaupt nicht», schrie ich. «Der Vater macht Schreibarbeiten; die Mutter besorgt den Haushalt; ein älterer Sohn gibt Nachhilfestunden; ein anderer bekommt welche; die älteste Tochter hinkt; die jüngste, noch zu klein, tut nichts. – Es gibt noch die Köchin... Die Frau heißt Ursule... Und beachten Sie bitte, daß alle jeden Tag immer dasselbe tun!!!»
«Vielleicht sind sie arm», sagte Angèle.
«Zwangsläufig! Aber begreifen Sie *Paludes?* – Richard hat gleich nach der Schule seinen Vater verloren, einen Witwer. Er mußte arbeiten; er hatte nur ein sehr kleines Vermögen, und das hat ihm ein älterer Bruder weggenommen; aber lächerliche Tätigkeiten ausüben, stellen Sie sich das vor! solche, die nur Geld einbringen! in irgendwelchen Büros, eine Seite für soundso viel kopieren! statt zu reisen! Er hat nichts gesehen, seine Unterhaltung ist langweilig geworden; er liest die Zeitung, damit er etwas hat zum Reden – falls er Zeit hat –, alle seine Stunden sind ausgefüllt. – Es ist nicht gesagt, daß er vor seinem Tod noch jemals etwas anderes machen kann. – Er hat eine Frau geheiratet, die noch ärmer ist als er, aus Anstand, ohne Liebe. Sie heißt Ursule. – Ach, das habe ich Ihnen schon gesagt. – Sie haben aus der Ehe eine lange Lehrzeit der Liebe gemacht; sie haben es erreicht, daß sie sich sehr lieben, und sagen es mir. Sie lieben ihre Kinder sehr, die Kinder lieben ihre Eltern sehr... – es gibt noch die Köchin. – Sonntag abends spielen sie alle Lotto... beinahe hätte ich die Großmutter vergessen; – die spielt auch mit, aber da sie nichts mehr erkennt, sagen die andern leise, sie zählt gar nicht. Ach, Angèle! Richard! Alles in seinem Leben ist nur erfunden, um Löcher zu stopfen, um allzu große Lücken auszufüllen – alles, auch seine Familie! – Er ist der geborene Witwer; – täglich sind es die gleichen jämmerlichen Notlösungen, der Ersatz für alles Bessere. – Und jetzt dürfen Sie nichts Schlechtes von ihm

denken – er ist äußerst tugendhaft. Außerdem hält er sich für glücklich.»
«Was denn! Sie schluchzen?» sagte Angèle.
«Achten Sie nicht darauf, das ist nervös. – Meine liebe Angèle – finden Sie nicht endlich, daß es unserem Leben an einem wirklichen Abenteuer fehlt?»
«Was kann man dagegen tun?» entgegnete sie sanft, «möchten Sie, daß wir beide eine kleine Reise unternehmen? – Warten Sie – Samstag – haben Sie da etwas zu tun?»
«Aber wie denken Sie sich das, Angèle – übermorgen!»
«Warum nicht? Wir würden sehr früh aufbrechen; Sie hätten am Abend vorher bei mir gegessen – zusammen mit Hubert, und würden bei mir übernachten... Und jetzt adieu», sagte Angèle, «ich gehe schlafen; es ist spät, und Sie haben mich ein wenig ermüdet. – Das Mädchen hat Ihr Zimmer gerichtet.»
«Nein, ich werde nicht bleiben, liebe Freundin – verzeihen Sie; ich bin sehr erregt. Bevor ich zu Bett gehe, muß ich noch sehr viel schreiben. Bis morgen. Ich gehe nach Hause.»
Ich wollte meinen Kalender befragen. Ich rannte fast auf dem Heimweg, um so mehr, als es regnete und ich keinen Schirm dabei hatte. Sobald ich zu Hause war, schrieb ich für einen Tag in einer der kommenden Wochen folgende Gedanken – nicht nur in bezug auf Richard:
«Tugend der Bescheidenen – das Sichabfinden; und das steht einigen so gut, daß man zu begreifen glaubt, ihr Leben sei auf das Maß ihrer Seele zugeschnitten. Sie vor allem nicht bedauern, ihr Zustand entspricht ihnen; erbärmlich! Sie merken die Mittelmäßigkeit nicht, sobald es keine finanzielle mehr ist. – Was ich Angèle in einer plötzlichen Aufwallung sagte, stimmt dennoch: Jeder hat seine Erlebnisse gemäß seinen Eigenheiten. Jeder findet das, was ihm entspricht. Wenn man sich also mit dem Mittelmäßigen begnügt, das man hat, beweist man damit, daß es dem eigenen Maß entspricht, und nichts anderes wird geschehen. Nach Maß gemachte Schicksale. Notwendigkeit, seine Hüllen zu sprengen wie die Platane oder der Eukalyptusbaum, die Rinde beim Wachsen.»

«Ich schreibe viel zuviel darüber», sagte ich mir; «ein paar Worte genügten. – Aber ich mag keine Klischees. Und jetzt wollen wir den wunderbaren Vorschlag von Angèle prüfen.»
Ich öffnete den Kalender beim ersten Samstag und las auf der Seite dieses Tages:
«Versuchen, um sechs aufzustehen. – Seine Empfindungen variieren.
An Lucien und Charles schreiben.
Das Äquivalent zu *nigra sed formosa* für Angèle finden.
Hoffen, ich könnte mit Darwin fertig werden.
Besuche machen – bei Laure (*Paludes* erklären), bei Noémi, bei Bernard; – Hubert erschüttern (wichtig).
Gegen Abend versuchen, über den Pont Solférino zu gehen.
Epitheta suchen für *Schwammigkeit.*» – Das war alles. Ich griff wieder zur Feder; ich strich alles aus und schrieb statt dessen nur: «Mit Angèle eine kleine Vergnügungsreise machen.»
Dann ging ich zu Bett.

Das Bankett

Donnerstag.

Heute morgen fühlte ich mich nach einer sehr unruhigen Nacht etwas unwohl; statt meiner Schale Milch habe ich, um zu variieren, ein wenig Kräutertee getrunken. Im Kalender war die Seite leer – das bedeutet: *Paludes.*
Auf diese Weise halte ich mir die Tage für die Arbeit frei, an denen ich nichts anderes vorgesehen habe. Ich schrieb den ganzen Vormittag. Ich schrieb:

Tagebuch des Tityrus

Ich habe große Heideflächen durchquert, ausgedehnte Ebenen, unendliche Weiten; selbst auf den sehr flachen Hügeln schien die kaum erhöhte Erde noch im Schlaf. Ich irre gern am Rand der Torf-

moore umher; Pfade sind dort angelegt, wo die gestampfte Erde fester ist, weniger schwammig. Überall sonst gibt der Boden nach und sinkt das Moos unter den Füßen ein; es ist wassergetränkt und weich; stellenweise wird es durch verborgene Drainagen getrocknet; dann wächst Heide dort und eine Art geduckter Kiefer; Bärlapp kriecht über den Boden; und stellenweise sammelt sich das Wasser in braunen, brackigen Lachen. Ich bewohne die Niederungen und träume selten davon, die Hügel zu besteigen, von denen aus, wie ich genau weiß, man auch nichts anderes sehen würde. Ich blicke nicht in die Ferne, obwohl der trübe Himmel seinen Reiz hat.
Hin und wieder gleitet über das brackige Wasser ein wunderbares Irisieren, die schönsten Schmetterlinge haben nichts Vergleichbares auf ihren Flügeln; der buntschillernde Film wird von verwesenden Stoffen gebildet. Auf den Teichen erweckt die Nacht Phosphoreszenzen, und die aufsteigenden Irrlichter scheinen deren Läuterung zu sein.
Sümpfe! wer vermöchte euren Zauber zu beschreiben? Tityrus!

Diese Seiten werden wir Angèle nicht zeigen, dachte ich: Tityrus würde hier den Eindruck erwecken, er sei glücklich.

Ich machte noch folgende Notizen:
Tityrus kauft ein Aquarium; er stellt es in die Mitte seines grünsten Zimmers und freut sich bei dem Gedanken, daß die ganze Landschaft von draußen sich darin wiederfindet. Er füllt es mit Schlamm und Wasser; im Schlamm lebt ein unbekanntes Volk, das herumwuselt und ihn amüsiert; an diesem stets trüben Wasser, in dem man nur sieht, was dicht an die Scheibe herankommt, gefällt ihm, daß ein Wechsel von Sonne und Schatten hier gelber wirkt und grauer – durch die Schlitze im geschlossenen Fensterladen fallende Lichtstrahlen, die es durchqueren. – Wasser, das stets lebendiger ist, als er glaubte…

In diesem Augenblick trat Richard ins Zimmer; er lud mich für Samstag zum Mittagessen ein. Ich war froh, ihm antworten zu kön-

nen, ausgerechnet an diesem Tag hätte ich in der Provinz zu tun. – Er schien sehr überrascht und ging, ohne noch etwas hinzuzufügen.
Wenig später verließ ich nach meinem bescheidenen Mittagessen ebenfalls das Haus. Ich besuchte Étienne, der die Fahnen seines Stückes korrigierte. Er sagte mir, ich hätte ganz recht, *Paludes* zu schreiben, denn seiner Meinung nach sei ich für Dramen nicht geeignet. Ich verließ ihn. Auf der Straße begegnete ich Roland, der mich zu Abel begleitete. Dort traf ich Claudius und Urbain, die beiden Dichter; sie versicherten gerade, daß man keine Dramen mehr schreiben könne; keiner von ihnen billigte die Begründungen des anderen, doch waren sie sich einig darin, das Theater abzuschaffen. Sie sagten mir auch, ich täte gut daran, keine Verse mehr zu schreiben, weil sie mir schlecht gelingen würden. Théodore kam herein, dann Walter, den ich nicht riechen kann; ich ging, Roland ebenfalls. Sobald wir auf der Straße waren, begann ich:
«Ein unerträgliches Dasein! Halten Sie das aus, lieber Freund?»
«Ganz gut», erwiderte er, «aber wieso unerträglich?»
«Es genügt, daß es anders sein könnte und es nicht ist. Alle unsere Handlungen sind so bekannt, daß sie von einem Stellvertreter ausgeführt werden könnten, der auch, indem er unsere Wörter von gestern wiederholt, unsere Sätze von morgen bilden könnte. Donnerstags hat Abel seinen Empfangstag; er wäre ebenso erstaunt, wenn Urbain, Claudius, Walter und Sie nicht kämen, wie wir alle, wenn wir ihn nicht zu Hause anträfen! Oh, ich will mich nicht beklagen, aber ich habe es dort nicht mehr ausgehalten: Ich fahre weg – ich mache eine Reise.»
«Sie?» fragte Roland. «So! wohin und wann?»
«Übermorgen – wohin? Ich weiß es nicht... aber glauben Sie, mein Lieber, wenn ich wüßte, wohin ich fahre und was ich dort tue, dann würde ich mein Leiden nicht los. Ich fahre ganz einfach weg, um wegzufahren; die Überraschung selbst ist mein Ziel – das Unvorhergesehene – verstehen Sie das? – das Unvorhergesehene! Ich schlage Ihnen nicht vor, mich zu begleiten, weil ich Angèle mitnehme – aber warum fahren Sie nicht auch weg, Ihrer-

seits, irgendwohin, und lassen die Unverbesserlichen stagnieren.»

«Erlauben Sie», sagte Roland, «ich bin nicht wie Sie; wenn ich abreise, weiß ich gern, wohin ich reise.»

«Treffen wir also eine Wahl! was soll ich Ihnen sagen? – nach Afrika! Kennen Sie Biskra? Denken Sie an die Sonne auf dem Sand! und die Palmen! Roland! Roland! die Dromedare! – Denken Sie daran, daß dieselbe Sonne, die wir hier so kläglich zwischen den Dächern erspähen, hinter dem Staub und der Stadt, daß diese Sonne bereits strahlt, dort unten strahlt, und daß alles überall verfügbar ist. Warten Sie immer noch? Ach, Roland! Der Luftmangel hier bringt einen ebenso wie die Langeweile zum Gähnen; fahren Sie also?»

«Lieber Freund», sagte Roland, «es ist durchaus möglich, daß mich dort unten sehr angenehme Überraschungen erwarten; – aber mich halten zu viele Beschäftigungen zurück – ich habe lieber keine Wünsche. Ich kann nicht nach Biskra fahren.»

«Aber das ist ja gerade, um sich zu lösen», erwiderte ich, «um sich von diesen Beschäftigungen, die Sie zurückhalten, zu befreien. Wollen Sie sich etwa damit abfinden, daß Sie für ewig an sie gebunden sind? Mir ist das gleichgültig, wissen Sie: ich mache eine andere Reise; – aber denken Sie daran, daß man vielleicht nur einmal lebt und wie klein der Umkreis Ihres Wirkens ist.»

«Bitte, lieber Freund», sagte er, «bestehen Sie nicht weiter darauf – ich habe sehr ernsthafte Gründe, und Ihre Argumente langweilen mich. Ich kann nicht nach Biskra fahren.»

«Also lassen wir das», sagte ich zu ihm; «außerdem ist hier meine Wohnung – also adieu für einige Zeit – und bitte benachrichtigen Sie alle anderen von meiner Abreise.»

Ich trat ins Haus.

Um sechs erschien mein guter Freund Hubert; er kam von einem Hilfskomitee. Er sagte:

«Man hat mir von *Paludes* erzählt!»

«Wer denn?» fragte ich aufgeregt.

«Freunde … Übrigens hat es nicht sehr gefallen; man hat mir sogar gesagt, du solltest besser etwas anderes schreiben.»

«Dann halt den Mund.»

«Weißt du», begann er wieder, «ich verstehe davon ja nichts; ich höre nur zu; wenn es dir Spaß macht, *Paludes* zu schreiben...»

«Aber es macht mir überhaupt keinen Spaß», schrie ich; «ich schreibe *Paludes,* weil... Ach, reden wir von etwas anderem... Ich mache eine Reise.»

«So!» brummte Hubert.

«Ja», sagte ich, «man muß ab und zu ein bißchen aus der Stadt heraus. Ich fahre übermorgen; und ich weiß noch nicht, wohin... Ich nehme Angèle mit.»

«Wie, in deinem Alter!»

«Sie war es, die mich aufgefordert hat, lieber Freund. Ich mache dir nicht den Vorschlag, uns zu begleiten, weil ich weiß, daß du sehr beschäftigt bist.»

«Und außerdem wollt ihr lieber allein sein... Ich verstehe. Bleibt ihr lange weg?»

«Nicht allzu lange; Zeit und Geld setzen uns Schranken; aber wichtig ist, Paris zu verlassen; man kommt aus den Städten nur durch energische Mittel heraus, per Expreß; das schwierigste ist, die Vorstädte hinter sich zu lassen.» Ich stand auf, um hin und her zu laufen und mich aufzuregen: «Die vielen Stationen, bevor das eigentliche Land beginnt! Auf jeder steigen Leute aus; so als würden sie schon zu Anfang des Rennens ausfallen; die Wagen leeren sich. – Reisende, wo sind die Reisenden? – Jene, die noch bleiben, fahren zu Geschäften; und die Heizer und Maschinisten, die bis zum Ende mitfahren, die bleiben in den Lokomotiven. Im übrigen ist am Ende wieder eine Stadt. – Land! wo ist das Land?»

«Lieber Freund», sagte Hubert, der ebenfalls umherlief, «du übertreibst: Das Land beginnt da, wo die Städte aufhören, ganz einfach.»

Ich entgegnete:

«Aber, lieber Freund, das ist es eben, die Städte hören ja nicht auf; und nach ihnen kommen die Vorstädte... du scheinst die Vorstädte zu vergessen – alles das, was man zwischen zwei Städten findet. Weniger Häuser, weiter auseinander, alles noch häßlicher... die zerdehnte Stadt; Gemüsegärten! Und Dämme säumen die

Straße. Die Straße! dorthin muß man gehen, alle, und nirgendwo sonst hin…»

«Du solltest das in *Paludes* aufnehmen», sagte Hubert.

Jetzt wurde ich vollends wütend.

«Wirst du denn nie etwas von dem Daseinsgrund einer Dichtung kapieren, armer Kerl? von ihrer Natur? ihrer Entstehung? Ein Buch… ein Buch, Hubert, ist geschlossen, ausgefüllt, glatt wie ein Ei. Man kann da nichts hineintun, keine einzige Stecknadel, außer mit Gewalt, und dann wäre seine Form zerbrochen.»

«Dein Ei ist also voll?» bemerkte Hubert.

«Aber, lieber Freund», schrie ich, «Eier werden nicht gefüllt. Eier kommen voll zur Welt… übrigens ist das schon in *Paludes*… und außerdem finde ich es albern zu sagen, ich solle besser etwas anderes schreiben… albern, hörst du? …etwas anderes! zunächst, mir wäre nichts lieber als das; aber begreife doch, daß es hier Dämme gibt wie anderswo; unsere Straßen sind erzwungen, unsere Arbeiten ebenso. Ich halte mich hier auf, weil sich niemand hier aufgehalten hat; ich wähle ein Thema durch die Exhaustionsmethode, und *Paludes,* weil ich ganz sicher bin, daß niemand sich finden wird, der so besitzlos ist, daß er auf meinem Boden ackert; das ist es, was ich versucht habe mit den Worten auszudrücken: *Ich bin Tityrus und solitär.* – Ich habe es dir vorgelesen, aber du hast nicht darauf geachtet… Und außerdem, wie oft habe ich dich schon gebeten, niemals über Literatur mit mir zu reden! Übrigens», sagte ich zur Ablenkung, «gehst du heute abend zu Angèle? Sie empfängt Gäste.»

«Literaten…! Nein», entgegnete er, «du weißt, ich mag diese großen Gesellschaften nicht, bei denen nur geschwatzt wird; und ich dachte, du würdest dort auch ersticken.»

«Das stimmt», bemerkte ich, «aber ich möchte Angèle nicht kränken; sie hat mich eingeladen. Außerdem möchte ich Amilcar dort treffen, um ihn darauf hinzuweisen, daß man erstickt. Angèles Salon ist viel zu klein für solche Abendgesellschaften; ich werde versuchen, es ihr zu sagen; ich werde sogar das Wort *beengt* fallenlassen… Dann muß ich auch Martin dort sprechen.»

«Wie du willst», sagte Hubert, «ich lasse dich jetzt allein; adieu.»

Er ging.
Ich räumte meine Blätter weg; ich aß zu Abend; während des Essens dachte ich an die Reise; ich wiederholte mir: «Nur noch ein Tag!» – Gegen Ende der Mahlzeit war ich von Angèles Vorschlag so gerührt, daß ich mich verpflichtet fühlte, ihr folgende Worte zu schreiben: *«Die Wahrnehmung beginnt, wenn die Eindrücke wechseln, daher die Notwendigkeit einer Reise.»*
Nachdem ich den Brief in den Umschlag gesteckt hatte, machte ich mich gehorsam auf den Weg zu ihr.

Angèle wohnt in der vierten Etage.
An ihren Empfangstagen stellt Angèle ein Bänkchen vor ihre Tür und ein weiteres auf den Treppenabsatz der zweiten Etage, vor die Tür von Laure; man schöpft dort Atem; man ist darauf gefaßt, daß einem die Luft ausgeht; Stationen; atemlos also setzte ich mich auf das erste; ich zog ein Blatt Papier aus der Tasche und versuchte, Argumente für Martin zu formulieren. Ich schrieb:
Man geht nicht hinaus; zu Unrecht. Im übrigen kann man nicht hinausgehen, eben weil man nicht hinausgeht. – Nein! So nicht! Fangen wir noch einmal neu an. Ich zerriß das Blatt. – Was es auszudrücken gilt, ist, daß jeder glaubt, auch wenn er eingeschlossen ist, er sei draußen. Heiliges Elend! Ein Beispiel. – In diesem Augenblick kam jemand die Treppe herauf; es war Martin. Er sagte:
«Sieh an! Du arbeitest!»
Ich erwiderte:
«Guten Abend, mein Lieber. Ich bin gerade dabei, dir zu schreiben; stör mich bitte nicht. Du kannst auf dem Bänkchen oben auf mich warten.»
Er ging hinauf.
Ich schrieb:
Man geht nicht hinaus; – zu Unrecht. Im übrigen kann man nicht hinausgehen, eben weil man nicht hinausgeht. – Man geht nicht hinaus, weil man sich schon draußen wähnt. Wüßte man, daß man eingeschlossen ist, hätte man zumindest das Verlangen hinauszugehen.
Nein! So nicht! So nicht! Fangen wir noch einmal neu an. Ich zerriß

das Blatt. – Was es auszudrücken gilt, ist, daß jeder glaubt, er sei draußen, weil er nicht hinsieht. – Im übrigen sieht er nicht hin, weil er blind ist. Heiliges Elend! Ich verstehe überhaupt nichts mehr... Aber hier ist es auch viel zu unbequem, um etwas hervorzubringen. – Ich nahm ein neues Blatt. In diesem Augenblick kam jemand die Treppe herauf; es war der Philosoph Alexandre. Er sagte:
«Sieh an! Sie arbeiten?»
Ich erwiderte geistesabwesend:
«Guten Abend; ich schreibe an Martin; er wartet oben auf dem Bänkchen. – Setzen Sie sich; ich bin gleich fertig... Ach so, es ist kein Platz mehr...»
«Das macht nichts», sagte Alexandre, «denn ich habe meinen Sitzstock.» Er klappte seinen Apparat auf und wartete.
«Jetzt bin ich fertig», bemerkte ich. Ich beugte mich übers Geländer und schrie: «Martin, bist du oben?»
«Ja», schrie er zurück. «Ich warte. Bring dein Bänkchen mit.»
Da ich bei Angèle fast wie zu Hause bin, schleppte ich also meinen Sitz mit; und als wir uns alle drei oben gesetzt hatten, tauschten Martin und ich unsere Blätter aus, während Alexandre wartete.
Auf meinem Blatt stand:
Blind sein, damit man sich für glücklich hält. Glauben, man sähe klar, damit man nicht den Versuch macht zu sehen, denn:
Man kann sich nur unglücklich sehen.

Auf seinem Blatt stand:
Glücklich über seine Blindheit sein. Glauben, man sähe klar, damit man nicht den Versuch macht zu sehen, denn:
Man kann nur unglücklich sein, wenn man sich sieht.

«Aber was dich freut», rief ich, «ist genau das, was ich beklage; – und ich habe sicher recht, weil ich beklage, daß du dich darüber freust, während du dich nicht darüber freuen kannst, daß ich es beklage. – Fangen wir noch einmal neu an.»
Alexandre wartete.
«Wir sind gleich fertig», sagte ich zu ihm, «dann erklären wir es Ihnen.»

Wir nahmen wieder unsere Blätter.
Ich schrieb:
Du erinnerst mich an jene, die Numero Deus impare gaudet *übersetzen mit «Die Zahl Zwei freut sich, daß sie ungerade ist»* und finden, daß sie recht hat. – Aber wenn es stimmte, daß das Ungerade ein gewisses Versprechen von Glück enthält – ich meine von Freiheit, dann müßte man der Zahl Zwei sagen: «Meine Liebe, leider sind Sie nicht ungerade; um darüber befriedigt zu sein, daß sie es sind, müßten Sie erst einmal versuchen, es zu werden.»*

Er schrieb:
Du erinnerst mich an jene, die Et dona ferentes *übersetzen mit: «Ich fürchte die Griechen.» Und die Geschenke nicht mehr wahrnehmen. – Aber wenn es stimmte, daß jedes Geschenk einen Griechen verbirgt, der uns sofort gefangennimmt – dann würde ich dem Griechen sagen: «Lieber netter Grieche, gib und nimm; dann sind wir quitt. Ich gehöre dir zwar, aber ohne das hättest du mir nichts geschenkt.» – Wo ich Grieche sage, mußt du Notwendigkeit verstehen. Sie nimmt nur soviel, wie sie gibt.*

Wir tauschten unsere Blätter aus. Es verging einige Zeit.

Unten auf mein Blatt schrieb er:
Je mehr ich darüber nachdenke, desto alberner finde ich dein Beispiel, denn schließlich…

Unten auf sein Blatt schrieb ich:
Je mehr ich darüber nachdenke, desto alberner finde ich dein Beispiel, denn schließlich…
Da die Seite hier voll war, drehte sie jeder von uns um – doch auf der Rückseite der seinen stand bereits:
Eigentliches Glück. Fröhlich sein. Suche nach einem Standardmenü:

* Im Französischen naheliegendes Wortspiel um franz. «deux» und lat. «deus». (Anm. d. Hrsg.)

1. *Suppe (nach Monsieur Huysmans);*
2. *Beefsteak (nach Monsieur Barrès);*
3. *Gemüseplatte (nach Monsieur Gabriel Trarieux);*
4. *Große Flasche Évian (nach Monsieur Mallarmé);*
5. *Goldgrüner Chartreuse (nach Monsieur Oscar Wilde).*

Auf meiner Seite stand lediglich mein poetischer Gedanke aus dem Jardin des Plantes:
Tityrus lächelte.
Martin sagte: «Wer ist das, Tityrus?»
Ich antwortete: «Ich.»
«Du lächelst also manchmal!» bemerkte er.
«So warte doch, daß ich es dir erkläre, lieber Freund» – (wenn man sich schon mal gehenläßt!...) «Tityrus, das bin ich, und das bin ich auch wiederum nicht; – Tityrus, das ist der Einfältige; das bin ich, das bist du – das sind wir alle... Mach dich also nicht lustig – du regst mich auf; – ich meine einfältig im Sinne von schwächlich; er erinnert sich nicht immer an sein Elend; das sagte ich dir vorhin. Jeder hat seine Augenblicke des Vergessens; aber begreife doch, daß das nur ein poetischer Gedanke ist...»
Alexandre las die Seiten. Alexandre ist Philosoph; vor dem, was er sagt, bin ich stets auf der Hut; nie antworte ich auf das, was er sagt. – Er lächelte, wandte sich mir zu und begann:
«Ich habe den Eindruck, Monsieur, daß das, was Sie als zweckfreie Handlung bezeichnen, Ihrer Meinung nach eine Handlung ist, die von nichts abhängt, die, folgen Sie mir: abtrennbar ist – beachten Sie meine Steigerung: abschaffbar – und meine Konklusion: wertlos. Verbinden Sie sich mit allem, Monsieur, und verlangen Sie keine Kontingenz; zum einen werden Sie sie nicht erhalten – und außerdem: wozu würde sie Ihnen nützen?»
Ich sagte nichts, aus Gewohnheit; wenn ein Philosoph antwortet, versteht man von dem, was man ihn gefragt hat, überhaupt nichts mehr. – Wir hörten jemanden die Treppe heraufkommen; es waren Clément, Prosper und Casimir. – «Oh», sagten sie, als sie Alexandre mit uns zusammensitzen sahen, «werdet ihr jetzt Stoiker? Tretet doch ein, ihr Herren vom Portikus.»

Ihr Scherz erschien mir anmaßend, so daß ich es angebracht fand, erst nach ihnen einzutreten.

Angèles Salon war bereits voller Menschen; mitten unter ihnen ging Angèle umher, lächelte, bot Kaffee an, Brioches. Sobald sie mich sah, lief sie auf mich zu:
«Da sind Sie ja», sagte sie leise; «ich fürchte ein bißchen, man langweilt sich; Sie müssen uns Verse rezitieren.»
«Aber da wird man sich genauso langweilen», entgegnete ich, «und außerdem wissen Sie, daß ich keine weiß.»
«Doch, doch; Sie haben immer gerade etwas geschrieben...»
In diesem Augenblick näherte sich Hildebrant.
«Ah, Monsieur, ich bin erfreut, Sie zu sehen», sagte er und ergriff meine Hand. «Ich hatte zwar nicht das Vergnügen, Ihr letztes Werk zu lesen, aber mein Freund Hubert hat mir sehr viel Gutes darüber berichtet... Und wie ich höre, erweisen Sie uns heute abend die Ehre und lesen einige Verse...»
Angèle hatte sich entfernt.
Ildevert kam dazu:
«Nun, Monsieur», sagte er, «Sie schreiben *Paludes?*»
«Wieso wissen Sie das?» rief ich.
«Aber es ist doch von nichts anderem die Rede», sagte er übertreibend; «es scheint sogar, das Werk hätte mit Ihrem letzten keinerlei Ähnlichkeit – das ich leider nicht das Vergnügen hatte zu lesen, aber von dem mein Freund Hubert mir sehr viel erzählt hat. – Sie lesen doch einige Verse, nicht wahr?»
«Aber nicht über Schlammwürmer», sagte Isidore albern, «von denen scheint es in *Paludes* ja zu wimmeln – nach dem, was Hubert erzählt. Ach ja, lieber Freund – *Paludes,* was ist das eigentlich?»
Valentin näherte sich, und da gleichzeitig mehrere zuhörten, geriet ich in Verwirrung.
«Paludes», begann ich – «das ist die Geschichte des neutralen Gebietes, des Gebietes, das allen gehört... – besser: die Geschichte des normalen Menschen, dessen, bei dem jeder beginnt; – die Geschichte der dritten Person, jener, von der gesprochen wird – die

in jedem von uns lebt und nicht mit uns stirbt. – Bei Vergil heißt sie Tityrus – und es wird uns ausdrücklich gesagt, daß er *liegt* – *Tityrus recubans.* – *Paludes,* das ist die Geschichte des liegenden Menschen.»
«Ach», sagte Patras, «ich dachte, es sei die Geschichte eines Sumpfes.»
«Die Meinungen gehen auseinander, Monsieur», sagte ich, «der Kern bleibt bestehen. – Doch begreifen Sie bitte, daß die einzige Möglichkeit, jedem das gleiche zu erzählen – das gleiche, wohlgemerkt –, darin besteht, jedem neuen Geist entsprechend die Form zu verändern. – In diesem Augenblick ist *Paludes* die Geschichte von Angèles Salon.»
«Also, ich sehe, daß Sie sich noch nicht richtig festgelegt haben», sagte Anatole.
Philoxène näherte sich:
«Monsieur», sagte er, «alle warten auf Ihre Verse.»
«Pst! Pst!» machte Angèle; «er will anfangen.»
Alles schwieg.
«Aber Messieurs», rief ich verzweifelt, «ich versichere Ihnen, ich habe nichts Geeignetes. Um mich nicht bitten zu lassen, sehe ich mich gezwungen, Ihnen ein ganz kurzes Stück zu lesen, ohne...»
«Lesen Sie! Lesen Sie!» riefen mehrere.
«Nun, Messieurs, wenn Sie darauf bestehen...»
Ich holte einen Zettel aus der Tasche und las ausdruckslos und ohne Pose:

SPAZIERGANG

Wir sind durch die Heide gegangen.
Gott, erhöre unser Verlangen!
Über die Heide sind wir geirrt zu zwein.
Und als die Dämmrung brach herein
Stand unser Sinn nach einem Lager bloß
Zu ruhn, denn unsre Müdigkeit war groß.

...Das Schweigen hielt an; ganz offenkundig begriff niemand, daß es zu Ende war; man wartete.

«Es ist zu Ende», sagte ich.
Mitten in der Stille hörte man jetzt Angèles Stimme:
«Oh! entzückend! – Sie sollten das in *Paludes* aufnehmen.» Und da man immer noch schwieg: «Nicht wahr, Messieurs, er sollte das in *Paludes* aufnehmen?»
Jetzt entstand für einen Augenblick eine Art Tumult, denn die einen fragten: «*Paludes? Paludes?* – was ist das?» – und die anderen erklärten, was das sei, *Paludes* – doch was es noch nicht ganz sei.
Ich konnte nichts sagen, aber in diesem Augenblick näherte sich mir, getrieben von seiner fixen Idee, zu den Quellen zurückzugehen, fragend der gelehrte Physiologe Carolus.
«*Paludes?*» begann ich sofort. «Das, Monsieur, ist die Geschichte von Tieren, die in finsteren Höhlen leben und ihr Sehvermögen verlieren, weil sie keinen Gebrauch von ihm machen. – Und bitte entschuldigen Sie mich, mir ist schrecklich heiß.»
Evariste jedoch, der geistreiche Kritiker, meinte:
«Ich fürchte, das ist als Thema ein wenig speziell.»
«Aber, Monsieur», war ich gezwungen zu sagen, «es gibt kein Thema, das zu speziell ist. Vergil schreibt: *Et tibi magna satis,* und das ist sogar genau mein Thema – es tut mir leid.
Die Kunst besteht darin, ein spezielles Thema mit einer solchen Kraft darzustellen, daß das Allgemeine, von dem es abhängt, gleichzeitig mit erfaßt wird. Das sagt sich sehr schlecht in abstrakten Begriffen, weil es bereits ein abstrakter Gedanke ist; – aber Sie verstehen mich sicher, wenn Sie an die riesige Landschaft denken, die durch ein Schlüsselloch geht, sobald das Auge nahe genug der Tür ist. – Wer hier nur ein Schlüsselloch sieht, würde die ganze Welt sehen, wenn er nur darauf käme, sich vorzubeugen. Es genügt, daß die Möglichkeit zur Verallgemeinerung besteht; die Verallgemeinerung selbst muß der Leser vornehmen, der Kritiker.»
«Sie machen sich Ihre Aufgabe merkwürdig leicht, Monsieur», sagte er.
«Sonst würde ich ja Ihre abschaffen», entgegnete ich, nach Luft ringend. Er entfernte sich. «Endlich kann ich aufatmen», dachte ich.

Im gleichen Augenblick faßte mich Angèle am Arm.
«Kommen Sie», sagte sie, «ich zeige Ihnen etwas.»
Und nachdem sie mich zum Vorhang geführt hatte, hob sie ihn unauffällig hoch, damit ich an der Scheibe einen großen schwarzen Fleck sehen konnte, der ein Geräusch verursachte.
«Damit Sie sich nicht über die Hitze beklagen, habe ich einen Ventilator anbringen lassen», sagte sie.
«Oh! liebe Angèle.»
«Aber weil er Lärm macht», fuhr sie fort, «mußte ich den Vorhang zuziehen.»
«Aha! also deshalb! Aber, liebe Freundin, er ist viel zu klein!»
«Der Verkäufer hat mir gesagt, das sei das Format für Literaten. Die nächste Größe ist für politische Versammlungen; aber dann hätte man sich nicht mehr verstanden.»
In diesem Augenblick zog mich der Moralist Barnabé am Ärmel und sagte:
«Verschiedene Ihrer Freunde haben mir so viel von *Paludes* erzählt, daß ich ziemlich klar erkenne, was Sie machen wollen; ich möchte Ihnen dazu sagen, daß mir das überflüssig und ärgerlich erscheint. – Sie wollen die Leute zum Handeln zwingen, weil Sie einen Abscheu vor der Stagnation haben – zum Handeln zwingen, ohne in Betracht zu ziehen, daß, je mehr Sie sich einmischen, bevor die Leute handeln, desto weniger diese Handlungen dann von ihnen abhängen. Ihre eigene Verantwortlichkeit wird dadurch größer, die der anderen um so kleiner. Aber allein die Verantwortlichkeit für eine Handlung macht für jeden ihre Bedeutung aus – ihr äußerer Schein bedeutet nichts. Sie lehren nicht das Wollen: *velle non discitur;* Sie beeinflussen lediglich; was nützt es, wenn Sie am Ende ein paar wertlose Handlungen erzeugen können!»
Ich sagte zu ihm:
«Sie wollen also, Monsieur, daß man gegen die anderen gleichgültig wird, weil Sie leugnen, daß man sich um sie kümmern kann.»
«Zumindest ist es sehr schwierig, sich um sie zu kümmern, und die Rolle von uns, die wir uns um sie kümmern, besteht nicht darin, mehr oder minder direkt große Handlungen zu zeugen, sondern die Verantwortlichkeit für die kleinen immer größer zu machen.»

«Um die Furcht vor dem Handeln zu vergrößern, nicht wahr? – Damit vergrößern Sie nicht die Verantwortlichkeiten, sondern die Skrupel. Auf diese Weise reduzieren Sie noch die Freiheit. Die wirklich verantwortliche Handlung ist die zweckfreie; unsere Handlungen sind das nicht mehr; ich will keine Handlungen entstehen lassen, sondern Freiheit entfesseln...»
Er lächelte fein, um dem, was er sagen wollte, Geist zu verleihen, und das war folgendes:
«Nun – wenn ich Sie richtig verstehe, Monsieur – so wollen Sie die Leute zur Freiheit zwingen...»
«Monsieur», rief ich, «wenn ich kranke Menschen um mich sehe, mache ich mir Sorgen – und wenn ich auch nicht versuche, sie zu heilen, aus Angst, wie Sie sagen würden, den Wert ihrer Heilung zu mindern, so versuche ich wenigstens, ihnen zu zeigen, daß sie krank sind – es ihnen zu sagen.»
Galéas kam heran, nur um die alberne Bemerkung fallenzulassen:
«Man heilt einen Kranken nicht, indem man ihm seine Krankheit zeigt, sondern indem man ihm die Gesundheit vor Augen führt. Über jedes Krankenhausbett sollte man das Bild eines normalen Menschen malen und in den Gängen farnesische Herkulesse aufstellen.»
Valentin, der plötzlich aufgetaucht war, sagte:
«Zunächst einmal heißt der normale Mensch nicht Herkules...»
Sofort machte alles: «Pst! Pst! der große Valentin Knox wird sprechen!»
Er sagte:
«Die Gesundheit erscheint mir nicht als ein so beneidenswertes Gut. Sie ist nur ein Gleichgewicht, das Mittelmaß von allem. Sie ist die Abwesenheit von Hypertrophien. Unser Wert liegt allein in dem, was uns von andern unterscheidet; die Individualität ist unsere Wertkrankheit; – oder, anders ausgedrückt: nur das ist wichtig in uns, was uns allein gehört, was man in keinem anderen finden kann, was Ihr *normaler Mensch* nicht hat – also das, was Sie Krankheit nennen.
Sie sollten also aufhören, die *Krankheit* als etwas Fehlendes zu be-

trachten; im Gegenteil, sie ist etwas Zusätzliches; ein Buckliger ist ein Mensch plus einem Buckel, und ich fände es besser, Sie würden die Gesundheit als das Fehlen von Krankheit betrachten.
Der *normale Mensch* ist für uns von geringem Interesse; ich möchte sagen, man kann ihn weglassen – denn man findet ihn überall wieder. Er ist der größte gemeinsame Nenner der Menschheit, und in der Mathematik, wo es um Zahlen geht, kann man jeder Ziffer ihre *persönliche Eigenschaft* nehmen, ohne daß sie dabei verliert. Der *normale Mensch* (das Wort regt mich auf) ist der Rückstand, das Rohmaterial, das nach dem Schmelzen, bei dem sich die Eigenheiten verflüchtigen, auf dem Boden der Retorten zurückbleibt. Er ist die ursprüngliche Taube, die man wieder erhält, wenn man seltene Arten kreuzt – eine graue Taube – die bunten Federn sind gefallen; nichts unterscheidet sie mehr.»
Von Begeisterung überwältigt, weil er von grauen Tauben sprach, wollte ich ihm die Hand schütteln, und ich rief:
«Ach! Monsieur Valentin!»
Er sagte schlicht:
«Schweig, Literat! Zunächst einmal interessiere ich mich nur für Verrückte, und Sie sind entsetzlich vernünftig.» Dann fuhr er fort:
«Der normale Mensch ist jener, den ich auf der Straße getroffen und bei meinem Namen gerufen habe, da ich ihn zunächst für mich selbst hielt; ich streckte ihm die Hand hin und rief: ‹Mein armer Knox, wie glanzlos du heute bist! Was hast du mit deinem Monokel gemacht?› Dabei überraschte mich, daß Roland, der mich begleitete, ihn ebenfalls bei seinem Namen rief und gleichzeitig mit mir sagte: ‹Armer Roland! Wo haben Sie Ihren Bart gelassen?› Dann haben wir dieses Individuum, weil es uns langweilte, abgeschafft, ganz ohne Gewissensbisse, da es nichts Neues bot. Im übrigen sagte es nichts, denn es war ein jämmerlicher Wicht. Wissen Sie, wer das ist, der normale Mensch? Die dritte Person, jene, von der gesprochen wird …»
Er drehte sich zu mir; ich drehte mich zu Ildevert und Isidore und sagte zu ihnen:
«Na, was habe ich Ihnen gesagt?»
Valentin sprach weiter, sehr laut, und sah mich dabei an:

«Bei Vergil heißt sie Tityrus; es ist die Person, die nicht mit uns stirbt, sondern mit unser aller Beistand lebt.» – Und er fügte, laut über mich lachend, hinzu: «Deshalb ist es auch unwichtig, ob man sie tötet.» Und Ildevert und Isidore, die ebenfalls in schallendes Gelächter ausbrachen, riefen:
«Also, schaffen Sie Tityrus ab, Monsieur!!!»
Da konnte ich mich nicht mehr beherrschen, verzweifelt machte ich meinerseits:
«Pst! pst! ich will sprechen!» Und ich fing irgendwie an:
«Doch, Messieurs, doch! Tityrus hat seine Krankheit!!! Allen von uns, allen geht es in unserem ganzen Leben so wie in den verdorbenen Perioden, in denen wir vom Zweifel besessen sind: habe ich heute nacht meine Tür verschlossen? man geht noch einmal nachsehen; habe ich heute morgen meine Krawatte umgebunden? man faßt hin; heute abend die Hose zugeknöpft? man vergewissert sich. Da! sehen Sie Madruce an, der sich noch nicht vergewissert hat. Und Borace. – Da haben Sie es! Und dabei wußten wir, daß alles völlig in Ordnung ist; man macht es aus Krankheit noch einmal – die Krankheit des Rückblicks. Man macht es noch einmal, weil man es gemacht hat; jede unserer Handlungen von gestern scheint heute nach uns zu verlangen; als wäre sie ein Kind, dem wir das Leben geschenkt haben und das wir von nun an am Leben erhalten müssen...»
Ich war erschöpft und hörte, daß ich schlecht sprach...
«Alles, was wir hervorrufen, müssen wir unterhalten, scheint es; daher die Furcht vor zu vielen Handlungen, um nicht zu sehr von ihnen abzuhängen – denn jede Handlung, sobald sie getan ist, wird für uns nicht zu einem Kontrast, sondern zu dem ausgehöhlten Lager, auf das wir zurückfallen – *recubans.*»
«Was Sie da sagen, ist recht merkwürdig», begann Ponce...
«Durchaus nicht, Monsieur, es ist überhaupt nicht merkwürdig, und ich sollte es keineswegs in *Paludes* aufnehmen... Ich sagte, daß unsere Persönlichkeit sich nicht mehr von der Art abhebt, in der wir handeln – sie ruht in der Handlung selbst – in den zwei Handlungen, die wir vornehmen (ein Triller) – in den dreien. Wer ist Bernard? Jener, den man donnerstags bei Octave trifft. – Wer

ist Octave? Jener, der donnerstags Bernard bei sich empfängt. – Und weiter? Jener, der montags zu Bernard geht. – Wer ist… wer sind wir alle, Messieurs? Jene, die jeden Freitag abend zu Angèle gehen.»
«Aber, Monsieur», sagte Lucien aus Höflichkeit, «das ist doch sehr gut so; außerdem können Sie gewiß sein, daß das unser einziger Berührungspunkt ist.»
«Zum Teufel, Monsieur», entgegnete ich, «ich glaube doch, wenn Hubert mich jeden Abend um sechs besucht, kann er nicht zur gleichen Zeit bei Ihnen sein; aber was ändert das, wenn jene Person, die Sie täglich empfangen, Brigitte ist? – Ja, was hat es sogar für eine Bedeutung, wenn Joachim sie nur alle drei Tage empfängt? – Stelle ich eine Statistik auf? – Nein, aber ich würde lieber *heute* auf den Händen laufen als auf den Füßen – *wie gestern!*»
«Dabei scheint es mir, als ob Sie das täten», sagte Tullius einfältig.
«Aber, Monsieur, gerade darüber beklage ich mich ja; ich sage ‹ich würde lieber›, beachten Sie das! Im übrigen, wenn ich das jetzt auf der Straße versuchte, man würde mich als Verrückten einsperren. Und genau das regt mich auf – daß das ganze Draußen, die Gesetze, die Sitten, die Bürgersteige, unsere Rückfälle zu beschließen, unsere Monotonie zu übernehmen scheint – während sich im Grunde alles so gut mit unserer Liebe zur Wiederholung verträgt.»
«Und worüber beklagen Sie sich dann?» riefen Tancrède und Gaspard.
«Na, genau darüber, daß niemand sich beklagt! Das Sichabfinden mit dem Übel verschlimmert es – es wird zum Laster, Messieurs, weil man sich schließlich darin gefällt. Ich beklage mich, Messieurs, daß niemand sich auflehnt; daß man so tut, als äße man gut, wenn man Ratatouille ißt, und daß man nach einer Mahlzeit zu vierzig Sous zufrieden aussieht. Daß man nicht revoltiert, wenn…»
«Oho! oho!» machten mehrere, «sind Sie unter die Revolutionäre gegangen?»
«Durchaus nicht, Messieurs, keineswegs! Sie lassen mich ja nicht ausreden – ich sage, daß man nicht revoltiert… in seinem Innern.

Ich beklage mich nicht über die Verteilung der Güter, sondern über uns; über die Sitten...»
«Aber Monsieur», rief man im Tumult, «Sie werfen den Leuten vor, daß sie leben, wie sie leben – und leugnen andererseits, daß sie anders leben können, und werfen ihnen vor, daß sie über diese Art zu leben glücklich sind – aber wenn ihnen das doch gefällt – wenn... also, was – wol – len – Sie – ei – gent – lich, Monsieur???»
Ich war schweißgebadet und völlig verstört; ich erwiderte verzweifelt:
«Was ich will? Was ich will, Messieurs, ich persönlich... *Paludes* beenden.»
Da kam Nicodème aus der Gruppe hervorgestürzt, drückte mir die Hand und schrie:
«Da tun Sie gut daran, Monsieur!» Alle anderen hatten mir schlagartig den Rücken gekehrt.
«Wieso», fragte ich, «kennen Sie es?»
«Nein, Monsieur», entgegnete er, «aber mein Freund Hubert hat mir viel davon erzählt.»
«So! er hat Ihnen gesagt...»
«Ja, Monsieur, die Geschichte von dem Angler, der die Schlammwürmer so gut findet, daß er sie ißt, statt sie als Köder an seine Angeln zu stecken; – deshalb fängt er nichts... natürlich. Ich finde das äußerst komisch!»
Er hatte nichts begriffen. – Alles muß neu angefangen werden, noch einmal. Ach, ich bin wie erschlagen! Und wenn man bedenkt, daß ich ihnen gerade begreiflich machen will, daß man – immer wieder – neu anfangen muß, begreiflich zu machen; man verliert den Boden unter den Füßen; ich kann nicht mehr; ach, das habe ich schon gesagt...
Und da ich bei Angèle fast wie zu Hause bin, ging ich zu ihr, zog meine Uhr hervor und rief sehr laut:
«Aber liebe Freundin, es ist ja schon schrecklich spät!»
Da zog im gleichen Augenblick jeder seine Uhr aus der Tasche und rief: «Ach, wie spät es schon ist!»
Nur Lucien fügte aus Höflichkeit hinzu: «Letzten Freitag war es noch später!» – Doch keiner achtete auf seine Bemerkung (ich

sagte schlicht zu ihm: «Weil Ihre Uhr nachgeht»); jeder lief und holte seinen Überzieher; Angèle drückte Hände, lächelte immer noch, bot die letzten Brioches an. Dann beugte sie sich über das Geländer, um den Abstieg ihrer Gäste zu verfolgen. – Ich erwartete sie erschöpft auf einem Puff. Als sie zurückkam, begann ich: «Ein wahrer Alptraum, Ihre Abendgesellschaft! Oh, diese Literaten! diese Literaten, Angèle!!! Alle miteinander unerträglich!!!»
«Aber das haben Sie neulich nicht gesagt», bemerkte sie.
«Liebe Angèle, ich hatte sie auch nicht bei Ihnen gesehen. – Und außerdem ist es ja erschreckend, wie viele es waren! – So viele empfängt man doch nicht gleichzeitig, liebe Freundin!»
«Aber ich hatte sie gar nicht alle eingeladen», sagte sie; «jeder von ihnen hat mehrere andere mitgebracht.»
«Sie wirkten ganz verstört unter ihnen... Sie hätten Laure bitten sollen heraufzukommen; sie wäre Ihnen ein Halt gewesen.»
«Sie waren so erregt», fuhr sie fort; «ich dachte, Sie würden die Stühle verschlingen.»
«Sonst hätte man sich entsetzlich gelangweilt, liebe Angèle... Bei Ihnen ist man ja fast erstickt! – Das nächste Mal dürfen die Leute nur mit einer Karte herein. – Ich frage Sie, was wollten Sie eigentlich mit Ihrem kleinen Ventilator! Zunächst einmal, nichts geht mir mehr auf die Nerven, als was sich auf der Stelle dreht; das sollten Sie inzwischen wissen! – Und außerdem macht er einen gräßlichen Lärm, wenn er sich dreht! Man hat ihn hinter dem Vorhang gehört, sobald nicht gesprochen wurde. Und jeder hat sich gefragt: ‹Was ist das nur?› – Sie begreifen, daß ich nicht sagen konnte: ‹Das ist Angèles Ventilator!› Da, hören Sie jetzt, wie er surrt? Es ist unerträglich, liebe Freundin, stellen Sie ihn ab, ich bitte Sie!»
«Aber», sagte Angèle, «man kann ihn nicht abstellen.»
«Was, den auch nicht!» schrie ich; «dann müssen wir eben sehr laut reden, liebe Freundin – was denn! Sie weinen?»
«Kein bißchen», sagte sie, puterrot.
«Nun gut.» – Und ich brüllte los, von erhabenen Gefühlen gepackt, um dieses Kinderklappergeräusch zu übertönen: «Angèle! Angèle! es wird Zeit! wir müssen diese unerträglichen Stätten verlassen! – Werden wir plötzlich den starken Wind des Meeres am

Strand hören, schöne Freundin? – Ich weiß, in Ihrer Nähe hat man nur kleine Gedanken, doch dieser Wind erhebt sie manchmal... Adieu! Ich brauche Bewegung; nur noch morgen, stellen Sie sich vor! dann kommt die Reise. Stellen Sie sich das vor, liebe Angèle!»
«Also adieu», sagte sie; «gehen Sie schlafen. Adieu.»

Ich verließ sie. Ich kam fast im Laufschritt bei mir zu Hause an; ich entkleidete mich; ging zu Bett; nicht um zu schlafen; wenn ich andere Kaffee trinken sehe, regt mich das auf. Ich war voller Verzweiflung und sagte mir: «Habe ich auch getan, was ich tun konnte, um sie zu überzeugen? Ich hätte für Martin stärkere Argumente finden müssen... Und Gustave! – Ach, Valentin! der liebt nur Verrückte – mich als ‹vernünftig› zu bezeichnen – wenn das stimmte! mich, der den ganzen Tag nur Absurditäten vollbracht hat. Ich weiß selbst, daß das nicht dasselbe ist... Warum hältst du hier inne, Gedanke, und starrst mich an wie eine verstörte Schleiereule? – Revolutionär! vielleicht bin ich sogar einer, aus Abscheu vor dem Gegenteil. Wie elend man sich fühlt, weil man versucht hat, es nicht mehr zu sein! – Sich nicht verständlich machen können... Dabei stimmt es, was ich ihnen gesagt habe – denn ich leide darunter. – Leide ich darunter? – Tatsächlich, in gewissen Augenblicken verstehe ich weder, was ich will, noch gegen wen ich etwas habe – dann scheint es mir, daß ich mich mit meinen eigenen Trugbildern herumschlage, und ich... Mein Gott! mein Gott, das lastet wirklich schwer, und die Vorstellungen der anderen sind noch träger als die Materie. Es hat den Anschein, als werde man von jeder Idee bestraft, sobald man sie berührt; sie ähnelt jenen Nachtmahren, die sich auf unsere Schultern setzen, sich von uns ernähren und um so schwerer werden, je mehr sie uns schwächen... Nun, da ich begonnen habe, Äquivalente für meine Gedanken zu suchen, um sie für die andern klarer zu machen – kann ich nicht mehr aufhören; Rückblicke; – lächerliche Metaphern; – ich fühle, wie ich nach und nach, während ich sie beschreibe, von allen Krankheiten ergriffen werde, die ich den andern vorwerfe, und ich behalte alles Leid, das ich ihnen nicht zu vermitteln vermag, für mich. – Jetzt scheint es mir, als ob dieses Bewußtsein meine Krankheit noch verstärke und die andern am Ende vielleicht gar nicht krank sind. – Aber dann haben sie recht, wenn sie nicht leiden – und ich unrecht, wenn ich es ihnen vorwerfe; – dennoch, ich lebe genau wie sie, und weil ich so lebe, leide ich... Ach, mein Kopf ist in Aufruhr! – Ich möchte beunruhigen – zu diesem Zweck gebe ich mir alle Mühe – und beunruhige nur mich selbst... Ah, ein Satz! schreiben wir ihn auf.» – Ich zog ein Blatt Papier unter meiner Kopfrolle hervor, zündete meine Kerze wieder an und schrieb die schlichten Worte:

«Sich in seine Unruhe verlieben.»

Ich blies meine Kerze aus.

«...Mein Gott, mein Gott! bevor ich einschlafe, will ich noch einen kleinen Punkt erforschen... Man hat eine kleine Idee – man hätte sie ebensogut in Ruhe lassen können... – oder? ... Was? ... Nichts, jetzt rede ich; – ich habe gesagt, man hätte sie ebensogut in Ruhe lassen können... oder? ... Was? ... Ah, beinahe wäre ich eingeschlafen... nein, ich wollte noch an diese kleine Idee denken, die größer wird; – ich erfasse die Entwicklung nicht genau; – jetzt ist die Idee riesengroß – und hat mich erfaßt – um von mir zu leben; ja, ich bin ihr Existenzmittel; – sie ist schwer – ich muß sie präsentieren, muß sie in der Welt repräsentieren. – Sie hat mich erfaßt, damit ich sie in der Welt herumschleppe. – Sie ist schwer wie Gott... Schrecklich! noch ein Satz!» – Ich zog ein zweites Blatt hervor, zündete meine Kerze an und schrieb:

«Sie muß wachsen, ich aber muß abnehmen.

Das steht im Johannesevangelium... Ach, weil ich einmal dabei bin»: – Ich zog ein drittes Blatt hervor...

....

«Ich weiß nicht mehr, was ich sagen wollte... na, macht nichts; ich habe Kopfschmerzen... Nein, der Gedanke wäre verloren – verloren... und ich hätte Schmerzen davon wie an einem Holzbein... Holzbein... Er ist nicht mehr da: Man fühlt ihn, den Gedanken... den Gedanken... – Wenn man seine Worte wiederholt, dann ist man am Einschlafen; – ich werde noch einmal wiederholen:

Holzbein – Holzbein... Holz... Ach! ich habe meine Kerze nicht ausgeblasen... Doch. – Habe ich meine Kerze ausgeblasen? ... Ja, denn ich schlafe. – Übrigens, als Hubert zurückgekommen ist, war sie noch nicht aus; ...aber Angèle hat behauptet, doch; ...gerade da habe ich mit ihr von dem Holzbein geredet; – weil sie im Torf gestochert hat; ich habe sie darauf hingewiesen, daß ich niemals rasch genug laufen könne; dieser Boden, sagte ich, ist gräßlich elastisch! – die Sumpfstraße – nein, so nicht! ... Oh, wo ist Angèle? Ich laufe ein bißchen rascher. – Welch ein Elend, man sinkt plötzlich ein... ich werde niemals rasch genug laufen können... wo ist das Boot? Bin ich drauf? ... Ich werde springen – uff! hopp! – Auweh!...

Also wenn Sie wollen, Angèle, machen wir in diesem Boot eine kleine Vergnügungsreise. Ich habe Sie lediglich darauf hingewiesen, liebe Freundin, daß es dort nur Riedgras und Bärlapp gibt. Kleine Potamogetone – und ich habe leere Taschen – nur eine winzige Brotkrume für die Fische... Oh, wo ist Angèle? ... Na, liebe Freundin, wieso sind Sie heute abend ganz zerschmolzen? ... Sie lösen sich ja vollständig auf, meine Liebe! – Angèle! Angèle! hören Sie! ...aber sowas! hören Sie? Angèle! ...sollte von Ihnen nur dieser Zweig der Nymphea botanica übrigbleiben (und ich gebrauche dieses Wort in einem Sinn, der heutzutage sehr schwer zu würdigen ist) – den ich auf dem Fluß pflücken werde... Aber das ist ja reiner Velours! ein ganzer Teppich! – ein elastischer Bodenbelag! ... Warum soll man darauf sitzen bleiben? mit den beiden Stuhlbeinen in den Händen? Man muß endlich versuchen, unter den Möbeln hervorzukommen! – Wir werden Seine Eminenz empfangen... um so mehr, als man hier erstickt! ... Hier ist also das Porträt von Hubert. Es blüht... Wir wollen die Tür öffnen; es ist zu heiß. Der andere Saal scheint mir noch ein wenig mehr dem Bild zu entsprechen, das ich mir von ihm gemacht habe; – nur das Porträt von Hubert ist schlecht; das andere gefiel mir besser; er sieht aus wie ein Ventilator; – tatsächlich, wie ein Ventilator, zum Verwechseln. Warum feixt er? ... Gehen wir. Kommen Sie, liebste Freundin... Oh, wo ist Angèle? Ich habe sie eben noch ganz fest an der Hand gehalten. Sie muß im Korridor verschwunden sein, um ihren

Koffer zu packen. Sie hätte den Fahrplan dalassen können... Aber laufen Sie doch nicht so rasch, ich werde Ihnen niemals folgen können. – Welch ein Elend! Schon wieder eine geschlossene Tür... Zum Glück lassen sie sich sehr leicht öffnen; ich schlage sie hinter mir zu, damit mich Seine Eminenz nicht erwischt. – Ich glaube, er hetzt Angèles ganze Abendgesellschaft hinter mir her. Wie viele das sind! Wie viele! Literaten... Peng! noch eine geschlossene Tür. – Peng! – Ah, kommen wir denn nie aus dem Korridor heraus? – Peng! – Die vielen Türen! Ich habe keine Ahnung mehr, wo ich bin... Wie schnell ich jetzt laufe! ... Erbarmen! hier gibt es überhaupt keine Türen mehr. Das Porträt von Hubert ist schlecht aufgehängt; – es wird gleich herunterfallen; – er sieht aus wie ein Feixilator... Dieses Zimmer ist viel zu eng – ich werde sogar das Wort beengt fallenlassen; nie werden wir es hier alle zusammen aushalten. Gleich kommen sie... Ich ersticke! – Ha, durchs Fenster. – Ich werde es hinter mir schließen; – ich werde verzweifelt bis zum Balkon über der Straße flattern. – Oh! das ist ein Korridor! Ha, da sind sie. – Mein Gott, mein Gott! Ich werde verrückt... Ich ersticke!»
Schweißgebadet erwachte ich; die festgestopften Decken schnürten mich ein wie Aderlaßbinden; der gespannte Stoff erschien mir wie eine gräßliche Last auf der Brust; ich machte eine große Anstrengung, zerrte die Decken frei und warf sie mit einem Ruck alle weg. Die Zimmerluft umgab mich; ich atmete systematisch. – Frische – früher Morgen – blasse Scheiben... all das sollte man aufschreiben; – Aquarium – es verschmilzt mit dem übrigen Zimmer... Jetzt begann ich zu frösteln; – ich werde mich erkälten, dachte ich; – bestimmt erkälte ich mich. – Und schlotternd erhob ich mich, um die Decken zurückzuholen, und nachdem ich sie wieder aufs Bett gezogen hatte, stopfte ich sie gehorsam wieder fest, um zu schlafen.

Hubert oder Die Entenjagd

Freitag.

Im Notizkalender las ich, sobald ich aufgestanden war: «Versuchen, um sechs aufzustehen». Es war acht Uhr; ich griff zur Feder; strich aus; ich schrieb statt dessen: «Um elf aufstehen». – Und ich legte mich wieder zu Bett, ohne weiterzulesen.

Nach der gräßlichen Nacht trank ich, da ich mich unwohl fühlte, um zu variieren, ein wenig Kräutertee statt Milch, und ich trank ihn sogar im Bett, wohin ihn mir mein Diener brachte. Da mein Kalender mich erregte, schrieb ich auf ein tatsächlich fliegendes Blatt: «Heute abend eine große Flasche Évian kaufen» – dann heftete ich das Blatt an die Wand.

Um dieses Wasser zu genießen, werde ich zu Hause bleiben, ich werde nicht zum Abendessen zu Angèle gehen; Hubert geht übrigens hin; vielleicht würde ich sie stören; – aber ich werde sofort danach hingehen, um zu sehen, ob ich sie gestört hätte.

Ich griff zur Feder und schrieb:

«Liebe Freundin, ich habe Migräne; ich werde nicht zum Abendessen kommen; im übrigen kommt Hubert, und ich möchte Sie nicht stören; aber ich komme sofort danach. Ich habe einen sehr merkwürdigen Alptraum gehabt, den ich Ihnen erzählen werde.»

Ich steckte den Brief in einen Umschlag; nahm ein anderes Blatt und schrieb behutsam:

«Tityrus macht sich daran, am Ufer der Teiche die Nutzpflanzen zu pflücken. Er findet Borretsch, wirksamen Eibisch und sehr bittere Kornblumen. Er kommt mit einem Büschel Heilkräuter zurück. In Anbetracht der medizinischen Kräfte der Pflanzen sucht er Leute, die er heilen kann. In der Umgebung der Teiche kein Mensch. Er denkt: wie schade. – Daraufhin geht er zu den Salinen, wo es Fieber gibt und Arbeiter. Er geht auf sie zu, spricht mit ihnen, ermahnt sie und weist ihnen ihre Krankheiten nach; doch einer sagt, er sei nicht krank; ein anderer, dem Tityrus eine Arzneiblume schenkt, pflanzt sie in ein Gefäß und will ihr beim Wachsen zusehen; ein dritter schließlich weiß genau, daß er Fieber hat, glaubt aber, es sei gut für seine Gesundheit.

Und da schließlich keiner geheilt werden will und die Blüten sonst verwelken würden, holt Tityrus sich das Fieber, um wenigstens sich selbst heilen zu können...»

Um zehn läutete es; Alcide kam herein. Er sagte: «Im Bett! – krank?»
Ich sagte: «Nein. Guten Tag, lieber Freund. – Aber ich kann erst um elf aufstehen. Ein Entschluß, den ich gefaßt habe. – Was willst du?»
«Mich von dir verabschieden; ich habe gehört, du verreist... Für lange?»
«Nicht für sehr, sehr lange... Du begreifst, bei meinen Mitteln... Aber wichtig ist abzureisen. – Hm? Ich sage das nicht, um dich hinauszuwerfen; – aber ich muß noch viel schreiben, bevor ich... also, es war sehr nett von dir, daß du gekommen bist; – auf Wiedersehen.» Er ging.
Ich nahm ein neues Blatt und schrieb:

Tityrus semper recubans

– dann schlief ich weiter bis Mittag.
Es ist eine merkwürdige Sache, die es festzuhalten gilt, nämlich wie sehr ein wichtiger Entschluß, die Entscheidung für einen bedeutenden Wechsel im Dasein, die kleinen Verpflichtungen und Aufgaben des Alltags läppisch erscheinen läßt und einem damit die Kraft gibt, sie zum Teufel zu jagen.
Auf diese Weise hatte ich Alcide gegenüber, dessen Besuch mich störte, den Mut zu einer Unhöflichkeit, die ich sonst nicht gewagt hätte. – Ebenso hatte ich, als ich durch Zufall in dem Kalender, in den ich unwillkürlich sah, die Eintragung las: «Zehn Uhr. Zu Magloire gehen und ihm erklären, weshalb ich ihn so dumm finde» – die Kraft, mich zu freuen, daß ich nicht bei ihm war.
«Der Kalender hat sein Gutes», dachte ich, «denn wenn ich für heute vormittag nicht eingetragen hätte, was ich tun muß, hätte ich es vergessen und hätte mich dann nicht freuen können, daß ich es nicht getan habe. Darin liegt für mich stets der Reiz dessen, was ich so hübsch das *unvorhergesehene Minus* nenne; ich habe es recht gern, denn es verlangt wenig Aufwand, so daß es mir für die gewöhnlichen Tage gute Dienste leistet.»

Am Abend ging ich also nach dem Essen zu Angèle. Sie saß am Klavier; sie half Hubert, das große Duett im *Lohengrin* zu singen, und ich war froh, es zu unterbrechen.
«Angèle, liebe Freundin», sagte ich, als ich eintrat, «ich bringe keinen Koffer mit; dennoch bleibe ich die ganze Nacht hier, auf Ihre liebenswürdige Aufforderung hin, und erwarte mit Ihnen, nicht wahr, die Stunde des morgendlichen Aufbruchs. – Ich habe, glaube ich, vor längerem verschiedene Gegenstände zurückgelassen, die Sie sicher in mein Zimmer gelegt haben: derbe Schuhe, Pullover, Gürtel, Regenhut... Wir werden alles finden, was wir brauchen. Ich gehe nicht noch einmal nach Hause. – An diesem letzten Abend muß man sich etwas einfallen lassen, an den morgigen Aufbruch denken, nichts anderes tun als ihn vorbereiten; man muß ihn begründen, herbeiführen, ihn in jeder Beziehung wünschenswert machen. Hubert soll uns durch den Bericht eines früheren Abenteuers den Mund wäßrig machen.»
«Ich habe wenig Zeit», sagte Hubert, «es ist schon spät, ich muß zu meiner Versicherungsgesellschaft und vor Büroschluß einige Unterlagen holen. – Außerdem kann ich nicht erzählen, und es sind immer nur Erinnerungen an meine Jagden. – Diese hier geht zurück auf meine große Reise in Judäa. – Aber sie ist schrecklich, Angèle, und ich weiß nicht...»
«Oh, erzählen Sie, bitte!»
«Sie haben es gewollt – hier also die Geschichte:
Ich reiste mit Bolbos – Sie beide haben ihn sicher nicht gekannt; er war ein guter Freund aus meiner Kindheit; – überlegen Sie nicht, Angèle, er ist tot – und von seinem Ende will ich erzählen.
Er war wie ich ein großer Jäger, ein Tigerjäger im Dschungel. Übrigens war er eitel und hatte sich aus dem Fell eines der Tiger, die er selbst erlegt hatte, einen geschmacklosen Pelzmantel machen lassen, den er sogar an warmen Tagen trug und stets weit offen ließ. – Er trug ihn auch an diesem letzten Abend... eher zu Recht übrigens, denn man sah fast nichts mehr und die bereits herrschende Kälte verschärfte sich noch. Sie wissen, daß die Nächte in diesen Regionen kalt sind und man den Panther nachts jagt. Man jagt ihn in der Strickschaukel – und das ist sogar ganz amüsant. In jenen

Bergen von Idumäa kennt man die Felsschluchten, durch welche die Bestie zu ihren festen Zeiten kommt; es gibt keine geregelteren Gewohnheiten als die eines Panthers – das ermöglicht überhaupt erst seine Jagd. – Den Panther schießt man von oben nach unten – aus anatomischen Gründen. Daher die Verwendung der Strickschaukel, die jedoch ihre wirklichen Vorzüge erst beweist, wenn man den Panther verfehlt. Der Rückstoß beim Abdrücken ist nämlich so stark, daß sich dadurch die Strickschaukel in Schwingungen versetzt; zu diesem Zweck sind sie sehr leicht gemacht; sie setzen sich sofort in Bewegung, schwingen hin und her, und der verzweifelte Panther springt zwar, kann sie aber nicht erreichen – was sicher geschehen würde, wenn man am Platz verharrte. – Was sage ich, geschehen würde... was geschehen ist! was geschehen ist, Angèle!

...Diese Schaukeln werden an den beiden Rändern der Schlucht aufgehängt; wir hatten jeder unsere eigene; es war spät; wir warteten. – Der Panther mußte zwischen Mitternacht und ein Uhr unter uns durchkommen. Ich war noch jung, ein bißchen feig und gleichzeitig verwegen – ich meine damit übereilt. Bolbos war älter und weiser; da er diese Jagd kannte, hatte er mich als guter Freund auf den Platz geschickt, von dem aus man den Panther als erster erblickt.»

«Wenn du Reime machst, taugen sie überhaupt nichts», sagte ich zu ihm, «versuch lieber, in Prosa zu reden.»

Er fuhr fort, ohne mich verstanden zu haben:

«Um Mitternacht spannte ich mein Gewehr. Eine Viertelstunde später ging der Vollmond über den Felsen auf.»

«Wie schön das gewesen sein muß!» sagte Angèle.

«Bald hörte man ganz in der Nähe das typische knisternde Geräusch, das die Wildkatzen beim Laufen machen. Halb eins sah ich eine längliche Form heranschleichen – er war es! Ich wartete noch, bis er genau unter mir war. – Ich schoß... Liebe Angèle, was soll ich Ihnen sagen? Ich fühlte, wie ich von dem Schuß auf der Strickschaukel nach hinten geschleudert wurde – ich glaubte, ich würde wegfliegen; sofort war ich außer Gefahr – fast von Sinnen, doch nicht genügend, um... Bolbos schoß nicht! – Worauf wartete er?

ich habe es nicht begriffen; – aber was ich begriff, war, daß man bei solchen Jagden besser nicht zu zweit ist: Stellen Sie sich vor, liebe Angèle, der eine schießt nur einen Moment nach dem andern – der erregte Panther sieht den unbeweglichen Punkt – hat die Zeit zum Sprung – und der, den er erwischt, ist gerade der, der nicht geschossen hat. – Ich glaube, wenn ich jetzt daran denke, Bolbos wollte schießen, aber sein Schuß wollte nicht losgehen. Ein solches Versagen kommt selbst bei den besten Gewehren vor. – Als mein Rückschwung aufhörte und ich wieder nach vorn kam, erkannte ich Bolbos unter dem Panther und beide auf der jetzt heftig schwankenden Schaukel; – wirklich, nichts ist behender als diese Bestien.
Ich war gezwungen, liebe Angèle, stellen Sie sich vor, ich war gezwungen, diesem Drama beizuwohnen – ich schwang vor, zurück, schaukelte immer noch; – er schaukelte jetzt ebenfalls, unter dem Panther – und ich konnte nichts tun! – Mein Gewehr nehmen? – Ausgeschlossen: wie sollte ich zielen? – Ich wollte wenigstens weg, denn von dieser Schaukelei wurde mir entsetzlich übel…»
«Das muß sehr aufregend gewesen sein», sagte Angèle.
«Aber jetzt adieu, liebe Freunde – ich verlasse euch. Ich habe es eilig. Gute Reise; amüsiert euch gut; kommt nicht zu spät zurück. – Ich werde euch am Sonntag besuchen.»
Hubert ging.
Es folgte ein langes Schweigen. Hätte ich gesprochen, ich hätte gesagt: «Hubert hat sehr schlecht erzählt. Ich wußte nichts von seiner Reise in Judäa. Ist die Geschichte wahr? – Sie schienen ihn maßlos zu bewundern, als er redete.» – Aber ich sagte nichts; ich betrachtete den Kamin, die Flamme in der Lampe, Angèle neben mir, uns beide vor dem Feuer – den Tisch – das wunderbare Halbdämmer des Zimmers – alles das, was wir verlassen mußten… Man brachte den Tee. Es war nach elf, jeder von uns schien schläfrig zu sein.
Als die letzten Schläge von Mitternacht verklungen waren, begann ich:
«Ich bin auch auf die Jagd gegangen…»
Sie schien vor Erstaunen wach zu werden; sie sagte:
«Sie! auf die Jagd! und worauf?»

«Auf Enten, Angèle. Und sogar mit Hubert; das ist lange her... Aber, liebe Angèle, warum nicht? – Was mir mißfällt, ist das Gewehr, nicht die Jagd; mir graust vor dem Knall. Ich versichere Ihnen, Sie täuschen sich in Ihrem Urteil über mich! Ich bin sehr aktiv; nur die Instrumente stören mich... Aber Hubert, der stets über die neuesten Erfindungen auf dem laufenden ist, hatte mir für den Winter durch Vermittlung von Amédée ein Luftgewehr verschafft.»

«Oh, erzählen Sie mir alles!» sagte Angèle.

«Das war nicht etwa», fuhr ich fort, «das war nicht etwa, was glauben Sie, eines dieser sensationellen Gewehre, wie man sie nur auf großen Ausstellungen sieht; – übrigens hatte ich es nur geliehen, denn diese Instrumente sind wahnsinnig teuer; außerdem will ich bei mir keine Waffen aufbewahren. – Ein kleines Luftreservoir setzte den Abzug in Bewegung – mittels eines elastischen Schlauches, den man sich unter die Achsel klemmte; man hielt einen etwas abgenutzten Gummiball in der Hand – denn es war ein altes Ding; – beim geringsten Druck ließ dieser Gummiball die Kugel losgehen... Wegen Ihrer technischen Unwissenheit kann ich es Ihnen nicht besser erklären.»

«Sie hätten es mir zeigen sollen», sagte Angèle.

«Diese Instrumente, liebe Freundin, lassen sich nur mit einer ganz besonderen Geschicklichkeit handhaben – außerdem, wie ich schon sagte, habe ich es nicht behalten. Übrigens genügte diese eine Jagdnacht, dem Gummiball den Rest zu geben – so ertragreich war sie; ich werde es Ihnen erzählen:

Es war eine neblige Dezembernacht. – Da sagte Hubert zu mir: ‹Kommst du?›

Ich antwortete ihm: ‹Ich bin bereit.›

Er holte seinen Karabiner, ich mein Gewehr; er nahm seine Lockpfeifen und seine Stiefel; wir nahmen unsere vernickelten Schlittschuhe. Dann tasteten wir uns mit der besonderen Witterung des Jägers im Dunkel voran. Hubert kannte den Weg, welcher zu der am wildreichen See gelegenen Hütte führen mußte, in der ein bereits entfachtes Torffeuer seit dem Abend unter der Asche glomm. Übrigens erschien uns die Nacht, sobald wir den von dunklen Tan-

nen verdüsterten Park verlassen hatten, fast hell. Ein voll aufgeblasener Mond zeigte sich unbestimmt hinter dem himmlischen Nebel. Man sah ihn nicht, wie es manchmal geschieht, so ab und zu, bald verborgen, bald über die Wolken glänzend; die Nacht war nicht bewegt; – doch war es wiederum auch keine friedliche Nacht; – sie war stumm, unbeschäftigt, feucht, und hätten Sie mich verstanden, wenn ich gesagt hätte: unfreiwillig? Der Himmel sah nicht anders aus; man hätte ihn ohne Überraschung umdrehen können. – Wenn ich so ausführlich bin, stille Freundin, so um Ihnen begreiflich zu machen, in welchem Maße diese Nacht gewöhnlich war.
Erfahrene Jäger wissen, daß solche Nächte für die Entenjagd die besten sind. – Wir näherten uns dem Kanal, dessen gefrorenes Wasser wir zwischen dem verwelkten Schilf an seinem glänzenden Gefunkel erkannten. Wir schnallten unsere Schlittschuhe an und fuhren schweigend los. Je näher wir dem See kamen, desto mehr erschwerte das schlammige, spärlicher werdende, mit Moos, Erde und fast geschmolzenem Schnee vermischte Wasser den Lauf. Der Kanal verlor sich im See; schließlich hemmten uns unsere Schlittschuhe. Wir gingen zu Fuß. Hubert trat in die Hütte, um sich zu wärmen; ich selbst hielt es dort wegen des dicken Qualmes nicht aus... Was ich Ihnen jetzt erzählen werde, Angèle, ist schrecklich! – denn, hören Sie zu: – Sobald Hubert sich aufgewärmt hatte, ging er in das schlammige Wasser; – ich wußte zwar, daß er seine Stiefel anhatte und seinen geteerten Anzug – doch, liebe Freundin, er versank nicht bis zu den Knien darin – auch nicht bis zum Gürtel: Er versank ganz und gar! – Zittern Sie nicht allzusehr; es war Absicht! Um sich besser vor den Enten zu verbergen, wollte er völlig verschwinden; Sie werden sagen, das ist gemein... Nicht wahr? Ich fand es auch: doch dadurch kam das Wild in Fülle. Alle Vorbereitungen waren getroffen; ich saß auf dem Boden einer verankerten Barke und wartete auf das Nahen des Schwarmes. Nachdem Hubert völlig verborgen war, begann er die Enten zu rufen. Dafür benutzte er zwei Lockpfeifen: die eine als Ruf, die andere als Antwort. Der Schwarm hörte sie von weitem; er hörte die Antwort: die Enten sind so dumm, daß sie glauben, sie

käme von ihnen; sie flogen also ganz schnell heran – damit sie sie gegeben hätten, liebe Angèle. – Huberts Nachahmung war vollkommen. Der Himmel über uns verdunkelte sich von ihrer dreiekkigen Wolke; dann verstärkte sich das schlagende Geräusch ihrer Flügel, da sie jetzt herunterkamen; und als sie nahe genug waren, begann ich zu schießen.
Sie kamen bald so zahlreich, daß ich, um die Wahrheit zu sagen, kaum zielte; ich beschränkte mich darauf, bei jedem neuen Schuß ein bißchen mehr auf den Gummiball zu drücken – so leicht ging der Abzug; – er machte nicht mehr Geräusch als eine Feuerwerksgarbe in der Luft, wenn sie sich entfaltet – oder vielmehr als der Klang von ‹*Palmes!*› in einem Vers von Monsieur Mallarmé. Oft hörte man den Schuß nicht einmal, und wenn ich mein Ohr nicht nahe ans Gewehr hielt, erfuhr ich erst durch das Fallen eines weiteren Vogels, daß die Kugel losgegangen war. Da die Enten kein Geräusch vernahmen, blieben sie lange an der gleichen Stelle. Sie fielen herab, drehten sich auf dem braunen, von einer schlammigen Kruste verschlossenen Wasser, und zuckend zerrissen sie mit ihren noch halb geöffneten Flügeln die Blätter. Vor ihrem Tod wollten sie ein schützendes Buschwerk erreichen, denn das Schilf verbarg sie nicht. Federn blieben zurück, schwebten auf dem Wasser, in der Luft, schienen so leicht wie der Nebel... Ich fragte mich: ‹Wann hört das auf?› – Endlich flogen im Morgengrauen die letzten Überlebenden davon; ein lautes Flügelschlagen erklang plötzlich, das die letzten Sterbenden begriffen. – Da kam endlich Hubert zurück, mit Blättern und Schlamm bedeckt. Wir machten das flache Boot los, stießen es mit Stangen durch geknickte Schilfhalme und sammelten in der schrecklichen Helle vor der Morgendämmerung unsere Viktualien ein. – Ich hatte über vierzig abgeschossen; – alle rochen nach Sumpf... Aber wie! Sie schlafen, liebe Angèle?»
Die Lampe wurde schwächer mangels Öl; das Feuer erstarb traurig, und hinter der Fensterscheibe dämmerte der Morgen. Doch etwas Hoffnung schien sich fröstelnd aus den Himmelsreserven herabzusenken... Ach, käme doch endlich ein wenig himmlischer Tau zu uns, in dieses muffige Zimmer, in dem wir so lange vor uns

hindämmerten, und wäre es durch die Scheibe und als Regen, käme doch endlich eine Morgendämmerung und brächte uns durch die aufgestaute Dunkelheit ein wenig natürliches Weiß...
Angèle schlief halb; da sie niemanden mehr sprechen hörte, wachte sie sanft auf – murmelte:
«Sie sollten das...»
«Ah! Seien Sie barmherzig und reden Sie nicht zu Ende, liebe Freundin – und sagen Sie nicht, ich sollte das in *Paludes* aufnehmen. – Zunächst ist es bereits drin – und außerdem haben Sie nicht zugehört – aber ich bin Ihnen deshalb nicht böse – nein, ich flehe Sie an, glauben Sie nicht, ich sei Ihnen deshalb böse. Ich will ja heute auch fröhlich sein. Die Morgendämmerung bricht an, Angèle! Sehen Sie nur! Sehen Sie die grauen Dächer der Stadt und dieses Weiß über den Vororten... wäre das... Ach! von welchem trübsinnigen Grau, von welchem zerbröckelten Gestern, bittere Asche, ah, Gedanke – wäre das deine Reinheit, die unverhofft einfließt, Morgendämmerung, die uns befreit? – Die Fensterscheibe, durch die der Morgen rinnt... nein... der Morgen, in dem die Fensterscheibe erblaßt... Angèle...

Wir brechen auf! ich fühle, die Vögel sind trunken!

Angèle! das ist ein Vers von Monsieur Mallarmé! – ich zitiere ihn schlecht – er steht im Singular – aber Sie brechen ja auch mit auf – ach, liebe Freundin, ich nehme Sie mit! – Koffer her! – beeilen wir uns; – ich möchte einen vollgestopften Rucksack! – Dennoch wollen wir nicht zu viele Dinge mitnehmen: ‹Alles, was man nicht in seinem Koffer unterbringt, ist unerträglich!› – Das stammt von Monsieur Barrès – Barrès, Sie wissen, der Abgeordnete, meine Liebe! – Oh, hier erstickt man; wir wollen das Fenster öffnen, bitte! Ich bin äußerst aufgeregt. Gehen Sie schnell in die Küche. Auf einer Reise weiß man nie, wo man ißt. Lassen Sie uns vier belegte Brote mitnehmen, Eier, Cervelatwurst und den Kalbsbraten, den wir gestern abend übriggelassen haben.»
Angèle entfernte sich; ich blieb einen Augenblick allein.
Was soll ich von diesem Augenblick sagen? – Warum nicht von ihm ebenso sprechen wie von dem folgenden? Wissen wir, welche Dinge wichtig sind? Welche Anmaßung in der *Auswahl* liegt! – Be-

trachten wir alles mit der gleichen Eindringlichkeit, und ich habe vor dem erregten Aufbruch noch einen Moment ruhiger Besinnung. Sehen wir uns um! Sehen wir uns um! – was sehe ich?
– Drei Gemüsehändler kommen vorbei.
– Bereits ein Omnibus.
– Ein Concierge kehrt vor seiner Tür.
– Die Krämer legen ihre Ware aus.
– Die Köchin geht auf den Markt.
– Kinder auf dem Weg zur Schule.
– Die Kioske erhalten ihre Zeitungen; eilige Herren kaufen sie.
– Die Tische eines Cafés werden aufgestellt…
Mein Gott! Mein Gott, hoffentlich kommt Angèle jetzt nicht herein, ich schluchze schon wieder… das ist nervös, glaube ich; – es überkommt mich bei jeder Aufzählung. – Außerdem fröstle ich jetzt. – Oh, um meinetwillen schließen wir dieses Fenster. Ich bin von dieser Morgenluft ganz durchfroren. – Das Leben – das Leben der andern! – das, das Leben? – das Leben sehen! Was ist das doch, leben!! … Und was könnte man darüber anderes sagen? Ausrufe. – Jetzt niese ich; ja, sobald die Gedanken innehalten und die Betrachtung für mich beginnt, wird mir kalt. – Doch ich höre Angèle – beeilen wir uns.

Angèle oder Die kleine Reise

Samstag.

Von der Reise nur die poetischen Augenblicke notieren – denn sie passen besser zu der Art, wie ich sie mir wünschte.
In dem Wagen, der uns zum Bahnhof fuhr, deklamierte ich:

Zicklein am Rand von Kaskaden;
Brücken, über Schluchten gespannt;
Hohe Lärchen entlang von Pfaden…
Hier, denk ich, trägt die Luft
Des Harzes köstlichen Duft
Der Fichten und Tannen
Aufwärts in Schwaden.

«Oh!» sagte Angèle, «welch schöne Verse!»
«Finden Sie, liebe Freundin?» erwiderte ich. – «Aber nein, aber nein, ganz gewiß nicht; – ich will nicht behaupten, daß sie sehr, sehr schlecht sind... Aber im Grunde bin ich nicht stolz auf sie; – ich habe improvisiert. – Aber vielleicht haben Sie recht; – es wäre tatsächlich möglich, daß sie gut sind. Der Autor weiß das selbst nie so genau...»

Wir kamen viel zu früh am Bahnhof an. Im Wartesaal dauerte das Warten, ach, wirklich sehr lange. Da glaubte ich, so neben Angèle sitzend, ich müßte ihr eine Liebenswürdigkeit sagen.
«Liebe Freundin – meine liebe Freundin», begann ich; «in Ihrem Lächeln ist etwas so Sanftes, das ich nicht richtig verstehe. Sollte es von Ihrer Sensibilität herrühren?»
«Ich weiß es nicht», antwortete sie.
«Sanfte Angèle! ich habe Sie noch nie so zu schätzen gewußt wie heute.»

Ich sagte ihr auch: «Charmante Freundin, wie feinsinnig die Verknüpfungen Ihrer Gedanken sind!» und noch etwas anderes, woran ich mich nicht mehr erinnern kann.

Von Aristolochia gesäumter Weg.

Gegen drei Uhr – völlig unvermittelt – kam ein kleiner Regenschauer.
«Das ist gleich vorbei», sagte Angèle.
«Weshalb, liebe Freundin», fragte ich sie, «haben Sie bei einem stets ungewissen Himmel nur einen Sonnenschirm mitgenommen?»
«Der ist für alle Gelegenheiten», sagte sie.
Dennoch, da es stärker regnete und ich Nässe scheue, gingen wir zurück und suchten Schutz unter dem Dach der Kelterei, die wir gerade verlassen hatten.

Von der Spitze der Kiefern herab, ganz langsam, eine nach der andern, in einer braunen Reihe, sah man die Prozessionsraupen kriechen, die am Fuße der Kiefern, seit langem erwartet, von dicken Käfern, den Puppenräubern, verspeist wurden.
«Ich habe die Puppenräuber nicht gesehen!» sagte Angèle (denn ich zeigte ihr diesen Satz).
«Ich auch nicht, liebe Angèle, sowenig wie die Raupen. – Im übrigen ist es nicht die Jahreszeit dafür; doch dieser Satz – finden Sie nicht – gibt ausgezeichnet die Stimmung unserer Reise wieder... Schließlich ist es ganz gut, daß die kleine Reise mißlungen ist – auf diese Weise ist sie lehrreicher für Sie.»
«Oh, warum sagen Sie das?» entgegnete Angèle.
«Nun, liebe Angèle – Sie müssen begreifen, daß die Freude, die uns eine Reise verschaffen kann, ganz nebensächlich ist. Man reist für die Bildung... Was denn! – Sie weinen, liebe Freundin?...»
«Kein bißchen», sagte sie.
«Nun gut. – Zumindest sind sie ganz rot.»

Sonntag

Im Kalender:
Zehn Uhr: Gottesdienst.
Besuch bei Richard.
Gegen fünf mit Hubert die notleidende Familie Rosselange besuchen und den kleinen Wühler Grabu.
Angèle darauf hinweisen, wie ernst mein Scherzen ist.
Paludes beenden. – Schwere.
Es war neun Uhr. Die Feierlichkeit dieses Tages fühlte ich an meiner wachsenden Todesangst. Sanft stützte ich meinen Kopf in die Hand; ich schrieb:
«Mein ganzes Leben werde ich nach einem etwas helleren Licht gestrebt haben. Ich habe, ach, um mich herum so viele Wesen gesehen, die in zu engen Räumen dahinsiechten, in die keine Sonne kam; große, farbenschluckende Flächen leiteten gegen Mittag Lichtreflexe hinein. Es war die Stunde, da man in den kleinen Gas-

sen in der reglosen Hitze erstickte; Sonnenstrahlen, die sich nirgends ausbreiten konnten, verdichteten zwischen den Mauern eine ungesunde Apathie. Wer sie gesehen hatte, dachte an die weiten Flächen, an die Sonnenstrahlen auf dem Schaum der Wellen und den Getreidefeldern der Ebenen...»

Angèle trat ein:

Ich rief: «Sie sind es! liebe Angèle!»

Sie sagte: «Sie arbeiten? Sie sind heute morgen traurig. Ich habe es gefühlt. Ich bin gekommen.»

«Liebe Angèle! ... Aber setzen Sie sich. – Warum sollte ich heute morgen trauriger sein als sonst?»

«Sie sind traurig, nicht wahr? – Und es stimmt nicht, was Sie mir gestern sagten... Sie können sich nicht darüber freuen, daß unsere Reise nicht so war, wie wir sie uns gewünscht hatten.»

«Süße Angèle! ... Ich bin von Ihren Worten wirklich gerührt... Ja, ich bin traurig, liebe Freundin; – meine Seele ist heute morgen sehr verzweifelt.»

«Ich bin gekommen, sie zu trösten», sagte sie.

«Wir sind wieder zurückgefallen, meine Liebe! Alles ist jetzt noch viel trauriger. – Ich habe mir sehr viel von dieser Reise versprochen, ich gestehe es; ich hatte gedacht, sie würde meiner Begabung eine neue Richtung geben. Der Vorschlag kam zwar von Ihnen, aber ich hatte schon seit vielen Jahren daran gedacht. – Jetzt fühle ich viel deutlicher alles, was ich verlassen wollte, nämlich alles, was ich wiederfinde.»

«Vielleicht waren wir nicht weit genug», sagte Angèle. «Aber wir hätten zwei Tage bis zum Meer gebraucht, und wir wollten am Sonntag zum Gottesdienst zurück sein.»

«Wir haben nicht genügend an diese Koinzidenz gedacht, Angèle; – und außerdem, bis wohin hätten wir fahren müssen? Wie sehr wir zurückfallen, liebe Angèle! – Wenn man jetzt wieder daran denkt: wie traurig unsere Reise war! – das Wort ‹Aristolochia› drückt davon etwas aus. – Werden Sie sich noch lange an die kleine Mahlzeit in der feuchten Kelterei erinnern und wie wir anschließend schweigend vor Kälte zitterten? – Bleiben Sie, ach, bleiben Sie den ganzen Vormittag hier, ich bitte Sie. – Ich fühle, ich

werde gleich schluchzen. Ich habe den Eindruck, ich trage ständig *Paludes* mit mir herum. – Niemanden wird *Paludes* so langweilen wie mich selbst.»
«Und wenn Sie es aufgäben», sagte sie zu mir.
«Angèle! Angèle! Sie verstehen nicht! Hier gebe ich es auf; dort finde ich es wieder; ich finde es überall wieder; der Anblick der andern macht mich davon besessen, und die kleine Reise hat mich gewiß nicht befreit. – Wir verringern unsere Melancholie nicht; indem wir täglich unser Gestern erneuern, verringern wir unsere Krankheiten nicht, nur uns selbst verringern wir und verlieren täglich an Kraft. – Welche Verlängerungen der Vergangenheit! – Ich habe Angst vor dem Tod, liebe Angèle. – Werden wir niemals etwas außerhalb der Zeit schaffen können – das wir nicht immer wieder neu machen müssen? – Irgendein Werk, das uns nicht mehr braucht, um zu dauern? – Aber von allem, was wir tun, dauert nichts, sobald wir es nicht fortführen. Und dennoch bestehen alle unsere Handlungen schrecklich fort und lasten schwer. Was auf uns lastet, ist die Notwendigkeit, sie zu wiederholen; da ist etwas, das ich nicht mehr richtig begreife. – Verzeihen Sie – einen Augenblick ...»
Und ich nahm ein Blatt Papier und schrieb: *Wir müssen unsere Handlungen fortführen, wenn sie nicht aufrichtig sind.*
Ich sagte: «Verstehen Sie doch, liebe Angèle, das hat unsere Reise scheitern lassen... Nichts, was man hinter sich lassen könnte, indem man sagt: ‹DAS IST›. So daß wir zurückkamen, um nachzusehen, ob alles noch da war. – Ach, Elend unseres Lebens, werden wir denn die andern zu nichts veranlaßt haben, nichts getan haben, als dieses Treibgut ins Schlepptau zu nehmen... Und unsere Beziehung, liebe Angèle! ist sie flüchtig genug? – Denn das erlaubt uns, sie so lange aufrechtzuerhalten, verstehen Sie?»
«Oh, Sie sind ungerecht», sagte sie.
«Nein, liebe Freundin – nein, das stimmt nicht – aber mir liegt daran, daß Sie feststellen, welchen Eindruck von Sterilität sie erweckt.»
Daraufhin senkte Angèle die Stirn, lächelte aus Anstand ein wenig und sagte:

«Heute abend bleibe ich hier, möchten Sie?»
Ich rief: «Aber liebe Freundin! Wenn man jetzt nicht einmal mehr mit Ihnen über diese Dinge sprechen kann, ohne daß Sie sofort… Im übrigen können Sie ruhig zugeben, daß Sie keine große Lust dazu haben; – außerdem sind Sie, ich versichere Ihnen, sehr zart, und ich dachte an Sie, als ich, erinnern Sie sich, den Satz schrieb: *‹Sie fürchtete die Wollust wie etwas, das zu stark ist und sie vielleicht getötet hätte.›* Sie versicherten mir, es sei übertrieben… Nein, liebe Freundin, nein – es könnte uns peinlich sein; – ich habe sogar ein paar Verse zu diesem Thema verfaßt:

………………………………………………………………

Wir gehören nicht,
Liebste, zu jenen
Dank derer des Menschen Söhne entstehen.

(Die Fortsetzung ist ergreifend, aber zu lang, um sie jetzt zu zitieren.) – Im übrigen bin ich selbst auch nicht sehr stark, und das habe ich versucht, in den Versen auszudrücken, an die Sie sich von nun an erinnern werden (sie sind ein wenig übertrieben):

…Du aber, schwächstes aller Wesen,
Was kannst du tun, was willst du tun?
Gibt, Teure, deine Leidenschaft
Dir schließlich die gewünschte Kraft?
Du willst doch nicht zu Hause bleiben
Und süß dir nur die Zeit vertreiben?

Und daran sehen Sie, daß ich fort wollte… Allerdings habe ich noch trauriger – und, soll ich es sagen, entmutigt – hinzugefügt:

Gehst du fort, gib acht – worauf?
Bleibst du am Ort, ist's schlimmer noch.
Der Tod folgt dir, ist überall.
Er nimmt dich mit und schweigt.

Die Fortsetzung bezieht sich auf Sie und ist noch nicht fertig. – Aber wenn Ihnen daran liegt… Laden Sie besser Barnabé ein!»
«Wie grausam Sie heute morgen sind!» sagte Angèle; sie fügte hinzu: «Er riecht schlecht.»
«Das ist es ja, liebe Angèle; die starken Männer riechen alle

schlecht. – Mein junger Freund Tancrède hat das in dem Vers auszudrücken versucht:

Siegestrunkne Kämpen sind von starkem Geruch!

(Ich weiß, was Sie überrascht: die Zäsur). – Aber Sie sind ja ganz rot! ... Außerdem lag mir nur daran, daß Sie es feststellen. Ach, ich wollte Sie auch darauf hinweisen, zarte Freundin, wie ernst mein Scherzen ist... Angèle, ich bin entsetzlich müde! ... Gleich fange ich an zu schluchzen... Doch vorher lassen Sie mich Ihnen ein paar Sätze diktieren; Sie schreiben schneller als ich; – außerdem laufe ich beim Sprechen umher; das hilft mir. Hier ist der Bleistift, Papier... Ach, süße Freundin! wie gut Sie daran getan haben zu kommen! – Schreiben Sie, schreiben Sie in aller Eile; im übrigen bezieht es sich auf unsere armselige Reise:

...Es gibt Leute, die sind sofort draußen. Die Natur klopft an ihre Tür: Sie öffnet sich auf die unermeßliche Ebene, in der ihre Behausung, sobald sie herausgekommen sind, in Vergessenheit gerät und verschwindet. Sie finden sie am Abend wieder, wenn sie sie zum Schlafen brauchen; sie finden sie mit Leichtigkeit wieder. Wenn sie wollten, könnten sie auch unter freiem Himmel schlafen, einen ganzen Tag nicht in ihr Haus zurückkehren – es sogar für lange Zeit vergessen. – Wenn Sie das natürlich finden, dann verstehen Sie mich nicht richtig. Sie sollten sich mehr über diese Dinge wundern... Ich versichere Ihnen, was uns betrifft, so beneiden wir diese freien Bewohner deshalb, weil jedesmal, wenn wir uns mühsam ein schützendes Dach gebaut haben, dieses Dach uns gefolgt ist, sich von da an auf unseren Kopf gesetzt hat; es hat uns zwar vor dem Regen bewahrt, uns aber auch die Sonne verborgen. Wir haben in seinem Schatten geschlafen; wir haben gearbeitet, getanzt, geküßt, gedacht in seinem Schatten; – hin und wieder, da das Leuchten der Morgenröte so stark war, haben wir geglaubt, wir könnten ihm am Morgen entschlüpfen; wir wollten es vergessen; wir sind geschlichen wie die Diebe unter die Strohdächer, aber nicht, um hineinzukommen, sondern heraus – verstohlen –, und wir sind in die Ebene gelaufen. Und das Dach lief hinter uns her. Es sprang, wie die Glocke in den Legenden hinter jenen herspringt, die dem Gottesdienst entgehen wollten. Wir fühlten stän-

dig sein Gewicht auf unseren Köpfen. Wir hatten bereits alle Materialien für seinen Bau getragen; wir schätzten das Gewicht des Ganzen ab. Es beugte unsere Stirn, es krümmte unsere Schultern – so wie es bei Sindbad dem Seefahrer das Gewicht des Alten vom Meer tat. – Zunächst gibt man nicht darauf acht, dann ist es entsetzlich; es klammert sich allein kraft des Gewichtes an uns. Man wird es nicht los. Bis zum Ende muß man alle Gedanken mit sich schleppen, die man hervorbringt...»
«Ach», sagte Angèle, «armer unglücklicher Freund – warum haben Sie *Paludes* begonnen? – da es doch so viele andere Themen gibt – die sogar viel poetischer sind.»
«Eben deshalb, Angèle! Schreiben Sie! Schreiben Sie! – (Mein Gott! werde ich endlich heute aufrichtig sein können?)
Ich begreife überhaupt nicht mehr, was Sie mit Ihrer mehr oder weniger großen Poesie meinen. – Alle Ängste eines Schwindsüchtigen in einem zu kleinen Zimmer, eines Bergarbeiters, den es zum Tageslicht drängt, und des Perlenfischers, der das ganze Gewicht der dunklen Meereswellen auf sich lasten fühlt! alle Beklemmung von Plautus oder von Samson, der den Mühlstein dreht, von Sisyphos, der den Felsen rollt; alle Bedrückung eines Volkes in der Sklaverei – alle diese Qualen, alle, habe ich – neben anderen – kennengelernt.»
«Sie diktieren zu schnell», sagte Angèle. – «Ich kann Ihnen nicht folgen...»
«Das macht nichts! – Schreiben Sie nicht mehr; – hören Sie, Angèle! Hören Sie – denn meine Seele ist verzweifelt. Wie oft, wie oft habe ich diese Geste gemacht, wie in einem schrecklichen Alptraum, in dem ich das Gefühl hatte, mein Betthimmel löse sich, falle herab, wickle mich ein, laste auf meiner Brust – und wenn ich erwachte, stand ich fast aufrecht, um mit ausgestreckten Armen irgendwelche unsichtbaren Trennwände von mir weg zu schieben – diese Geste, jemanden zu entfernen, dessen unreinen Atem ich zu nahe spürte – mit ausgestreckten Armen Mauern aufzuhalten, die immer näher kommen oder deren lastende Hinfälligkeit über unseren Köpfen wankt; diese Geste auch, zu schwere Kleidungsstücke, Mäntel, von unseren Schultern abzuwerfen. Wie sehr war

mir, in dem Bedürfnis nach Luft fast erstickend, die Geste vertraut, Fenster zu öffnen – aber ich habe innegehalten, ohne Hoffnung, weil einmal, als ich sie geöffnet hatte...»
«Sie sich erkältet haben?» sagte Angèle.
«...Weil einmal, als ich sie geöffnet hatte, ich gesehen habe, daß sie auf Höfe hinausgingen – oder auf irgendwelche gewölbten Räume –, auf jämmerliche Höfe, ohne Sonne und ohne Luft – und als ich das sah, schrie ich in höchster Not aus allen Kräften: Herr! Herr! wie schrecklich sind wir eingeschlossen! – und meine Stimme kam aus dem Gewölbe voll zu mir zurück. – Angèle! Angèle! was machen wir jetzt? Wollen wir immer noch versuchen, diese erdrückenden Leichentücher abzuschütteln – oder wollen wir uns daran gewöhnen, nur noch mühsam zu atmen – und so unser Leben in diesem Grab zu verlängern?»
«Wir haben niemals intensiver gelebt», sagte Angèle. «Kann man denn, sagen Sie es mir offen, intensiver leben? Woher haben Sie das Gefühl einer größeren Fülle genommen? Wer hat Ihnen gesagt, sie sei möglich? – Hubert? – Lebt er intensiver, weil er betriebsam ist?»
«Angèle! Angèle! Sehen Sie, wie ich jetzt schluchze! Sollten Sie also meine Ängste ein wenig verstanden haben? Sollte ich vielleicht endlich etwas Bitterkeit in Ihr Lächeln gebracht haben? – Was denn! Sie weinen jetzt. – Das ist gut! Ich bin glücklich! Ich handle! – Ich gehe und beende *Paludes!*»
Angèle weinte, weinte, und ihr langes Haar löste sich.

In diesem Augenblick trat Hubert ins Zimmer. Als er uns so zerzaust sah, sagte er: «Verzeihung – ich störe euch», und machte Miene, wieder zu gehen.
Diese Diskretion rührte mich sehr; so daß ich rief:
«Tritt ein! Tritt ein, lieber Hubert! Man stört uns nie!» – dann fügte ich traurig hinzu: «Nicht wahr, Angèle?»
Sie entgegnete: «Nein, wir unterhielten uns.»
«Ich komme nur kurz auf ein paar Worte», sagte Hubert. «Ich fahre übermorgen nach Biskra; – ich habe Roland überredet, mich zu begleiten.»

Sofort entrüstete ich mich:
«Vermessener Hubert – ich habe ihn dazu überredet, ich! Wir kamen beide von Abel – ich erinnere mich genau –, als ich ihm sagte, er solle diese Reise machen.»
Hubert brach in Gelächter aus; er sagte:
«Du? Armer Kerl, überleg doch mal, dir hat es schon gereicht, daß du bis nach Montmorency gefahren bist! Wie kannst du behaupten...? Im übrigen ist es durchaus möglich, daß du als erster davon gesprochen hast; doch was nützt es, ich bitte dich, den Leuten Ideen in den Kopf zu setzen? Glaubst du, das bringt sie zum Handeln? Und laß mich dir bei der Gelegenheit auch noch sagen, daß du merkwürdig wenig impulsive Kraft hast... Du kannst den andern nur geben, was du selbst hast. – Also, willst du mitkommen? ... nein? Na bitte... Dann also adieu, liebe Angèle – ich komme noch einmal bei Ihnen vorbei.»

Er ging.

«Sie sehen, gütige Angèle», sagte ich, «ich bleibe bei Ihnen; ... aber glauben Sie nicht, es geschähe aus Liebe...»
«O nein, ich weiß...», entgegnete sie.
«... Aber, Angèle, sehen Sie!» rief ich mit ein wenig Hoffnung, «es ist fast elf! Ach, nun ist es für den Gottesdienst zu spät!»
Da sagte sie seufzend:
«Dann gehen wir in den um vier.»
Und alles fiel wieder zurück.

Angèle mußte gehen.
Als ich zufällig in den Kalender sah, entdeckte ich die Eintragung für den Besuch bei den Armen; ich stürzte auf die Post und telegraphierte:
«Oh! Hubert! – und die Armen?»
Dann ging ich wieder nach Hause und wartete auf die Antwort, während ich Massillons Fastenpredigten las.
Um zwei erhielt ich das Telegramm. – Darin stand:
«Scheiße, Brief folgt.»
Jetzt überkam mich vollends die Schwermut.

«Denn wenn Hubert wegfährt», jammerte ich, «wer besucht mich dann um sechs? – Wenn *Paludes* beendet ist, mag der Himmel wissen, was ich tun kann. – Ich weiß, daß weder Verse noch Dramen… sie gelingen mir schlecht – und meine ästhetischen Prinzipien widersetzen sich dem Roman. – Ich hatte schon daran gedacht, mein früheres Thema von POLDER wiederaufzunehmen – das eine gute Fortsetzung von *Paludes* wäre und mir liegen würde…

Um drei brachte mir ein Eilbote Huberts Brief; darin stand: «Ich übergebe meine fünf notleidenden Familien Deiner Fürsorge; auf einem Zettel, den Du noch bekommst, findest Du ihre Namen und die nötigen Angaben; – die anderen Angelegenheiten vertraue ich Richard und seinem Schwager an, denn Du würdest davon nichts verstehen. Adieu – ich schreibe Dir von dort unten.»

Daraufhin öffnete ich wieder meinen Kalender und schrieb auf das Blatt vom Montag: «Versuchen, um sechs aufzustehen.»

…Halb vier holte ich Angèle ab; – wir gingen gemeinsam zum Gottesdienst im Oratorium.

Um fünf – besuchte ich meine Armen. – Dann, da es abkühlte, ging ich nach Hause – ich schloß meine Fenster und machte mich ans Schreiben…

Um sechs trat mein guter Freund Gaspard ins Zimmer.

Er kam vom Fechten. Er sagte:

«Sieh an! Du arbeitest?»

Ich antwortete: «Ich schreibe *Polder*…»

………………………………………………………………………

Zueignung

Oh, welche Mühe hatte der Tag
Die Ebene heute morgen zu waschen.

Wir haben euch Flöte vorgespielt
Doch ihr wart nicht zum Hören gewillt.

Wir haben gesungen
Ihr habt nicht das Bein geschwungen.

Und als es uns nach Tanz verlangte sehr
Spielte niemand die Flöte mehr.

Drum zieh ich vor nach unserem Ärger
Den guten Mond, den alten Werker

Er läßt die Hunde laut sich härmen
Und Kröten musikalisch schwärmen.

Bis in freundlicher Teiche tiefe Sicht
Verströmt er still sein fahles Licht.

Und seine laue Nacktheit
Blutet in alle Ewigkeit.

Wir haben ohne Hirtenstab
Die Herden zu unsern Hütten gebracht.

Doch die Schafe wollten zu festlichen Orten
Und wir sind zu nutzlosen Propheten geworden.

Wie zur Tränke von ihren Wächtern
Führen jene die weißen Herden zu ihren Schlächtern.

Wir haben gebaut auf Sand
Vergängliche Kathedralen.

Alternative

– Oder noch einmal – o Wald voller Geheimnisse – zu dem Ort gehen, den ich kenne, wo in einem toten, bräunlichen Gewässer sich noch die Blätter vergangener Jahre voll Wasser saugen, die Blätter köstlicher Frühlingstage.
Dort ruhen sich meine nutzlosen Entschlüsse am besten aus und schrumpft am Ende zu etwas Geringem mein Denken.

ENDE

Verzeichnis der bemerkenswertesten Sätze aus *Paludes*

Seite 249: Er sagte: «Sieh an! Du arbeitest?»
Seite 308: Bis zum Ende muß man alle Gedanken mit sich schleppen, die man hervorbringt.
Seite*: ....
....

* Um die Individualität des Lesers zu respektieren, überlassen wir es jedem einzelnen, die Seite weiter auszufüllen.

Der schlechtgefesselte Prometheus

(Le Prométhée mal enchaîné)

Aus dem Französischen

übertragen

von Gerda Scheffel

FÜR PAUL-ALBERT LAURENS

Ich widme dir dieses Buch, lieber Freund, weil du so freundlich warst, es zu loben.
Mögen einige dir gleich Gesinnte so wie du in dieser närrischen Spreu auch gutes Korn finden.

A. G.

Im Mai 189 . . ., zwei Uhr nachmittags, sah man etwas, das seltsam erscheinen mag:
Auf dem Boulevard, der von der Madeleine zur Oper führt, wurde ein dicker Herr mittleren Alters, den im übrigen nichts auszeichnete als seine ungewöhnliche Korpulenz, von einem dünnen Herrn angesprochen, der lächelnd und ohne an etwas Böses zu denken, wie wir annehmen, dem ersteren ein Taschentuch überreichte, das dieser hatte fallen lassen. Der korpulente Herr dankte ohne viele Worte und wollte gerade seinen Weg fortsetzen, als er sich anders besann; er neigte sich dem Dünnen zu und schien ihn um eine Auskunft zu bitten, die der andere ihm offensichtlich auch gab, denn der dicke Herr holte sogleich ein kleines Tintenfaß und Federn aus seiner Tasche, gab sie dem dünnen Herrn ohne weitere Umstände, ebenso wie einen Briefumschlag, den er bis dahin in der Hand gehalten hatte. Und die Vorübergehenden konnten sehen, wie der dünne Mann sofort eine Adresse darauf schrieb. – Doch hier beginnt das Seltsame der Geschichte, die jedoch von keiner einzigen Zeitung festgehalten worden ist: Nachdem der dünne Herr Feder und Umschlag zurückgegeben hatte, war ihm kaum die Zeit für ein Abschiedslächeln geblieben, als der dicke Herr statt eines Dankes ihm jäh seine Hand auf die Backe schlug, worauf er in eine Droschke sprang und verschwand, bevor sich noch einer der angelockten Zuschauer (darunter ich) von seiner Überraschung erholt hatte und auf den Gedanken gekommen war, ihn festzuhalten.
Inzwischen habe ich erfahren, daß es Zeus war, der Bankier.
Der dünne Herr, den die Aufmerksamkeit des Publikums ganz offensichtlich in Verlegenheit brachte, beteuerte, er habe die Ohrfeige kaum gespürt, obwohl ihm das Blut aus der Nase und seiner aufgeplatzten Lippe lief. Er bat eindringlich, man möge ihn in Ruhe lassen, und auf sein Flehen hin entfernten sich schließlich die Umstehenden. Der Leser wird uns daher gestatten, daß wir uns jetzt nicht weiter mit einer Person beschäftigen, der er im Folgenden noch zur Genüge begegnen wird.

Chronik der privaten Moral

I

Ich werde nicht von der öffentlichen Moral sprechen, weil es keine gibt. Doch dazu eine Anekdote:
Als auf der Höhe des Kaukasus Prometheus gründlich erprobt hatte, daß Ketten, Schließen, Zwangsjacken, Brustwehren und andere Skrupel ihn im Grunde nur versteiften, richtete er sich, um die Lage zu wechseln, von der linken Seite her auf, streckte den rechten Arm aus und schritt zwischen vier und fünf Uhr im Herbst den Boulevard hinunter, der von der Madeleine zur Oper führt.
Verschiedene Pariser Berühmtheiten liefen um die Wette an ihm vorbei. Wohin gehen sie? fragte sich Prometheus, und nachdem er sich in einem Café vor ein Glas Bier gesetzt hatte, fragte er: «Kellner? Wohin gehen sie?»

Geschichte vom Kellner und dem Miglionär

«Wenn Monsieur sie wie ich jeden Tag wieder vorbeilaufen sähe, könnte er ebensogut fragen, woher sie kommen», antwortete der Kellner. «Das muß ein und dasselbe sein, denn sie laufen jeden Tag wieder vorbei. Ich sage mir: Da sie wieder vorbeilaufen, haben sie es nicht gefunden. Ich warte jetzt darauf, daß Monsieur mich fragt: Was suchen sie, weil Monsieur dann sehen wird, was ich ihm antworte.»
Also fragte Prometheus:
«Was suchen sie?»
Der Kellner fuhr fort:
«Da sie nicht bleiben, ist es also nicht das Glück. Ob Monsieur mir glaubt oder nicht...», er kam näher und sagte leise: «Sie suchen ihre Persönlichkeit. Monsieur ist nicht von hier?»
«Nein», sagte Prometheus.
«Im übrigen sieht man es», bemerkte der Kellner. «Ja: Persönlichkeit; das, was wir hier Individualität nennen. Wenn Sie mich zum Beispiel so sehen, Sie würden schwören, ich sei Kellner. Eben

nicht, Monsieur! Nur zum Vergnügen. Sie können mir glauben oder nicht: ich habe ein Innenleben: Ich beobachte. Persönlichkeiten sind das einzig Interessante; und dann die Beziehungen zwischen Persönlichkeiten. Das ist hier sehr gut eingerichtet, in diesem Restaurant; durch Dreiertische; ich werde Ihnen nachher das Verfahren erklären. Sie essen doch bald, oder? Ich stelle Sie vor...»

Prometheus war etwas erschöpft. Der Kellner fuhr fort:

«Dreiertische, ja, das fand ich am praktischsten. Drei Herren kommen; man stellt sie einander vor (natürlich nur, wenn sie es wünschen), denn in meinem Restaurant muß man vor dem Essen seinen Namen sagen; und außerdem, was man macht; irrt man sich, ist es auch nicht schlimm. Dann setzt man sich (ich nicht), man plaudert (ich wiederum nicht) – aber ich stelle die Beziehung her; ich lausche; ich forsche, ich leite die Unterhaltung. Am Ende der Mahlzeit kenne ich drei Innenleben, drei Persönlichkeiten – sie nicht! Ich, wissen Sie, ich lausche, ich setze in Beziehung; sie erdulden die Beziehung. Sie werden mich fragen: Was bringt mir das alles ein? Oh! gar nichts. Mein Vergnügen ist es, Beziehungen herzustellen... Oh! Nicht für mich... Es ist sozusagen eine völlig zweckfreie Handlung.»

Prometheus wirkte etwas erschöpft. Der Kellner fuhr fort:

«Eine zweckfreie Handlung! Sagt Ihnen das nichts, nein? Mir erscheint das ganz außergewöhnlich. Ich habe lange gedacht, das sei es, was den Menschen vom Tier unterscheidet: eine zweckfreie Handlung. Ich nannte den Menschen: das Tier, das zu einer zweckfreien Handlung fähig ist. Und dann habe ich das Gegenteil gedacht: daß er als einziges Wesen unfähig sei, zweckfrei zu handeln. Zweckfrei! überlegen Sie mal: ohne Begründung – oder sagen wir, ohne Motiv; unfähig! Das ist mir allmählich auf die Nerven gegangen. Ich habe mich gefragt: Warum tut er dies? Warum tut er jenes? ... Das heißt jedoch nicht, daß ich Determinist bin... Doch dazu eine Anekdote:

Ich habe einen Freund, Monsieur, Sie werden es nicht glauben, aber der ist Miglionär. Er ist auch intelligent. Er hat sich gesagt: eine zweckfreie Handlung? wie macht man das? Und darunter

darf man keine Handlung verstehen, die nichts einbringt, denn sonst... Nein, eben zweckfrei: eine Tat, die durch nichts motiviert ist. Verstehen Sie? Kein Interesse, keine Leidenschaft, nichts. Die uneigennützige Tat; aus sich selbst geboren; die Tat ohne Ziel; also ohne Herrn; die freie Tat; die Autochthone Tat.»
«Hm?» bemerkte Prometheus.
«Folgen Sie mir bitte gut», sagte der Kellner. «Mein Freund geht morgens aus dem Haus mit einem Fünfhundertfrancsschein in einem Briefumschlag in der Tasche und die Hand zu einer Ohrfeige bereit.
Es geht darum, jemanden zu finden, ohne ihn auszuwählen. Auf der Straße läßt er also sein Taschentuch fallen, und zu dem, der es aufhebt (gefällig, denn er hebt auf), sagt der Miglionär:
‹Verzeihung, Monsieur, kennen Sie vielleicht jemanden?›
Der andere: ‹Ja, mehrere.›
Der Miglionär: ‹Dann haben Sie bitte die Freundlichkeit, Monsieur, seinen Namen auf diesen Umschlag zu schreiben; hier sind Federn, Tinte, Bleistift...›
Der andere schreibt als gefälliger Mensch, dann: ‹Würden Sie mir bitte jetzt erklären, Monsieur...?›
Der Miglionär antwortet: ‹Das geschieht aus Prinzip›, dann (ich habe vergessen zu erwähnen, daß er sehr stark ist) verpaßt er ihm die Ohrfeige, die er in seiner Hand bereithielt; dann ruft er eine Droschke und verschwindet.
Verstehen Sie? Zwei zweckfreie Handlungen auf einen Schlag: die Banknote an eine Adresse, die er nicht ausgewählt hat, und eine Ohrfeige für jemanden, der sich selbst ausgewählt hat, indem er sein Taschentuch aufhob. – Nein! ist das wirklich genügend zweckfrei? Und die Beziehung! Ich wette, Sie prüfen die Beziehung nicht genügend. Denn da die Handlung zweckfrei ist, ist sie das, was wir hier als reversibel bezeichnen. Einer, der fünfhundert Francs für eine Ohrfeige erhalten hat, ein anderer, der eine Ohrfeige für fünfhundert Francs erhalten hat... und dann weiß man nicht mehr... man verliert sich darin. – Überlegen Sie doch! eine zweckfreie Handlung! Es gibt nichts, was demoralisierender wäre. – Aber Monsieur hat sicher Hunger; ich bitte Monsieur um Verzeihung;

man läßt sich so leicht zum Schwatzen verleiten... Würde Monsieur mir bitte seinen Namen sagen... zum Vorstellen...»
«Prometheus», sagte Prometheus schlicht.
«Prometheus! Ich habe doch gleich gesagt, Monsieur kann nicht von hier sein... und Monsieur macht was?»
«Nichts», sagte Prometheus.
«Oh, nein! Nein», sagte der Kellner mit sanftem Lächeln. «Man braucht Monsieur nur anzusehen, um zu sehen, daß er etwas gemacht hat.»
«Das ist so lange her», stotterte Prometheus.
«Macht nichts, macht nichts», fuhr der Kellner fort. «Im übrigen kann Monsieur ganz beruhigt sein; beim Vorstellen sage ich zwar die Namen, wenn es gewünscht wird, aber was einer macht, niemals. Nun also, Monsieur machte...»
«Streichhölzer», murmelte Prometheus errötend. Es entstand ein etwas peinliches Schweigen, da der Kellner begriff, daß er nicht auf seiner Frage hätte bestehen dürfen, und Prometheus, daß er nicht hätte antworten sollen. Tröstend fuhr der Kellner fort:
«Nun, Monsieur macht ja keine mehr... Aber was denn? Ich muß doch etwas hinschreiben, ich kann nicht einfach nur ‹Prometheus› eintragen. Monsieur hat sicher eine kleine Tätigkeit, ist auf irgend etwas spezialisiert... Na, worauf versteht sich Monsieur?»
«Auf nichts», erklärte Prometheus erneut.
«Also schreiben wir: Literat. Wenn Monsieur sich jetzt bitte in den Saal begeben möchte; ich kann draußen nicht servieren.» Und er rief: «Einen Dreiertisch!»
Durch zwei Türen traten zwei Herren ein. Man sah, wie sie dem Kellner ihre Namen nannten; doch da ein Vorstellen nicht gewünscht worden war, setzten sich beide sofort.
Und als sie saßen:

II

«Messieurs», sagte der eine, «in Anbetracht dessen, daß man in diesem Restaurant sehr schlecht ißt, bin ich einzig und allein nur zum Reden hierhergekommen. Mir graut vor einsamen Mahlzei-

ten, und das System der Dreiertische gefällt mir, denn zu zweit könnte man sich streiten... Aber Sie wirken sehr wortkarg.»
«Gegen meinen Willen», sagte Prometheus.
«Ich rede also weiter?»
«Ich bitte darum.»
«Ich bin also der Meinung, daß während einer Mahlzeit von einer Stunde drei Unbekannte Zeit haben, sich bekannt zu machen, wenn sie nicht zuviel essen, was hier leichtfällt; wenn sie wenig sagen und Allgemeines vermeiden, das heißt, wenn sie nur das erzählen, was rein individuell ist. Ich behaupte nicht, daß diese Unterhaltung unentbehrlich sei, doch wenn sie uns nicht gefällt, warum sind Sie dann in Anbetracht dessen, daß man in diesem Restaurant sehr schlecht ißt, hierhergekommen?»
Prometheus war sehr erschöpft; der Kellner beugte sich zu ihm und flüsterte:
«Das ist Kokles. Der andere, der jetzt sprechen wird, ist Damokles.»
Damokles sagte:

Geschichte des Damokles

«Monsieur, hätten Sie mich das vor einem Monat gefragt, ich hätte genau nichts darauf antworten können; jedoch nach dem, was mir im vergangenen Monat widerfahren ist, existiert nichts mehr von dem, was ich zuvor gedacht habe. Ich würde also nicht meine früheren Gedanken ausdrücken, wenn deren Kenntnis nicht dazu diente, Ihnen begreiflich zu machen, wodurch meine neuen sich von ihnen unterscheiden. Nun, Messieurs, seit dreißig Tagen fühle ich, daß ich ein originales, einmaliges Wesen bin, das einem wirklich einzigartigen Geschick Folge leistet. Schließen Sie also daraus, Messieurs, daß ich vorher genau das Gegenteil gefühlt habe. Ich führte ein vollkommen durchschnittliches Leben und machte mir die Forderung zur Pflicht: dem gewöhnlichsten Menschen gleichen. Jetzt allerdings erkenne ich, daß es einen gewöhnlichen Menschen gar nicht geben kann, und ich versichere, daß der Versuch, aller Welt zu gleichen, ein vergeblicher Ehrgeiz ist, weil alle

Welt sich aus jedem einzelnen zusammensetzt und jeder einzelne niemand anderem gleicht. Wie dem auch sei, ich zerbrach mir den Kopf; ich machte Statistiken, ich ermittelte die gute Mitte – ohne zu begreifen, daß die Extreme sich berühren, daß, wer sehr spät zu Bett geht, jenem begegnet, der sehr früh aufsteht, und daß, wer die gute Mitte als Sitzplatz wählt, Gefahr läuft, sich zwischen zwei Stühle zu setzen.
Ich ging jeden Tag um zehn Uhr zu Bett. Ich schlief achteinhalb Stunden. Ich gab bei jeder meiner Handlungen genau darauf acht, die große Mehrheit nachzuahmen, und bei jedem meiner Gedanken, die allgemeinste Meinung zu übernehmen. Ich erspare mir also, noch weiter darauf einzugehen.
Doch eines Morgens stieß mir ein persönliches Abenteuer zu. Dessen Bedeutung im Leben eines gesetzten Mannes kann man nur durch das Folgende begreifen.

III

Stellen Sie sich also vor, eines Morgens erhielt ich einen Brief. – An der Tatsache, daß Sie nicht überrascht sind, Messieurs, erkenne ich, daß ich meine Geschichte schlecht erzähle. Ich hätte Ihnen zunächst sagen sollen, daß ich keine Briefe erwartete. Ich empfange drei pro Jahr: einen von meinem Hausbesitzer, um die Miete anzufordern, einen von meinem Bankier, um mir mitzuteilen, daß ich in der Lage bin, sie zu zahlen; und einen am ersten Januar... ich möchte Ihnen nicht sagen, von wem. Die Adresse zeigte eine unbekannte Handschrift. Der vollständige Mangel an Charakter, den sie mir in der Folge durch die Vermittlung herbeigezogener Graphologen verriet, erlaubte es mir nicht, etwas aus ihr zu schließen. Sie fanden in ihr keinen anderen Hinweis als den auf große Gutmütigkeit; einige sahen allerdings eher Schwäche darin. Sie konnten nichts präzisieren. Die Schrift... ich spreche wohlgemerkt nur von jener auf dem Umschlag, denn im Umschlag selbst fand ich keine; ja, keine... nicht eine Zeile, nicht ein Wort. Im Umschlag war lediglich ein Fünfhundertfrancsschein.
Ich wollte gerade meine Schokolade trinken; doch meine Ver-

blüffung war so groß, daß ich sie kalt werden ließ. Ich überlegte... Niemand schuldete mir etwas. Ich habe feste Einkünfte, Messieurs, und meine jährlichen kleinen Ersparnisse gleichen das ständige Sinken der Zinsen ungefähr aus. Wie gesagt, ich erwartete nichts. Ich habe niemals um etwas gebeten. Die Gewöhnung an mein äußerst gleichmäßiges Leben hinderte mich sogar daran, etwas zu wünschen. Ich dachte angestrengt nach, der besten Methode entsprechend: *cur, unde, quo, qua?* Warum, woher, wodurch, wozu? – Aber diese Banknote gab auf nichts Antwort, denn ich fragte zum erstenmal.

Ich dachte: Sicher ist es ein Irrtum; ich werde ihn wiedergutmachen können. Der Betrag wird für jemand anderen gleichen Namens bestimmt sein. Ich suchte also im Adreßbuch einen Namensvetter, der vielleicht schon wartete. Doch mein Name wird nicht mehr viel getragen; ich sah, als ich das riesige Buch durchblätterte, daß er nur mich allein noch bezeichnete. Ich hoffte, anhand der Schrift auf dem Umschlag zu einem besseren Ergebnis zu kommen und wenn schon nicht den Empfänger, so wenigstens den Absender zu finden. Also suchte ich Hilfe bei den Graphologen. Aber nichts – nein, nichts konnten sie mir sagen; ich erreichte nur, daß mein Mißbehagen noch wuchs. Diese fünfhundert Francs bedrückten mich mit jedem Tag mehr; ich möchte sie loswerden und weiß nicht, wie. Denn schließlich... Oder wenn sie mir jemand absichtlich geschenkt hat, dann verdiente er zumindest Dank. Dankbar würde ich gern sein – aber ich weiß nicht, wem gegenüber.

In der Hoffnung auf einen neuen Zufall, der mich aus meiner Not befreien würde, trage ich die Banknote stets bei mir. Weder tags noch nachts trenne ich mich von ihr. Ich bin an sie gefesselt. – Vorher war ich trivial, aber frei. Jetzt gehöre ich ihr. Durch dieses Abenteuer werde ich gekennzeichnet; früher war ich irgendwer, jetzt bin ich jemand.

Seit diesem Abenteuer gehe ich aus; ich suche Leute, mit denen ich reden kann, und wenn ich mich häufig zum Essen in diesem Restaurant niederlasse, so deshalb, weil ich durch diese Dreiertische eines Tages unter den beiden angebotenen Partnern einen zu finden hoffe, der die Schrift auf diesem Umschlag hier erkennt...»

Während dieser Worte holte Damokles aus seiner Brust einen Seufzer und aus seinem Gehrock einen gelben, schmutzigen Briefumschlag. Darauf breitete sich sein Name mit allen seinen Buchstaben in einer mittelmäßigen Handschrift aus. Und nun geschah folgende Merkwürdigkeit: Kokles, der bis dahin geschwiegen hatte, schwieg weiter – doch hob er plötzlich gegen Damokles eine Hand, die der Kellner gerade noch im Flug auffing. Kokles konnte sich also wieder fassen und traurig folgende Worte sagen, die erst später verstanden wurden:

«Im Grunde ist es besser so, denn hätte ich Ihnen die Ohrfeige zurückgegeben, hätten Sie sich verpflichtet gefühlt, mir auch die Banknote zurückzugeben, aber... sie gehört mir nicht.» Dann, da Damokles eine Erklärung für seine Geste zu erwarten schien, fügte er, auf den Briefumschlag weisend, hinzu: «Ich war es, der Ihre Adresse darauf geschrieben hat.»

«Aber wieso kannten Sie meinen Namen?» fragte Damokles, der wenig Verständnis für den Vorgang zeigte.

«Durch Zufall», sagte Kokles sanft. «Im übrigen hat das wenig Bedeutung in dieser Geschichte. Meine eigene ist noch merkwürdiger als Ihre. Gestatten Sie, daß ich sie in wenigen Worten erzähle:

Geschichte des Kokles

Ich habe wenige Bekanntschaften auf dieser Erde; und vor dem, was ich Ihnen jetzt erzählen werde, wußte ich überhaupt noch von keiner. Mir ist unbekannt, wer mich in die Welt gesetzt hat, und lange habe ich nach einem Grund gesucht, mein Leben fortzusetzen. Auf der Suche nach einer Entscheidung von außen bin ich auf die Straße hinuntergegangen. Ich dachte, mein Schicksal müsse von einem ersten Anstoß abhängen; denn ich habe mich nicht selbst gemacht, dafür bin ich von Natur aus zu gutmütig. Ich wußte, eine erste Tat würde meine Existenz motivieren. Da ich von Natur aus gutmütig bin, wie ich schon sagte, bestand diese Tat darin, ein

Taschentuch aufzuheben. Jener, der es fallen ließ, hatte sich kaum ein paar Schritte entfernt; ich lief hinter ihm her und gab es ihm. Er nahm es, ohne überrascht zu sein; nein – die Überraschung lag bei mir, als er mir einen Umschlag reichte, genau diesen hier. ‹Würden Sie bitte eine Adresse darauf schreiben›, sagte er lächelnd. ‹Welche?› fragte ich. ‹Von irgend jemandem.› Während er das sagte, hielt er mir alles Nötige zum Schreiben hin. Da es durchaus nicht mein Wunsch war, mich einer Motivierung von außen zu entziehen, fügte ich mich. Doch, wie ich schon sagte, habe ich wenige Bekanntschaften auf dieser Erde. Der Name, den ich schrieb und der mir, ich weiß nicht, wie, in den Sinn kam, war für mich der eines Unbekannten. Nachdem das getan war, grüßte ich, da ich die Sache für erledigt hielt, und wollte mich endlich entfernen, als ich eine fürchterliche Ohrfeige bekam.
Meine Verblüffung darüber erlaubte mir nicht festzustellen, was aus meinem Ohrfeigengeber wurde. Als ich wieder zu mir kam, war ich von einer Menschenmenge umringt. Alle redeten. Einige hatten sich meiner bemächtigt und wollten mich zur nächsten Apotheke schleppen. Ich konnte mich von ihrer Fürsorge nur befreien, indem ich versicherte, keinerlei Schaden erlitten zu haben, obwohl meine Nase blutete und mein Kiefer schrecklich schmerzte.

Wegen meiner geschwollenen Backe mußte ich acht Tage das Zimmer hüten.
Ich verbrachte sie mit Nachdenken:
Weshalb hat er mir diese Ohrfeige gegeben?
Sicher war es ein Irrtum. Weshalb sollte er etwas gegen mich haben?
Ich habe niemandem Böses getan; niemand kann mir solches wünschen; das Böse ist etwas, das man zurückgibt.
‹Und wenn es kein Irrtum ist›, dachte ich, denn zum erstenmal dachte ich, ‹wenn diese Ohrfeige durchaus für mich bestimmt war?› Dann fügte ich hinzu: ‹Gleichviel! Irrtum oder nicht, ich habe sie bekommen... und soll ich sie wieder zurückgeben?› Ich sagte Ihnen schon, ich habe ein gutmütiges Naturell; und außer-

dem hemmt mich etwas: Der mich geohrfeigt hat, war stärker als ich.
Als meine Backe sich beruhigt hatte und ich endlich das Haus verlassen konnte, suchte ich überall meinen Ohrfeigengeber; ja, aber um ihm aus dem Weg zu gehen. Im übrigen begegnete ich ihm nicht, und wenn ich ihm aus dem Weg gegangen bin, so ohne es zu wissen.
Doch Sie sehen», und als er das sagte, verbeugte er sich vor Prometheus, «wie sich heute alles miteinander verbindet, sich alles verwickelt, statt sich zu klären: Ich erfahre, daß Monsieur dank meiner Ohrfeige fünfhundert Francs erhalten hat...»
«Oh, erlauben Sie!» sagte Damokles.
«Ich bin Kokles, Monsieur», sagte dieser mit einer Verneigung gegen Damokles; «Kokles! und ich nenne Ihnen meinen Namen, Damokel, in der Gewißheit, daß Sie mit Freude erfahren, wem Sie Ihren Gewinn verdanken...»
«Aber...»
«Ja. – Ich weiß: sagen wir nicht, wem; sagen wir, wessen Leiden... Denn Sie müssen wissen und dürfen es nicht vergessen, daß dieser Gewinn aus meinem Elend gezogen ist...»
«Aber...»
«Machen Sie keine Einwände, ich bitte Sie. Zwischen Ihrem Gewinn und meinen Schmerzen besteht eine Beziehung; ich weiß nicht, welche – aber es gibt eine Beziehung...»
«Aber, Monsieur...»
«Sagen Sie nicht Monsieur zu mir.»
«Aber, lieber Kokles.»
«Sagen Sie einfach: Kokel.»
«Aber ich wiederhole, mein lieber Kokel...»
«Nein, Monsieur – nein, Damokel – und Sie können sagen, was Sie wollen, denn ich trage noch auf meiner Backe das Mal der Ohrfeige... eine Narbe, die ich Ihnen sofort zeigen werde.»
Die Unterhaltung wurde unangenehm persönlich. Jetzt zeigte sich der Takt des Kellners.

IV

Durch ein geschicktes Manöver – indem er ganz einfach einen vollen Teller über Prometheus kippte – lenkte er jäh die Aufmerksamkeit der beiden anderen auf ihn. Prometheus konnte einen Aufschrei nicht unterdrücken, und seine Stimme klang nach den Stimmen der anderen zunächst so tief, daß man merkte, er hatte bis dahin geschwiegen.
Die Gereiztheit von Damokles und Kokles vereinte sich.
«Sie sagen ja gar nichts», riefen sie.

Prometheus spricht

«Was ich sagen könnte, Messieurs, hat so wenig damit zu tun... Ich weiß nicht einmal, wie... Und je mehr ich sogar darüber nachdenke... Nein, wirklich, ich kann nichts sagen. Sie haben beide Ihre Geschichte, ich habe keine. Entschuldigen Sie bitte. Glauben Sie mir, ich höre mit ungetrübtem Interesse jedem von Ihnen beim Erzählen eines Abenteuers zu, das ich sehr gern... Aber ich kann mich nicht einmal richtig ausdrücken. Nein, wirklich, Sie müssen mich bitte entschuldigen, Messieurs: ich bin noch nicht einmal zwei Stunden in Paris. Ich konnte noch gar nichts erleben – außer der unschätzbaren Begegnung mit Ihnen, die mir ein deutliches Gefühl gibt, was eine Pariser Unterhaltung sein kann, wenn sie von geistreichen Leuten...»
«Aber bevor Sie hierherkamen», sagte Kokles.
«Sie waren doch irgendwo», fügte Damokles hinzu.
«Ja, das gebe ich zu», sagte Prometheus, «... doch, ich wiederhole, das hat überhaupt nichts damit zu tun...»
«Macht nichts», sagte Kokles, «wir sind zum Reden hierhergekommen. Damokel und ich, wir beide haben bereits unsere Geschichte ausgepackt; nur Sie tragen nichts bei; Sie hören zu; das ist ungerecht. Es ist an der Zeit zu reden, Monsieur...»
Der Kellner fühlte mit seinem ganzen Takt, daß es an der Zeit war vorzustellen, und indem er den Namen einfließen ließ, als würde er den Satz vervollständigen, sagte er schlicht: «... Prometheus.»

«Prometheus», wiederholte Damokles. «Entschuldigen Sie, Monsieur, aber mir scheint, ich habe den Namen schon...»
«Oh», unterbrach Prometheus sofort, «das hat keinerlei Bedeutung.»
«Aber wenn nichts Bedeutung hat», riefen die beiden anderen ungeduldig, warum sind Sie dann hierhergekommen, lieber Monsieur... Monsieur...?»
«Prometheus», wiederholte Prometheus schlicht.
«Lieber Monsieur Prometheus – denn schließlich, darauf habe ich vorhin bereits hingewiesen, lädt dieses Restaurant zum Reden ein», fuhr Kokles fort, «und im übrigen glaube ich niemals, daß Ihr eigenartiger Name das einzige ist, was Sie auszeichnet; wenn Sie nichts getan haben, werden Sie etwas tun; wozu sind Sie fähig? Zeigen Sie Ihr Unterscheidungsmerkmal: Was haben Sie, was kein anderer hat? Warum werden Sie Prometheus genannt?»
Unter dieser Flut von Fragen senkte der ertrinkende Prometheus den Kopf, und sanft, in noch ernsterem Ton, mußte er, wenn auch verlegen, antworten:
«Was ich habe, Messieurs? Was ich habe, ich – ach! ich habe einen Adler.»
«Einen was?»
«Einen Adler – oder vielleicht einen Geier... man ist nicht sicher.»
«Einen Adler! Der Witz ist gut! – einen Adler... und wo?»
«Ihnen liegt also sehr daran, ihn zu sehen», sagte Prometheus.
«Ja», sagten sie, «wenn das nicht unbescheiden ist.»
Da vergaß Prometheus, der sich plötzlich aufgerichtet hatte, völlig seine Umgebung und stieß einen schrillen Schrei aus, einen Ruf nach seinem großen Adler. Und es ereignete sich folgende verblüffende Sache:

Geschichte des Adlers

Ein Vogel, der von weitem riesig erscheint, doch aus der Nähe betrachtet keineswegs so groß ist, verdunkelt einen Augenblick den Himmel über dem Boulevard – stürzt wie ein Wirbelwind auf das

Restaurant zu, zertrümmert die Frontscheibe und läßt sich, durch einen Flügelschlag Kokles' eines Auge zerquetschend, mit lautem, zwar zärtlichem, ja, aber auch gebieterischem Gekrächze an Prometheus' rechter Seite nieder.
Dieser öffnet sogleich seine Weste und bietet dem Vogel ein Stück seiner Leber dar.

V

Das Getöse im Restaurant war groß.
Die Stimmen, ohne die geringste Möglichkeit einer Verständigung, vervielfältigten sich – denn andere waren plötzlich dazugekommen.
«Aber passen Sie doch auf!» sagte Kokles.
Sein Einwand wurde von einem gewaltigen Lärm übertönt, in dem man hörte: «Das soll ein Adler sein! du meine Güte! – seht ihn euch doch an, diesen armen, gerupften Vogel! ... das ein Adler! also so was! höchstens ein Gewissen.»
Tatsache ist, daß der große Adler kümmerlich aussah; so wie er sich flügelschlagend, mager und entfiedert, gierig auf seine schmerzhafte Kost stürzte, schien der arme Vogel seit mehreren Tagen nichts gefressen zu haben.
Andere drängten sich indessen heran und flüsterten Prometheus zu: «Aber Monsieur, glauben Sie ja nicht, dieser Adler würde Sie in irgend etwas von anderen unterscheiden. Einen Adler, im Grunde, soll ich es Ihnen sagen? einen Adler, den haben wir alle.»
«Aber», begann einer...
«Aber wir tragen ihn nicht in Paris», fuhr der andere fort. «In Paris trägt sich so was schlecht. Der Adler stört. Sehen Sie doch, was er angerichtet hat! Wenn es Ihnen Spaß macht, ihm Ihre Leber zum Fraß zu geben, bitte, wie es Ihnen beliebt; aber ich versichere Ihnen, für die andern ist der Anblick sehr peinlich. Verbergen Sie sich, wenn Sie es machen.»
Und Prometheus murmelte verwirrt: «Entschuldigen Sie, Messieurs – mir tut es unendlich leid. Was soll ich tun?»
«Man entledigt sich seiner, bevor man hereinkommt, Monsieur.»

Und die einen sagten: «Man dreht ihm den Hals um.»
Die andern sagten: «Man verkauft ihn. Wozu sind die Zeitungsbüros denn da, Monsieur.»
Und in dem wachsenden Tumult bemerkte niemand Damokles, der plötzlich den Kellner um die Rechnung bat.
Der Kellner übergab ihm folgendes:

Drei komplette Mittagessen (mit Unterhaltung)	30,–	Fr.
Eine Frontscheibe	450,–	Fr.
Ein Glasauge für Kokles	3,50	Fr.

«... der Rest ist für Sie», sagte Damokles, als er seine Banknote dem Kellner in die Hand drückte. Dann stürzte er beseligt davon.
Das Ende dieses Kapitels ist von wesentlich geringerem Interesse. Das Restaurant leerte sich ganz einfach nach und nach. Vergebens verlangten Prometheus und Kokles ihren Anteil an der Rechnung: Damokles hatte alles bezahlt.
Prometheus verabschiedete sich von dem Kellner und von Kokles, und während er langsam zum Kaukasus zurückkehrte, überlegte er: «Ihn verkaufen? – ihm den Hals umdrehen? ... Vielleicht ihn zähmen? ...»

Die Gefangenschaft des Prometheus

I

Einige Tage später sah sich Prometheus, von der freundschaftlichen Fürsorge des Kellners angezeigt, als Streichholzhersteller ohne Lizenz in Haft genommen.
Das von der übrigen Welt isolierte Gefängnis gab nur die Sicht auf den Himmel frei; von außen glich es einem Turm; drinnen langweilte sich Prometheus.

Der Kellner stattete ihm einen Besuch ab.
«Oh», sagte Prometheus lächelnd, «wie ich mich freue, Sie zu sehen! Ich sterbe vor Langeweile. Reden Sie, der Sie von draußen

kommen; diese Kerkermauer trennt mich davon, und ich weiß nichts mehr von den andern. Was machen sie? – Und zunächst Sie, was machen Sie?»
«Seit Ihrem Skandal fast nichts», entgegnete der Kellner, «zu uns ist fast niemand mehr gekommen. Wir haben sehr viel Zeit mit der Reparatur der Frontscheibe verloren.»
«Es tut mir schrecklich leid», sagte Prometheus; «aber Damokles wenigstens? Haben Sie Damokles wiedergesehen? Er hat neulich so schnell das Restaurant verlassen; ich habe mich gar nicht von ihm verabschieden können. Das bedaure ich. Er scheint ein sehr sanfter Mensch zu sein, zurückhaltend und gewissenhaft; er sprach so kunstlos von seiner Not und rührte mich. War er wenigstens wieder heiter, als er den Tisch verließ?»
«Es hat nicht lange angehalten», sagte der Kellner. «Ich habe ihn am nächsten Tag wiedergesehen, und seine Sorgen waren noch schlimmer. Er hat geweint, als er mit mir sprach. Vor allem sorgt er sich um den Gesundheitszustand von Kokles.»
«Geht es ihm also schlecht?» fragte Prometheus.
«Kokles? Überhaupt nicht», entgegnete der Kellner. «Ich möchte sogar noch weiter gehen. Er sieht besser, seitdem er nur noch auf einem Auge sieht. Er zeigt allen sein Glasauge und genießt es, daß man ihn bedauert. Wenn Sie ihn wiedersehen, müssen Sie ihm sagen, sein neues Auge stünde ihm gut, er trüge es mit Anmut; aber fügen Sie hinzu, daß er sicher sehr gelitten habe...»
«Er leidet also?»
«Darunter, daß man es ihm nicht sagt – ja, vielleicht.»
«Aber wenn es Kokles doch gutgeht und er nicht einmal leidet, weshalb sorgt sich dann Damokles?»
«Weil Kokles sicher gelitten hat.»
«Sie empfehlen mir aber doch gerade, es zu sagen...»
«Zu sagen, ja, aber Damokles, der denkt es; und das bringt ihn um.»
«Was macht er sonst noch?»
«Nichts. Dieser eine Gedanke hat sich seiner ganz bemächtigt. Unter uns, er verzehrt sich völlig. Er sagt, ohne seine fünfhundert Francs wäre Kokles nicht in einem so elenden Zustand.»

«Und Kokles?»
«Der sagt es auch... Aber er ist sehr reich geworden.»
«Wieso das?»
«Oh, ich weiß nicht genau; aber er ist in den Zeitungen sehr bedauert worden; man hat zu einer Spendensammlung für ihn aufgerufen.»
«Und was macht er damit?»
«Er ist ein gerissener Kerl. Mit dem Geld, das ihm die Kollekte einbringt, gedenkt er, ein Hospiz zu gründen.»
«Ein Hospiz?»
«Ein kleines, ja; nur für Einäugige. Er hat sich zum Direktor ernannt.»
«Oho!» rief Prometheus. «Das interessiert mich lebhaft.»
«Ich hatte es gehofft», sagte der Kellner...
«Und sagen Sie noch... der Miglionär?»
«Ach der! das ist ein lustiger Vogel. Wenn Sie glauben, er ließe sich deshalb graue Haare wachsen! Er macht es wie ich: er beobachtet... Wenn Sie Lust haben, stelle ich Sie einander vor – sobald Sie hier heraus sind...»
«Warum bin ich eigentlich hier?» fragte Prometheus endlich. «Wessen klagt man mich an? Wissen Sie das, Kellner, der Sie so vieles wissen?»
«Wahrhaftig, nein», heuchelte der Kellner. «Ich weiß lediglich, daß das hier nur ein Untersuchungsgefängnis ist. Wenn Sie verurteilt sind, werden Sie es wissen.»
«Gut so!» sagte Prometheus; «ich weiß immer gern Bescheid.»
«Adieu», sagte daraufhin der Kellner; «es ist spät. Erstaunlich, wie schnell die Zeit in Ihrer Gesellschaft vergeht... Aber sagen Sie: Ihr Adler? Was ist aus dem geworden?»
«Ach, an den habe ich gar nicht mehr gedacht», sagte Prometheus.
Und nachdem der Kellner gegangen war, begann Prometheus, an seinen Adler zu denken.

«Er muß wachsen, ich aber muß abnehmen»

Und da Prometheus sich langweilte, rief er am Abend seinen Adler. – Der Adler kam.
«Ich habe seit langem auf dich gewartet», sagte Prometheus.
«Warum hast du mich dann nicht früher gerufen?» entgegnete der Adler.
Zum erstenmal betrachtete Prometheus seinen Adler, der zusammengesunken auf den verbogenen Gitterstäben des Kerkers hockte. Im Gold der untergehenden Sonne wirkte er noch glanzloser; er war grau, verkümmert, häßlich, mürrisch, resigniert, armselig; er schien zu schwach zum Fliegen; als er all das sah, weinte Prometheus aus Mitleid mit seinem Adler.
«Treuer Vogel», sprach er zu ihm, «du leidest offensichtlich – sag, was hast du?»
«Hunger», sagte der Adler.
«Friß», sagte Prometheus und entblößte seine Leber. Der Vogel fraß.
«Du tust mir weh», sagte Prometheus.
Doch der Adler sagte nichts mehr an diesem Tag.

II

Bereits in der Morgendämmerung des nächsten Tages wünschte Prometheus seinen Adler herbei; er rief ihn aus der Tiefe der Morgenröte, und als die Sonne erschien, kam der Adler. Er hatte drei Federn mehr. Prometheus schluchzte vor zärtlicher Rührung.
«Du kommst so spät», sagte er, während er die Federn streichelte.
«Weil ich noch nicht schnell fliege», sagte der Vogel. «Ich streife am Boden entlang . . .»
«Warum?»
«Ich bin so schwach.»
«Was brauchst du, um schnell zu fliegen?»
«Deine Leber.»
«Hier; friß.»

Am nächsten Tag hatte der Adler acht Federn mehr; und einige Tage später kam er schon vor der Morgenröte. Prometheus dagegen magerte ab.

«Erzähle mir von draußen», sagte Prometheus zu ihm, «was machen die andern?»

«Oh, jetzt segle ich», entgegnete der Adler; «ich weiß nur noch vom Himmel und von dir.»

Seine Schwingen hatten sich langsam vergrößert.

«Schöner Vogel, was erzählst du heute morgen?»

«Ich habe meinen Hunger durch die Lüfte getragen.»

«Adler! Wirst du immer so grausam bleiben?»

«Nein! Aber ich kann sehr schön werden.»

Prometheus, in die zukünftige Schönheit seines Adlers verliebt, gab ihm täglich mehr zu fressen.

Eines Abends flog der Adler nicht weg.

Am nächsten Tag ebenfalls nicht.

Er bemächtigte sich des Gefangenen durch seine Bisse, der sich seiner wiederum durch Liebkosungen bemächtigte, der abmagerte und sich in Liebe verzehrte, den ganzen Tag lang seine Federn streichelte, nachts unter seinem Flügel schlummerte und ihn nach Belieben fressen ließ. – Der Adler verließ ihn nicht mehr, weder bei Tag noch bei Nacht.

«Süßer Adler! wer hätte es gedacht?»

«Was?»

«Daß unsere Liebe bezaubernd sein würde.»

«Ach, Prometheus...»

«Du weißt es, sag es mir, mein süßer Adler, du! weshalb bin ich eingesperrt?»

«Was kümmert es dich? Bin ich nicht bei dir?»

«Ja; es kümmert mich wenig. Bist du zufrieden mit mir, schöner Adler?»

«Ja, wenn du mich besonders schön findest.»

III

Der Frühling kam; an den Gitterstäben des Turmes blühten duftende Glyzinien.
«Eines Tages werden wir diesen Ort verlassen», sagte der Adler.
«Wirklich?» rief Prometheus.
«Denn ich bin sehr stark geworden, und du mager; ich kann dich forttragen.»
«Adler, mein Adler... trage mich fort.»
Und der Adler entführte Prometheus.

Kapitel, das auf das nächste gespannt machen soll

An jenem Abend trafen sich Kokel und Damokel. Sie unterhielten sich; aber es herrschte eine gewisse Verlegenheit zwischen ihnen.
«Was wollen Sie», sagte Kokles, «wir haben entgegengesetzte Ansichten.»
«Glauben Sie?» erwiderte Damokel. «Ich möchte nur, daß wir uns verstehen.»
«Das sagen Sie zwar, aber Sie verstehen sich nur allein.»
«Und Sie, Sie hören mir noch nicht einmal zu. Sagen Sie es doch, wenn Sie es wissen.»
«Sie behaupten, es besser zu wissen als ich.»
«Ach! Sie werden böse, Kokles; – aber sagen Sie, um Himmels willen: was soll ich tun?»
«Oh, für mich nichts mehr, ich bitte Sie; Sie haben mir ein Auge aus Glas verschafft...»
«Aus Glas in Ermangelung von etwas Besserem, mein Kokles.»
«Ja – nachdem Sie mich einäugig gemacht haben.»
«Aber das war ich doch nicht, lieber Kokles.»
«Das ist wohl das mindeste; und außerdem hatten Sie die Mittel, es zu bezahlen – dank meiner Ohrfeige.»
«Kokles! – vergessen wir die Vergangenheit! ...»
«Natürlich, Sie würden sie gern vergessen.»
«Das will ich damit nicht sagen.»

«Und was wollen Sie dann sagen? Na, reden Sie!»
«Sie hören mir ja nicht zu.»
«Weil ich weiß, was Sie sagen wollen!»
Das Gespräch war drauf und dran, aus Mangel an neuem Stoff eine unangenehme Wendung zu nehmen, als beide plötzlich von einem wandelnden Plakat angestoßen wurden. Man las darauf:

Heute abend acht Uhr
spricht im Saal der Neumonde
DER
BEFREITE PROMETHEUS
ÜBER
SEINEN ADLER
Acht Uhr dreißig
wird der vorgestellte Adler
einige Runden fliegen.
Neun Uhr
findet eine Kollekte des Kellners
zugunsten von Kokles' Hospiz statt.

«Das muß man sich ansehen», sagte Kokles.
«Ich komme mit», sagte Damokles.

IV

Punkt acht Uhr strömte die Menge in den Saal der Neumonde. Kokles nahm auf der linken Seite Platz; Damokles auf der rechten; das übrige Publikum in der Mitte.

Donnernder Beifall empfing Prometheus; er erklomm die Stufen der Tribüne, setzte seinen Adler neben sich ab, sammelte sich. Atemlose Stille im Saal...

Die Petitio Principii

«Messieurs», begann Prometheus, «da ich mir leider nicht anmaße, Sie durch das zu interessieren, was ich sagen werde, habe ich diesen Adler mitgebracht. Nach jeder langweiligen Stelle meines Vortrags wird er ein paar Runden für uns fliegen. Außerdem habe ich obszöne Photographien dabei und Feuerwerksraketen; damit werde ich an den ernsteren Stellen meines Vortrags das Publikum ergötzen. Ich wage es also, Messieurs, auf etwas Aufmerksamkeit zu hoffen.

Bei jedem neuen Punkt meines Vortrags habe ich die Ehre, Messieurs, Sie einer Mahlzeit des Adlers beiwohnen zu lassen – denn, Messieurs, mein Vortrag umfaßt drei Punkte; (ich hielt es nicht für erforderlich, auf diese meinem klassischen Geist zusagende Form zu verzichten) – Und da dies als Exordium dienen kann, nenne ich jetzt im vorhinein und ohne Beschönigung die beiden ersten Punkte des Vortrags:

Erster Punkt: Man muß einen Adler haben.

Zweiter Punkt: Im übrigen haben wir alle einen.

Da ich fürchte, Sie bezichtigen mich der Voreingenommenheit, Messieurs, und auch in der Angst, der Freiheit meines Denkens zu schaden, habe ich meinen Vortrag nur bis dahin ausgearbeitet; der dritte Punkt wird sich ganz natürlich aus den beiden anderen entwickeln; ich lasse dort der Leidenschaft ihren freien Lauf. – Als Konklusion, Messieurs, wird der Adler eine Kollekte durchführen.»

«Bravo! Bravo!» schrie Kokles.

Prometheus trank einen Schluck Wasser. Der Adler umflog, Pirouetten drehend, dreimal Prometheus und verneigte sich dann. Prometheus blickte in den Saal, lächelte Damokles und Kokles zu, und da sich noch keinerlei Anzeichen von Langeweile bemerkbar machten, verschob er seine Raketen auf später und fuhr fort:

V

«Welches rhetorische Geschick ich auch aufbringe, Messieurs, es gelingt mir nicht, vor Ihrem Scharfsinn die fatale Petitio principii verschwinden zu lassen, die am Anfang meines Vortrags auf mich lauert.

Wir können machen, was wir wollen, Messieurs, der Petitio principii entgehen wir nicht. Was ist eine Petitio principii? Ich wage zu behaupten, Messieurs, jede Petitio principii ist eine Bestätigung des Temperaments; denn wo die Prinzipien fehlen, bestätigt sich das Temperament.

Wenn ich erkläre: man muß einen Adler haben, könnten Sie alle ausrufen: Warum? – Und was könnte ich anderes darauf antworten, als was sich auf die folgende Formel zurückführen läßt, in der sich mein Temperament bestätigt: Ich liebe die Menschen nicht; ich liebe, was sie verschlingt.

Das Temperament, Messieurs, ist das, was sich bestätigen muß. Wieder eine Petitio principii, werden Sie sagen. Aber ich habe eben erklärt, daß jede Petitio principii eine Bestätigung des Temperaments ist; und da ich sage, man muß sein Temperament bestätigen, wiederhole ich: Ich liebe den Menschen nicht, ich liebe, was ihn verschlingt. – Nun, wer oder was verschlingt den Menschen? – Sein Adler. Also, Messieurs, muß man einen Adler haben. Ich denke, das ist genügend bewiesen.

Leider sehe ich, Messieurs, daß ich Sie langweile; einige gähnen. Ich könnte zwar hier ein paar Witze anbringen, aber die würden Sie als gesucht empfinden; mein Geist ist unheilbar seriös. – Ich lasse lieber ein paar anstößige Photographien herumgehen; sie werden jene zur Ruhe bringen, die meine Worte langweilen: was mir erlaubt fortzufahren.»

Prometheus trank einen Schluck Wasser. Der Adler umflog, Pirouetten drehend, dreimal Prometheus und verneigte sich dann. Prometheus fuhr fort:

Fortsetzung von Prometheus' Vortrag

«Messieurs, ich habe meinen Adler nicht immer schon gekannt. Das läßt mich induzieren, und zwar kraft einer Beweisführung, die in der Logik, welche ich übrigens erst seit einer Woche studiere, einen besonderen Namen hat, dessen ich mich nicht mehr erinnere – das läßt mich induzieren, sagte ich, daß, obwohl der einzige hier anwesende Adler der meine ist, Sie, Messieurs, alle einen besitzen.
Ich habe bis jetzt meine Geschichte verschwiegen; übrigens habe ich sie bis jetzt nie richtig verstanden. Und wenn ich mich entschließe, sie Ihnen heute zu erzählen, so deshalb, weil sie mir, dank meinem Adler, heute wunderbar erscheint.

VI

Messieurs, ich habe es Ihnen bereits gesagt, ich habe meinen Adler nicht immer schon gesehen. Vor ihm war ich gedankenlos und schön, glücklich und nackt, ohne es zu wissen. Zauberhafte Tage! Auf den glänzenden Flanken des Kaukasus umschlang mich die laszive Asia, glücklich und nackt auch sie. Gemeinsam rollten wir in die Täler; wir fühlten die Luft singen, das Wasser lachen, die schlichtesten Blumen balsamisch duften. Häufig streckten wir uns unter dem breiten Geäst aus, zwischen den Blumen, wo sich sirrende Insektenschwärme tummelten. Asia vereinte sich lachend mit mir; dann wiegte uns das leise Summen der Insekten, das Rauschen des Blattwerks, in das sich das der zahlreichen Bäche mischte, in den sanftesten Schlummer. Alles um uns herum ermöglichte, schützte unsere unmenschliche Einsamkeit. – Plötzlich sagte Asia eines Tages zu mir: ‹Du solltest dich um die Menschen kümmern!›
Zunächst galt es, sie zu suchen.
Ich wollte mich gern um sie kümmern; doch das bedeutete, Mitleid mit ihnen zu haben.
Sie waren sehr wenig erleuchtet, ich erfand ein paar Feuer für sie; und da begann mein Adler. Seit jenem Tag weiß ich, daß ich nackt bin.»

Bei diesen Worten erklang an verschiedenen Stellen des Saales Beifall. Plötzlich brach Prometheus in Schluchzen aus. Der Adler schlug mit den Flügeln, gurrte. Mit einer schrecklichen Geste riß Prometheus seine Weste auf und hielt seine schmerzende Leber dem Vogel hin. Der Beifall verdoppelte sich. Dann umflog der Adler, Pirouetten drehend, dreimal Prometheus; dieser trank einen Schluck Wasser, faßte sich und setzte seinen Vortrag mit folgenden Worten fort:

VII

«Messieurs, meine Bescheidenheit hat mich überwältigt, bitte entschuldigen Sie: ich spreche zum erstenmal in der Öffentlichkeit. Doch jetzt überwältigt mich meine Offenheit: Messieurs, ich habe mich viel mehr um die Menschen gekümmert, als ich gesagt habe. Ich habe sehr viel für die Menschen getan, Messieurs. Ich habe die Menschen leidenschaftlich, glühend und auf beklagenswerte Weise geliebt, Messieurs. – Und ich habe so viel für sie getan, daß man sagen kann, ich habe sie gemacht; denn vorher, was waren sie? – Sie waren, aber waren sich dessen nicht bewußt. – Wie das Feuer für ihre Erleuchtung, so habe ich mit meiner ganzen Liebe zu ihnen dieses Bewußtsein geschaffen, Messieurs. – Als erstes waren sie sich ihrer Schönheit bewußt. Das erlaubte die Fortpflanzung der Gattung. Der Mensch verlängerte sich in seiner Nachkommenschaft. Die Schönheit der ersten Menschen wiederholte sich, gleichförmig und ohne Geschichte. Das hätte lange so weitergehen können. – Besorgt jedoch, das Ei meines Adlers, ohne es zu wissen, bereits in mir tragend, wollte ich mehr oder Besseres. Diese Fortpflanzung, diese zerstückelte Verlängerung schien mir bei ihnen ein Warten anzuzeigen – während in Wahrheit allein mein Adler wartete. Ich wußte das nicht; ich glaubte, dieses Warten sei im Menschen, ich versetzte es in den Menschen. Im übrigen, da ich den Menschen nach meinem Bild geschaffen habe, begreife ich jetzt, daß in jedem Menschen etwas Nicht-Ausgeschlüpftes wartete; in jedem von ihnen war das Adlerei... Und weiter weiß ich es nicht; ich kann es nicht erklären. – Ich weiß nur, daß ich, da

ich nicht damit zufrieden war, ihnen das Bewußtsein ihres Seins gegeben zu haben, ihnen auch einen Grund für ihr Sein geben wollte. Ich gab ihnen das Feuer, die Flamme und alle Künste, denen eine Flamme als Nahrung dient. Indem ich ihren Geist erwärmte, ließ ich in ihnen den unersättlichen Glauben an den Fortschritt ausschlüpfen. Und ich freute mich über die Maßen daran, daß die Gesundheit des Menschen sich darin verbrauchte, ihn zu erschaffen. – Nicht mehr Glaube an das Gute, sondern kranke Hoffnung auf das Bessere. Der Glaube an den Fortschritt, Messieurs, das war ihr Adler. Unser Adler ist der Grund unseres Seins, Messieurs.
Das Glück des Menschen wurde kleiner und kleiner, und es war mir gleichgültig: Der Adler war geboren. Ich liebte nicht mehr die Menschen, sondern ich liebte das, was von ihnen lebte. Für mich hatte sich eine Menschheit ohne Geschichte erledigt... Die Geschichte des Menschen, Messieurs, ist die Geschichte der Adler.»

VIII

Hier gab es einigen Beifall. Prometheus entschuldigte sich verlegen:
«Messieurs, ich habe gelogen; verzeihen Sie bitte: das ging nicht so schnell; nein, ich habe die Adler nicht immer geliebt: ich habe lange Zeit den Menschen vorgezogen; sein beschädigtes Glück war mir teuer, denn da ich daran gerührt hatte, hielt ich mich dafür verantwortlich, und jedesmal, wenn ich daran dachte, kam am Abend, traurig wie ein Gewissensbiß, mein Adler zum Fressen.
Er war zu jener Zeit mager und grau, sorgenvoll, mürrisch; er war häßlich wie ein Geier. – Sehen Sie ihn jetzt an, Messieurs, und begreifen Sie, weshalb ich spreche; weshalb ich Sie hier versammle, weshalb ich Sie beschwöre, mich anzuhören: weil ich folgendes entdeckt habe: Der Adler kann sehr schön werden. – Nun, jeder von Ihnen hat einen Adler; ich habe es Ihnen gerade versichert. Einen Adler? – Ach, vielleicht einen Geier! Nein, nein! Keinen Geier, Messieurs! – Messieurs, einen Adler muß man haben...
Und jetzt komme ich zu der ernsten Frage: – Warum einen Adler?

Ja, warum? – Soll er es selbst sagen. Hier ist der meine, Messieurs, ich habe ihn für Sie mitgebracht... Adler! willst du jetzt antworten?...»
Ängstlich wandte sich Prometheus seinem Adler zu. Der Adler rührte sich nicht und blieb stumm... Prometheus fuhr traurig fort:
«Messieurs, ich habe meinen Adler vergebens befragt... Adler! sprich jetzt: Alle hören dir zu... Wer schickt dich? – Warum hast du mich ausgewählt? Woher kommst du? Wohin gehst du? Sag, welcher Natur bist du?...» (Der Adler blieb stumm) «Nein, nichts! Kein Wort! Kein Schrei! Ich hatte gedacht, zu Ihnen würde er sprechen; deshalb hatte ich ihn mitgebracht... Soll ich also allein hier sprechen? Alles schweigt! alles schweigt! – Was soll das heißen! ... Ich habe vergebens gefragt.»
Dann wandte er sich den Versammelten zu:
«Ich hatte gehofft, Messieurs, Sie würden meinen Adler lieben, Ihre Liebe würde seiner Schönheit einen Seinsgrund verschaffen. – Deshalb habe ich mich ihm ausgeliefert, ihn vom Blut meines Herzens aufquellen lassen... doch ich sehe, daß ich ihn allein bewundere... Oh! genügt es Ihnen nicht, daß er schön ist? – oder bestreiten Sie seine Schönheit? – Betrachten Sie ihn wenigstens... für nichts anderes habe ich gelebt – und jetzt bringe ich ihn her: hier ist er! – Ich lebte für ihn – aber er, warum lebt er? – Adler! den ich mit meinem Blut genährt habe, mit meinem Herzen, den ich mit meiner ganzen Zärtlichkeit liebkost habe...» (hier konnte Prometheus vor Schluchzen nicht weitersprechen) – «soll ich die Welt verlassen, ohne zu wissen, weshalb ich dich geliebt habe? noch was du nach mir auf der Welt tun wirst, was du sein wirst... auf der Welt, ich habe vergebens... ich habe vergebens gefragt.»
Der Satz blieb in seiner Kehle stecken, Tränen dämpften den Klang seiner Stimme.
«Verzeihen Sie mir, Messieurs», fuhr er etwas ruhiger fort; «verzeihen Sie mir, daß ich Ihnen so ernste Dinge sage; doch wenn ich noch ernstere wüßte, würde ich diese sagen.»
In Schweiß gebadet, trocknete sich Prometheus die Stirn, trank einen Schluck Wasser und fuhr fort:

Ende von Prometheus' Vortrag

«Ich habe den Vortrag nur bis hierhin ausgearbeitet...»
Bei diesen Worten entstand eine große Unruhe im Saal; einige, die sich sehr langweilten, wollten hinausgehen.
«Messieurs», rief Prometheus, «ich beschwöre Sie, bleiben Sie; es dauert nicht mehr lange; aber das Wichtigste muß noch gesagt werden, wenn ich Sie noch nicht überzeugt habe... Messieurs! – ich flehe Sie an... Auf! schnell: ein paar Raketen; und die schönsten hebe ich fürs Ende auf...
Setzen Sie sich wieder, Messieurs, ich bitte Sie; sehen Sie her: Glauben Sie nicht etwa, ich spare. Ich zünde sechs auf einmal an. – Außerdem, Kellner, lassen Sie die Türen schließen.»
Die Raketen übten eine ziemlich gute Wirkung aus. Fast alle, die aufgestanden waren, setzten sich wieder.
«Aber wo war ich stehengeblieben?» fragte Prometheus.
«Ich zählte auf die hervorgerufene Begeisterung; Ihre Unruhe hat sie zerstört...»
«Um so besser», schrie einer.
«Ach, ich weiß...», fuhr Prometheus fort, «ich wollte Ihnen noch sagen...»
(«Aufhören! Aufhören!» schrie es von allen Seiten.)
«... daß Sie Ihren Adler lieben müssen.»
Einige ironische «Weshalb?» wurden laut.
«Ich höre, Messieurs, daß man mich fragt: ‹Weshalb?›. Ich antworte: weil er dann schön wird.»
«Aber wenn wir davon häßlich werden.»
«Messieurs, was ich Ihnen hier bringe, sind keine Worte des Eigennutzes...»
«Das merkt man.»
«Es sind Worte der Aufopferung. Man muß sich seinem Adler aufopfern, Messieurs...» (Große Unruhe; viele stehen auf.) «Messieurs! Stehen Sie bitte nicht auf: ich werde jetzt sehr persönlich... Überflüssig, die Geschichte von Kokles und Damokles noch einmal zu erzählen. Sie alle hier kennen sie; nun, ich sage es den beiden ins Gesicht: Das Geheimnis ihres Lebens liegt in der Aufopferung

für ihre Schuld; bei dir, Kokles, für deine Ohrfeige, bei dir, Damokles, für deine Banknote. Kokles, du hättest deine Narbe vertiefen müssen und deine leere Augenhöhle, o Kokles! Du, Damokles, hättest deine fünfhundert Francs behalten müssen, sie ohne Scham schuldig bleiben, ja, die Summe sogar noch vergrößern müssen, und zwar freudig. Das ist euer Adler; es gibt auch andere, ruhmvollere. Ich aber sage euch: Der Adler verschlingt uns in jedem Fall, ob Laster oder Tugend, Pflicht oder Leidenschaft; hört auf, irgend jemand zu sein, und ihr entgeht ihm nicht. Doch...»
(Hier ging Prometheus' Stimme im Tumult fast unter.) «...doch wenn ihr nicht liebevoll euren Adler füttert, wird er grau bleiben, armselig, für alle unsichtbar und duckmäuserisch; ihn wird man dann Gewissen nennen, unwürdig der Qualen, die er bereitet; ohne Schönheit. – Messieurs, man muß seinen Adler lieben, ihn lieben, damit er schön wird; denn weil er schön sein wird, müssen Sie Ihren Adler lieben... Jetzt bin ich am Ende, Messieurs, mein Adler wird die Kollekte durchführen; Messieurs, Sie müssen meinen Adler lieben. – Inzwischen lasse ich ein paar Raketen los.»

....

....

Dank der pyrotechnischen Ablenkung endete die Versammlung ohne allzu großes Gedränge; doch Damokles erkältete sich, während er den Saal verließ.

Die Krankheit des Damokles

I

«Wissen Sie, daß es ihm schlecht geht», sagte der Kellner, als er ein paar Tage später Prometheus wiedersah.
«Wem?»
«Damokles – oh, sehr schlecht! Als er Ihren Vortrag verließ, hat er es bekommen...»
«Was, es?»

«Die Ärzte sind sich nicht im klaren; – es ist eine so seltene Krankheit... sie sprechen von einer Schrumpfung des Rückgrats...»
«Des Rückgrats?»
«Des Rückgrats. – Ohne eine plötzliche Heilung durch ein Wunder kann sich das Übel nur verschlimmern. Es steht sehr schlimm mit ihm, das können Sie glauben, und Sie sollten ihn besuchen.»
«Besuchen Sie ihn oft?»
«Ich? Täglich. Er macht sich wegen Kokles Sorgen; ich bringe ihm Nachricht von ihm.»
«Warum geht er nicht selbst zu ihm?»
«Kokles? – Der ist zu beschäftigt. Ihr Vortrag, wissen Sie das nicht? hat auf ihn eine ganz außergewöhnliche Wirkung gehabt. Er redet nur noch von Aufopferung und verbringt seine ganze Zeit damit, überall auf der Straße nach einer neuen Ohrfeige zu suchen, die einem neuen Damokles einiges Geld einbringt. Er hält vergebens seine andere Backe hin.»
«Unterrichten Sie den Miglionär davon.»
«Ich sage es ihm täglich. Das ist ja auch der Grund, weshalb ich täglich Damokles besuche.»
«Warum geht er nicht selbst zu ihm?»
«Das sage ich ihm auch, aber er lehnt es ab. Er will unbekannt bleiben. Damokles würde jedoch genesen, wenn er seinen Wohltäter kennte: Ich habe es ihm gesagt, aber er besteht darauf, er will sein Inkognito wahren – und jetzt begreife ich, daß er sich nicht für Damokles interessiert, sondern für dessen Krankheit.»
«Sie hatten davon gesprochen, mich vorzustellen...?»
«Sofort, wenn Sie es wünschen.»
Und stehenden Fußes gingen sie zu ihm.

II

Da wir ihn nicht selbst kennen, haben wir uns vorgenommen, nur wenig von Zeus zu sprechen, dem Freund des Kellners.
Allein die folgenden Sätze wollen wir wiedergeben.

Interview des Miglionärs

DER KELLNER: «Nicht wahr, Sie sind sehr reich?»
DER MIGLIONÄR, halb zu Prometheus gewandt: «Ich bin reich, viel reicher, als man sich vorstellen kann. Du gehörst mir; er gehört mir; alles gehört mir. – Sie halten mich für einen Bankier; ich bin etwas ganz anderes. Mein Einfluß auf Paris ist zwar geheim, aber darum nicht weniger bedeutend. Er ist geheim, weil ich ihn nicht weiter vertiefe. Ja, ich bin vor allem initiativ. Ich setze in Bewegung. Dann, wenn die Sache einmal in Bewegung ist, lasse ich sie laufen; ich rühre sie nicht mehr an.»
DER KELLNER: «Nicht wahr, Ihre Handlungen sind zweckfrei?»
DER MIGLIONÄR: «Ich allein, allein der, dessen Vermögen unendlich ist, kann absolut uneigennützig handeln; der Mensch nicht. Daher rührt meine Freude am Spiel; nicht am Gewinn, verstehen Sie – am Spiel; was könnte ich gewinnen, was ich nicht schon vorher besitze? Selbst die Zeit... Wissen Sie, wie alt ich bin?»
PROMETHEUS UND DER KELLNER: «Monsieur wirkt noch jung.»
DER MIGLIONÄR: «Unterbrechen Sie mich nicht, Prometheus. Ja, ich habe eine Spielleidenschaft. Mein Spiel besteht darin, den Menschen zu leihen. – Ich leihe, aber dabei treibe ich mein Spiel mit ihnen. Ich leihe, aber à fonds perdu; ich leihe, aber mit dem Anschein des Schenkens. – Ich möchte, daß man nicht weiß, daß ich leihe. Ich spiele, aber ich verberge mein Spiel. Ich experimentiere; Ich spiele, wie ein Holländer sät, wie er eine besondere Zwiebel pflanzt. Es macht mir Vergnügen, daß das wächst, was ich den Menschen leihe, was ich im Menschen anpflanze, es macht mir Vergnügen, es wachsen zu sehen. Der Mensch wäre sonst so leer! – Lassen Sie mich Ihnen mein jüngstes Experiment erzählen. Sie werden mir helfen, es zu überwachen. Hören Sie mir erst einmal zu, dann begreifen Sie. Sie werden begreifen.
Ich bin auf die Straße gegangen, um ein Mittel zu finden, jemanden unter dem Geschenk leiden zu lassen, das ich einem andern mache, und um diesen andern das Böse genießen zu lassen, das ich dem einen antun würde. Eine Ohrfeige und ein Fünfhundertfrancschein genügen mir dazu. Dem einen die Ohrfeige, dem andern die

Banknote. Ist das klar? Weniger klar ist die Art, wie ich sie schenke.»
«Ich kenne sie», unterbrach Prometheus.
«Wie, Sie kennen sie!» sagte Zeus.
«Ich habe Damokles und Kokles getroffen; und genau über sie möchte ich mit Ihnen sprechen; Damokles sucht Sie und ruft nach Ihnen; er macht sich Sorgen; er ist krank; haben Sie Erbarmen und zeigen Sie sich ihm.»
«Brechen wir ab, Monsieur», sagte Zeus, «ich brauche keine Ratschläge, von niemandem.»
Prometheus ging, doch besann er sich plötzlich: «Verzeihen Sie, Monsieur. Entschuldigen Sie eine zudringliche Bitte. Ach, zeigen Sie ihn, ich bitte Sie! Ich möchte ihn so gern sehen...»
«Wen?»
«Ihren Adler.»
«Aber ich habe keinen Adler, Monsieur.»
«Keinen Adler? Er hat keinen Adler! Aber...»
«Nicht einmal in der hohlen Hand. Die Adler» (und Zeus lachte), «die Adler werden ja von mir verschenkt.»
Prometheus' Verblüffung war groß.
«Wissen Sie, was man allgemein sagt?» fragte der Kellner den Bankier.
«Was sagt man allgemein?»
«Sie wären der liebe Gott!»
«Ich habe es mir auch sagen lassen», bemerkte Zeus.

III

Prometheus besuchte Damokles; dann besuchte er ihn häufig. Er sprach nicht jedesmal mit ihm; doch der Kellner sagte ihm wenigstens das Neuste. Eines Tages nahm er Kokles mit.
Der Kellner empfing sie.
«Nun, wie geht es ihm?» fragte Prometheus.
«Schlecht. Sehr schlecht», antwortete der Kellner. «Seit drei Tagen hat der Arme nichts zu sich nehmen können. Das Schicksal seiner Banknote quält ihn; er sucht sie überall und findet sie

nirgends; er bildet sich ein, er hätte sie gegessen, nimmt Abführmittel und glaubt, sie in seinem Stuhl zu entdecken. Wenn er wieder bei Verstand ist und sich an das Ereignis erinnert, ist er noch verzweifelter. Er ist auf Sie böse, Kokles, er behauptet, Sie würden seine Schuld noch schwieriger machen, und er würde sich nicht mehr zurechtfinden. Die meiste Zeit redet er im Delirium. Nachts wachen wir zu dritt, er springt in seinem Bett herum und hindert uns am Schlafen.»
«Darf man ihn sehen?» fragte Kokles.
«Ja, aber Sie werden ihn verändert finden. Die Sorge frißt ihn auf. Er ist mager, mager, mager. Werden Sie ihn überhaupt erkennen? – Und er, wird er Sie erkennen?»
Auf Zehenspitzen traten sie ein.

Die letzten Tage des Damokles

Damokles' Schlafzimmer war vom Geruch der Arzneien verpestet. Der Raum war niedrig und sehr eng. Er war kümmerlich von zwei Nachtlampen erleuchtet. In einem Alkoven sah man unter einem schrecklichen Stapel von Decken undeutlich Damokles sich bewegen. Er redete zu jemandem, obwohl niemand ihm zuhörte. Seine Stimme war gedämpft und heiser. Voller Entsetzen sahen Prometheus und Kokles sich an. Damokles, der sie nicht bemerkte, redete weiter, als sei er allein.
«Und von diesem Tag an», sagte er, «schien es mir, als bekäme mein Leben einen Sinn, und gleichzeitig, als könnte ich nicht mehr weiterleben! Ich glaubte, diese verhaßten, verabscheuten fünfhundert Francs allen zu schulden, und wagte nicht, sie einem einzelnen zu schenken – ich hätte sie allen anderen entzogen. Ich dachte nur daran, sie loszuwerden – aber wo? – Die Sparkasse! Das bedeutete, meine Schwierigkeiten noch zu vergrößern; meine Schuld wäre von allen Zinsen meiner Schuld noch lastender geworden; und andererseits war der Gedanke, die Summe stagnieren zu lassen, unerträglich; so glaubte ich, ich müsse die Summe in Umlauf bringen; ich trug sie immer bei mir; regelmäßig alle acht Tage wechselte ich den Schein in Münzen um, die Münzen in einen

neuen Schein. Man verliert weder beim Wechseln, noch gewinnt man dabei; es ist einfach ein zirkulärer Wahn. Und dazu gesellte sich folgende Qual: Diese fünfhundert Francs besitze ich dank der Ohrfeige für einen andern! – Eines Tages treffe ich Sie im Restaurant, wie Sie wissen...»
«Er spricht von Ihnen», sagte der Kellner.
«Prometheus' Adler zerbricht eine Frontscheibe, zerquetscht Kokles' Auge... Gerettet!! Zweckfrei, unverhofft, zufällig lasse ich meine Summe in den Spalt dieser Ereignisse gleiten. Keine Schuld mehr! Gerettet! – Ach, Messieurs, welch ein Irrtum... Mit diesem Tag begann meine Agonie. Wie soll ich Ihnen das erklären? Werden Sie jemals meine Ängste begreifen? Diese fünfhundert Francs schulde ich noch immer und besitze sie gar nicht mehr! Feige habe ich versucht, mich meiner Schuld zu entledigen, aber ich habe sie nicht beglichen. Schweißgebadet wache ich aus meinen nächtlichen Alpträumen auf, kniee nieder und schreie mit lauter Stimme: Herr! Herr! wem habe ich geschuldet? – Herr! wem habe ich geschuldet? – Ich weiß es nicht, aber ich habe geschuldet. – Die Schuld, Messieurs, ist etwas Schreckliches; ich habe mich entschieden, an ihr zu sterben. – Und jetzt quält mich am meisten, daß ich diese Schuld weitergegeben habe: an dich, Kokles... Kokles! dein Auge gehört dir nicht, weil die Summe mir nicht gehörte, von der ich es dir geschenkt habe. ‹Was hast du, das du nicht empfangen hast›, sagt die Schrift... empfangen von wem? von wem?? von WEM?? – Meine Not ist unerträglich.»
Die Stimme des Unglücklichen erlosch, ertrank, erstickte in Schluckauf, Schluchzen und Tränen. Verängstigt lauschten Prometheus und Kokles; sie hatten sich an den Händen gefaßt und zitterten. Damokles, der sie zu sehen schien, sagte:
«Eine Schuld ist etwas Schreckliches, Messieurs... doch um wieviel schrecklicher noch sind die Gewissensbisse, daß man sich der Schuld entledigen wollte... Als könnte die Schuld weniger bestehen, wenn sie ein anderer auf sich nimmt... Aber dein Auge schmerzt dich, Kokles! – Kokles! – ich bin sicher, es schmerzt dich, dein Glasauge; reiß es aus! – Wenn es dich nicht schmerzt, so sollte es dich doch schmerzen! – Aber es gehört dir nicht, dein Auge...

Und wenn es dir nicht gehört, dann gehört es also deinem Bruder... Wem gehört es? wem?? WEM??»
Der Unglückliche weinte; er verlor Kopf und Kraft; starrte hin und wieder auf Kokles und Prometheus, schien sie zu erkennen und schrie sie an:
«Versteht mich doch, habt Mitleid. Das Mitleid, das ich von euch erbitte, ist keine Kompresse auf meine Stirn, kein Glas frisches Wasser, kein Kräutertee, sondern Verständnis. Helft mir, mich zu verstehen, habt Mitleid! – Ich habe *das hier,* was ich von irgendwoher bekommen habe, und das ich wem schulde? wem?? WEM?? Und um es eines Tages nicht mehr schulden zu müssen, im Glauben, das sei möglich, will ich mit *dem hier* den andern Geschenke machen! Den andern!! – Kokles das Almosen eines Auges!! Aber es gehört dir nicht, dieses Auge, Kokles! Kokles!! Gib es zurück. Gib es wem zurück? wem? WEM??»
Kokles und Prometheus hielten es nicht mehr aus und gingen.

IV

«Das ist das Schicksal dessen», sagte Kokles, während sie die Treppe hinuntergingen, «der sich am Leiden eines andern bereichert hat.»
«Aber leiden Sie eigentlich?» fragte Prometheus.
«Manchmal an meinem Auge», sagte Kokles, «aber an der Ohrfeige kaum noch; das Brennen hat sich beruhigt. Und ich möchte sie nicht missen: Sie hat mir meine Güte entdeckt. Ich bin geschmeichelt und sehr zufrieden darüber. Ständig denke ich daran, daß mein Schmerz meinem Nächsten als Proviant gedient und ihm fünfhundert Francs eingebracht hat.»
«Aber dieser Nächste stirbt daran, Kokles», sagte Prometheus.
«Haben Sie ihm nicht gesagt, man müsse seinen Adler füttern? Was wollen Sie? Wir haben uns nie verstehen können, Damokles und ich; unsere Ansichten sind diametral entgegengesetzt.»

Prometheus verabschiedete sich von Kokles und lief zu Zeus, dem Bankier.

«Haben Sie Erbarmen, zeigen Sie sich!» sagte er zu ihm; «oder geben Sie sich wenigstens zu erkennen. Der Unglückliche stirbt an seinen Ängsten. Ich kann verstehen, daß Sie ihn töten, da es zu Ihrem Vergnügen geschieht; aber er soll doch wenigstens wissen, WER ihn tötet – damit er zur Ruhe kommt.»
Der Miglionär erwiderte: «Ich will mein Prestige nicht verlieren.»

V

Damokles' Ende war bewundernswert; kurz vor seiner letzten Stunde sprach er einige von jenen Worten, die auch den Gottlosesten Tränen entlocken und von den Rechtdenkenden als erbaulich bezeichnet werden. Am bemerkenswertesten war das Gefühl, das folgende Worte so gut ausdrücken: «Hoffentlich habe ich ihn nicht beraubt.»
«Wen denn?» wurde gefragt.
«Jenen», sagte der sterbende Damokles, «jenen, der mir... etwas geschenkt hat.»
«Nein! es war der liebe Gott», erwiderte geschickt der Kellner.
Über diesem guten Wort starb Damokles.

Das Begräbnis

«Ach», sagte Prometheus zu Kokles, als sie das Sterbezimmer verließen, «all das ist schrecklich! Damokles' Ende erschüttert mich. Stimmt es, daß mein Vortrag an seiner Krankheit schuld war?»
«Ich kann es nicht beschwören», sagte der Kellner, «aber ich weiß immerhin, daß ihn das, was Sie von Ihrem Adler sagten, sehr bewegt hat.»
«Von unserem Adler», bemerkte Kokles.
«Ich war so überzeugt davon», sagte Prometheus.
«Deshalb haben Sie ihn auch überzeugt... Ihre Rede war sehr lebendig...»
«Ich dachte, niemand höre zu... Ich ließ nicht locker... Hätte ich gewußt, daß er zuhört...»
«Was hätten Sie dann gesagt?»

«Dasselbe», stotterte Prometheus.
«Aber?»
«Aber jetzt würde ich es nicht mehr sagen.»
«Sind Sie also nicht mehr überzeugt davon?»
«Damokles war es zu sehr. Ich habe andere Vorstellungen von meinem Adler.»
«Wo ist er eigentlich?»
«Keine Angst, Kokles, ich habe ihn im Auge.»
«Adieu. Ich lege Trauer an», sagte Kokles. «Wann sehen wir uns wieder?»
«Nun ... beim Begräbnis, nehme ich an. Ich werde dort sprechen», sagte Prometheus. «Ich muß etwas gutmachen. Und anschließend lade ich Sie ein; ich spendiere den Leichenschmaus, und zwar genau in dem Restaurant, in dem wir Damokles zum erstenmal gesehen haben.»

VI

Als das Begräbnis stattfand, war der Andrang nicht groß; Damokles war wenig bekannt; sein Tod blieb von allen unbemerkt, die diese Geschichte nicht interessierte. Auf dem Friedhof fanden sich Prometheus, der Kellner und Kokles ein sowie einige Müßiggänger, die den Vortrag gehört hatten. Alle sahen auf Prometheus; man wußte, daß er reden würde; man fragte sich: «Was wird er sagen?», denn man erinnerte sich an das, was er gesagt hatte. Seinen Worten ging ein großes Erstaunen voraus, das daher kam, daß man Prometheus nicht wiedererkannte; er war fett, sah blühend aus, lächelte; lächelte so intensiv, daß sein Verhalten fast als unschicklich betrachtet wurde, als er, immer noch lächelnd, an das Grab trat, sich dann umwandte und die schlichten Worte sprach:

Geschichte des Tityrus

«Messieurs, da Sie die Freundlichkeit haben, mir zuzuhören: Die Worte der Heiligen Schrift, die meiner heutigen kurzen Ansprache zugrunde liegen, sind folgende: *Laßt die Toten ihre Toten begraben.* Wir werden uns also nicht mehr um Damokles kümmern. Als ich Sie das letzte Mal versammelt sah, waren Sie gekommen, um mich über meinen Adler sprechen zu hören; Damokles ist daran gestorben; lassen wir die Toten... Dennoch habe ich seinetwegen, oder vielmehr dank seinem Tod, jetzt meinen Adler getötet...»
«Seinen Adler getötet!!!» schrie jeder.
«Dazu eine Anekdote... Nehmen wir an, ich hätte nichts gesagt.

I

Am Anfang war Tityrus.
Und Tityrus, der völlig eingeschlossen war von Sümpfen, langweilte sich allein. – Da kam Menalcas vorbei und setzte eine Idee in Tityrus' Hirn, ein Samenkorn in den Sumpf vor ihm. Und diese Idee war das Korn, und dieses Korn war die Idee. Und mit Gottes Hilfe keimte das Korn und wurde eine kleine Pflanze, und Tityrus fiel jeden Abend und jeden Morgen vor ihr auf die Knie und dankte Gott, daß er sie ihm geschenkt hatte. Und die Pflanze wuchs, und da sie kräftige Wurzeln besaß, hatte sie bald die Erde um sich herum völlig ausgetrocknet, so daß Tityrus einen festen Boden hatte, auf den er seine Füße stellen, seinen Kopf legen und das Werk seiner Hände bauen konnte.
Als die Pflanze Tityrus' Größe erreicht hatte, konnte Tityrus das Vergnügen genießen, ausgestreckt in ihrem Schatten zu schlafen. Doch da das Gewächs eine Eiche war, mußte es noch gewaltig wachsen; so sehr, daß die Arbeit von Tityrus' Händen sehr bald nicht mehr ausreichte für das Jäten und Hacken der Erde um die Eiche, dafür, die Eiche zu gießen, zu schneiden, zu putzen, zu säubern, zu entraupen und in der guten Jahreszeit die Ernte ihrer zahlreichen und verschiedenartigen Früchte zu gewährleisten. Er nahm sich also einen Jäter zu Hilfe, einen Hacker, einen Gießer,

einen Schneider, einen Putzer, einen Säuberer, einen Entrauper und ein paar Fruchtgehilfen. Und da sich jeder streng an sein Spezialgebiet halten mußte, bestand die Aussicht, daß die Arbeit eines jeden gut gemacht würde.
Um die Lohnabrechnung eines jeden durchzuführen, brauchte Tityrus einen Buchhalter, der sich bald mit einem Kassierer die Sorgen um Tityrus' Vermögen teilte; dieses wuchs wie die Eiche.
Da sich zwischen dem Putzer und dem Säuberer einige Streitpunkte ergeben hatten wegen der Aufteilung ihrer Funktionen, begriff Tityrus die Notwendigkeit eines Schiedsrichters, der sich mit zwei Anwälten pro und kontra umgab; Tityrus stellte einen Sekretär ein, um ihre Urteile festzuhalten, und da man sie nur festhielt, damit sie der Zukunft als Unterlagen dienten, gab es einen Urteilshüter. Aus dem Boden erhoben sich inzwischen nach und nach die Häuser, und man brauchte eine Polizei für die Straße und Kontrolleure für deren Verstöße.
Der mit Beschäftigungen überlastete Tityrus wurde allmählich krank; er ließ einen Arzt kommen, der ihm riet, eine Frau zu nehmen – und da Tityrus inmitten so vieler Leute der Sache allein nicht gewachsen war, sah er sich gezwungen, einen Vertreter zu suchen, weshalb man ihn zum Bürgermeister ernannte. Von da an blieb ihm zuwenig Muße, um von den Fenstern seines Hauses aus, die immer noch auf die Sümpfe gingen, zu angeln.
Nun führte Tityrus Festtage ein, damit sein Volk sich vergnügen konnte; doch da die Vergnügen teuer waren und niemand viel Geld hatte, begann Tityrus, um ihnen allen etwas leihen zu können, jedem etwas abzuziehen.
Und die Eiche inmitten der Ebene (denn trotz der Stadt, trotz der Anstrengung so vieler Menschen war es immer eine Ebene geblieben), diese Eiche, wie gesagt, inmitten der Ebene, hatte keine Mühe, so zu stehen, daß ihre eine Seite im Schatten war und die andere in der Sonne. Unter dieser Eiche nun, auf der Schattenseite, hielt Tityrus Gericht; auf der Sonnenseite verrichtete er seine natürlichen Bedürfnisse.
Und Tityrus war glücklich, denn er fühlte, daß sein Leben für die anderen nützlich und äußerst ausgefüllt war.

II

Das Streben des Menschen ist entwicklungsfähig. Tityrus' ermutigte Aktivität schien noch zu wachsen; da sein natürlicher Einfallsreichtum ihm noch weitere Beschäftigungen zeigte, sah man ihn seine Behausung herrichten, tapezieren und möblieren. Man bewunderte die Harmonie der Wandbekleidungen und die Zweckmäßigkeit jedes Gegenstandes. Er war geschickt und zeichnete sich als Empiriker aus; um seine Schwämme aufzuhängen, erfand er sogar ein kleines Gestell in Form eines Versfußes, das er nach vier Tagen nicht im geringsten mehr praktisch fand.
Und neben seinem Schlafzimmer ließ Tityrus ein Zimmer für die Interessen der Nation bauen. Die beiden Zimmer hatten denselben Eingang, um den Hinweis zu versuchen, daß die Interessen die gleichen waren; doch wegen des gemeinsamen Eingangs, der beide Zimmer gleichermaßen mit Luft versorgte, konnten die beiden Kamine nicht gleichzeitig ziehen, und machte man bei kaltem Wetter Feuer in dem einen Zimmer, machte man Qualm im andern. Tityrus pflegte an den Tagen, an denen er Feuer machen wollte, sein Fenster zu öffnen.
Da Tityrus alles schützte und an der Fortpflanzung der Arten arbeitete, kam eine Zeit, da die Schnecken in solchen Massen auf den Wegen seines Gartens herumkrochen, daß er vor Angst, er könnte eine zertreten, nicht mehr wußte, wohin er den Fuß setzen sollte, und sich schließlich damit abfand, seltener aus dem Haus zu gehen.
Er ließ eine fahrende Bücherei kommen mit einer Buchverleiherin, bei der er sich abonnierte. Und da sie Angèle hieß, gewöhnte er sich an, jeden dritten Tag den Abend bei ihr zu verbringen. Auf diese Weise erlernte Tityrus die Metaphysik, die Algebra und die Theodizee. Tityrus und Angèle begannen gemeinsam verschiedene schöne Künste mit Erfolg zu pflegen, und da Angèle eine besondere Vorliebe für die Musik gezeigt hatte, mieteten sie einen Flügel, auf dem Angèle die kleinen Weisen spielte, die er in der Zwischenzeit für sie komponierte.
Tityrus sagte zu Angèle: ‹So viele Beschäftigungen bringen mich

noch um; ich kann nicht mehr; ich fühle die Abnutzung; diese Verantwortungen verstärken meine Gewissensbisse; wenn sie zunehmen, nehme ich ab. Was tun?›
‹Wollen wir wegfahren?› fragte Angèle.
‹Ich kann ja nicht: ich habe meine Eiche.›
‹Sie könnten sie vielleicht allein lassen›, sagte Angèle.
‹Meine Eiche allein lassen! wo denken Sie hin!›
‹Ist sie nicht bald groß genug, um allein zu wachsen?›
‹Aber ich hänge an ihr.›
‹Dann machen Sie sich frei›, erwiderte Angèle.
Und wenige Zeit später, nachdem Tityrus gründlich erprobt hatte, daß Beschäftigungen, Verantwortungen und verschiedene Skrupel ihn im Grunde ebensowenig hielten wie die Eiche, lächelte er, nahm Witterung auf, verließ den Ort, nachdem er die Kasse und Angèle ergriffen hatte, und am Ende des Tages ging er mit ihr den Boulevard hinunter, der von der Madeleine zur Oper führt.

III

An diesem Abend bot der Boulevard einen seltsamen Anblick. Man fühlte, daß sich etwas Ungewöhnliches, Feierliches vorbereitete. Eine riesige, ernste, ängstliche Menschenmenge drängte sich, versperrte den Bürgersteig und strömte fast auf die Fahrbahn, die von der in Abständen aufgestellten Pariser Garde mühsam freigehalten wurde. Vor den Restaurants machten die durch aufgestellte Tische und Stühle unverhältnismäßig verbreiterten Terrassen die Verstopfung noch vollkommener und das Weitergehen unmöglich. Hin und wieder hockte sich ein ungeduldiger Späher einen Augenblick auf seine Stuhllehne, bis er gebeten wurde herunterzusteigen. Offenkundig warteten alle; man spürte ohne jeden Zweifel, daß zwischen den beiden Bürgersteigen, auf der beschützten Fahrbahn, etwas entlangkommen würde. Nachdem sie mit größter Mühe einen Tisch hatten finden und ihn für sehr viel Geld hatten mieten können, setzten sich Angèle und Tityrus vor zwei Glas Bier und fragten den Kellner:
‹Was wird hier erwartet?›

‹Woher tauchen Sie denn auf, Monsieur?› sagte der Kellner. ‹Weiß Monsieur denn nicht, daß Meliboeus erwartet wird? Er kommt zwischen fünf und sechs hier vorbei, und ... da – ich glaube, man hört schon seine Flöten.›
Vom Ende des Boulevards drang der zarte Klang einer Schalmei. Die noch aufgeregtere Menge wogte. Der Klang wurde stärker, näherte sich.
‹Wie ergreifend!› sagte Angèle.
Die sinkende Sonne schickte ihre Strahlen von einem Ende des Boulevards zum andern. Und wie aus der Pracht des Sonnenuntergangs hervorkommend, sah man endlich Meliboeus dem schlichten Klang seiner Flöte folgen. Zunächst konnte man nur seine Bewegungen deutlich erkennen, doch als er näher heran war, sagte Angèle: ‹Oh! wie reizend er ist.›
Meliboeus jedoch, als er bei Tityrus ankam, unterbrach sein Flötenspiel, blieb jäh stehen, sah Angèle, und jeder bemerkte, daß er nackt war.
‹Oh!› sagte Angèle, über Tityrus gebeugt, ‹wie schön er ist! wie rüstig seine Lenden! wie wunderbar seine Waden!›
Tityrus war ein wenig verlegen.
‹Fragen Sie ihn doch, wohin er geht›, sagte Angèle.
‹Wohin gehen Sie?› erkundigte sich Tityrus.
Meliboeus antwortete: *‹Eo Romam.›*
‹Was sagt er?› fragte Angèle.
Tityrus: ‹Das verstehen Sie nicht, liebe Freundin.›
‹Aber Sie werden es mir erklären›, sagte Angèle.
‹Romam›, betonte Meliboeus, *‹urbem quam dicunt Romam.›*
Angèle: ‹Wie köstlich das ist, was er sagt! – Was heißt es?›
Tityrus: ‹Aber liebe Angèle, ich versichere Ihnen, es ist gar nicht so köstlich; es heißt ganz einfach, daß er nach Rom geht.›
‹Rom!› sagte Angèle gedankenverloren, ‹oh, ich möchte so gern Rom sehen!›
Meliboeus ergriff seine Hirtenflöte und begann wieder seine schlichte Weise. Bei diesen Klängen reckte Angèle sich schwärmerisch, stand auf, näherte sich, und da Meliboeus seinen Arm rundete, ergriff sie ihn, und beide schritten den Boulevard entlang,

entfernten sich, verloren sich, verschwanden in der endgültigen Dämmerung.
Die jetzt entfesselte Menge war in stürmischer Bewegung. Von allen Seiten hörte man fragen: ‹Was hat er gesagt? – Was hat er getan? – Wer war diese Frau?› Und als wenig später die Abendblätter erschienen, wurden sie von einer wilden Neugier wie von einem Wirbelsturm entführt; und man erfuhr blitzschnell, daß diese Frau Angèle war und dieser Meliboeus ein Nackter, der nach Italien ging.
Als jede Neugier vergangen war, verlief sich die Menge wie Wasser und gab die breiten Boulevards wieder frei. – Und Tityrus war wieder allein, völlig eingeschlossen von Sümpfen.
Nehmen wir an, ich hätte nichts gesagt.»

Ein unwiderstehliches Gelächter schüttelte einige Augenblicke die Zuhörer.
«Ich freue mich, Messieurs, daß meine Geschichte Sie erheitert», sagte Prometheus, ebenfalls lachend. «Seit Damokles' Tod habe ich die Kunst des Lachens entdeckt. – Jetzt bin ich am Ende, Messieurs; lassen wir die Toten ihre Toten begraben und gehen wir rasch essen.»
Er nahm den Kellner unter den einen und Kokles unter den andern Arm; alle verließen den Friedhof. Die restliche Menge zerstreute sich vor den Toren.

«Verzeihen Sie», sagte Kokles, «Ihr Bericht war reizend, und Sie haben uns sehr gut unterhalten… aber ich begreife den Zusammenhang nicht…»
«Hätte es einen engeren gegeben, dann hätten Sie nicht so gelacht», sagte Prometheus; «suchen Sie in alledem nicht zu viel Sinn; – ich wollte Sie vor allem unterhalten und freue mich, daß es mir gelungen ist; war ich Ihnen das nicht schuldig? Ich habe Sie neulich so gelangweilt.»
Sie hatten die Boulevards erreicht.
«Wohin gehen wir?» fragte der Kellner.
«In Ihr Restaurant, wenn es Ihnen recht ist, in Erinnerung an unsere erste Begegnung.»

«Sie sind eben daran vorbeigegangen», sagte der Kellner.
«Ich habe es nicht wiedererkannt.»
«Weil die Frontscheibe jetzt ganz neu ist.»
«Ich hatte vergessen, daß mein Adler... Seien Sie beruhigt: Er macht es nicht wieder.»
«Es stimmt also, was Sie sagten?» fragte Kokles.
«Was?»
«Daß Sie ihn getötet haben?»
«Und wir ihn jetzt essen werden... Zweifeln Sie daran?» fragte Prometheus. «Haben Sie mich denn nicht angesehen? Wagte ich bei seinen Lebzeiten zu lachen? War ich nicht entsetzlich mager?»
«Ganz sicher.»
«Er hat lange genug an mir gefressen; ich fand, jetzt sei ich an der Reihe.
Zu Tisch! Auf! zu Tisch, Messieurs! – Kellner... bedienen Sie nicht: Nehmen Sie zum letzten Gedenken an Damokles dessen Platz ein.»

Die Mahlzeit war fröhlicher, als man hier wiedergeben darf, und der Adler wurde als köstlich befunden.
«Er ist also zu nichts nütze gewesen?» wollte man wissen.
«Sagen Sie das nicht, Kokles! – Sein Fleisch hat uns genährt. – Wenn ich ihn fragte, gab er keine Antwort... Doch ich esse ihn ohne Groll: Hätte er mich nicht so gequält, wäre er nicht so fett gewesen; und nicht so fett, wäre er nicht so lecker gewesen.»
«Was bleibt von seiner früheren Schönheit?»
«Ich habe alle seine Federn aufbewahrt.»

*

Mit einer von ihnen habe ich dieses Bändchen geschrieben; mögest du, seltener Freund, es nicht allzu schlecht finden.

Epilog

UM ZU VERSUCHEN, DEN LESER DAVON ZU ÜBERZEUGEN, DASS ES NICHT AM AUTOR LIEGT, WENN DIESES BUCH SO IST UND NICHT ANDERS.

Man schreibt nicht die Bücher, die man schreiben will.
Tagebuch der Gebrüder Goncourt

Die Geschichte der Leda hatte so viel Aufsehen erregt und Tyndareos mit so viel Ruhm bedeckt, daß Minos sich kaum Gedanken machte, als er von Pasiphae die Worte hörte: «Was willst du, ich liebe die Menschen nicht.»–
Später jedoch: «Das ist sehr ärgerlich (und es war nicht einfach gewesen!), ich hatte gehofft, ein Gott verberge sich darin. – Hätte Zeus sich eingemischt, ich hätte einen Dioskuren geboren; dank diesem Ungeheuer habe ich nur ein Kalb in die Welt gesetzt.»

Anhang

Zur Taschenbuchausgabe

Die neuen Einzelausgaben bei dtv basieren auf der in der Deutschen Verlags-Anstalt, Stuttgart, seit 1991 erscheinenden Ausgabe: André Gide, Gesammelte Werke in zwölf Bänden, hrsg. von Raimund Theis und Peter Schnyder.
Text und Anhang von ‹Der schlechtgefesselte Prometheus› sind entnommen: Band VII (Erzählende Werke, 1. Band), 1991, hrsg. von Raimund Theis.
Seitenangaben im Anhang verweisen entweder auf die Gesammelten Werke der DVA (GW, mit Bandangabe) oder auf die Einzelausgaben im Deutschen Taschenbuch Verlag (dtv-Ausgabe). Bloße Seitenangaben beziehen sich auf den vorliegenden Band.

Marianne Kesting

Zu *Die Reise Urians*

Wahrscheinlich gab Homers *Odyssee* den Anstoß zur Schiffahrtsmetapher, den Vergleich der Dichtung mit einer Seereise. Zu Anfang werden die Segel gesetzt, der Dichter ist der Schiffer, sein Werk der Kahn, die Reise die seines Geistes. Ernst Robert Curtius hat in *Europäische Literatur und lateinisches Mittelalter* diese Tradition von der Antike bis hin zu Spencer verfolgt. Sie hatte jedoch eine bedeutsame Fortsetzung in Samuel Taylor Coleridges *Ancient Mariner* (1801), der ihr eine entscheidende Wendung gab. Coleridge führte seine Reise in die bisher unentdeckten und daher sich der allgemeinen menschlichen Erfahrung entziehenden Teile der Erde, in die Antarktis, in das ewige Weiß des Eises zum Zeichen dessen, daß sich seine Dichtung aus der vertrauten Alltäglichkeit entfernte und das Unbekannte, nie Gesehene zu erfahren suchte.

Er setzte damit eine Art Staffellauf der Dichtung in Gang, der zu einer Reihe von höchst originellen und symptomatischen imaginären Reisen führte. Edgar Allan Poe las Coleridge und schickte seinen *Arthur Gordon Pym* (1837/38) in die Weiße des Südpols. Herman Melville ließ in *Moby Dick* (1851) seinen Kapitän Ahab dem weißen Wal über den ganzen Erdball nachjagen, um hinter das Geheimnis der Farbe Weiß zu kommen. Baudelaires *Voyage* (1857) aus den *Fleurs du Mal* wurde zu einer enttäuschenden allegorischen Lebensreise der Dichtung, die zum Schluß in die Aufforderung mündet, in das Unbekannte vorzustoßen, das der Tod birgt. Rimbauds *Bateau ivre* (1871), worin sich der Dichter selbst allegorisiert, riß sich von den bekannten Ufern los ins Ungemessene, und noch der junge Brecht schuf dazu in seinem Gedicht *Das Schiff* (1927) eine Paraphrase. Mallarmé bediente sich der Schiffahrtsmetapher in den Gedichten *Salut* (1893), *Brise marine* (1865), *Le Guignon* (1862/1887), *Au seul souci de voyager* (postum) und *Un Coup de dés* (1897).

Das Thema der Reise ins Eis, das Joachim Metzner in *Persönlich-*

keitszerstörung und Weltuntergang (1976) bis hin zum deutschen Expressionismus interpretierte – übrigens ohne Gide zu berücksichtigen –, griff der junge Gide in seinem *Voyage d'Urien* (1892/93) auf. Er hatte Poes *Narrative of Arthur Gordon Pym* auf Anregung Paul Valérys gelesen und schrieb ihm am 3. November 1891: «Poe hat mich zu dem Seinen gemacht. Ich habe ihn alle Tage gelesen, und er ist ständig gewachsen. Heute finde ich ihn kolossal.»

Die Reise ins Eis hat wiederum eine zweite Tradition, die nicht nur mit Coleridge, sondern auch mit dem vereisten Reich Arkturs im Klingsohr-Märchen von Novalis' *Heinrich von Ofterdingen* (1801) begann: Dichtung und Dichter vereisten selbst, wie Jean Paul in bezug auf E.T.A. Hoffmann in seiner Vorrede zu dessen *Fantasiestücken in Callots Manier* (1813) meinte, aus Menschenhaß: «Die durch Kunstliebe einbüßende Menschenliebe rächt sich stark durch Erkältung der Kunst selber (...). Manches jetzige Kunstpantheon ist deshalb ein reiner, blinkender Eispalast – mit allen erdenklichen Gerätschaften aus Eis versehen (...)».

Es war indes, wie die nachfolgende Dichtung zeigt, weniger Hoffmann anzulasten als einer Trennung zwischen Umwelt und dichterischem Ich, die, selbst in der imaginativen Abwendung von ihr, auf die Dichtung als Kälte zurückschlug. Schnee und Vereisung wurden nicht nur Themen, sondern Symptome.

Man kann an Caspar David Friedrichs *Eismeer (Die gescheiterte Hoffnung)* (1823/24), an die katastrophale Eis- und Schneelandschaft in Stifters *Bergkristall* (1853), an Nietzsches Gletscher-Erlebnisse in Sils-Maria und an das Schnee-Kapitel in Thomas Manns *Zauberberg* (1924) erinnern oder daran, daß Kafkas Landarzt in einer Schneewüste verbleibt, um die Affinität zum Thema zu demonstrieren, die sich bis heute fortsetzt. Neben den unmittelbaren Vorgängern Gides, Poe und Coleridge, nahm Baudelaire in den *Paradis artificiels* (1851) das Thema auf: «Ich sah mich als eine Statue in einen Eisblock gemeißelt» – ein Satz, der wohl Anregung für Gides vereisten Leichnam am Pol abgab. Daß es sich bei Baudelaire nicht nur um ein Haschisch-Erlebnis handelte, zeigt sein Gedicht *La Beauté* (1857), worin die Schönheit selbst

erkaltet und versteinert. Bei Mallarmés Nachfolgerin dieser «Beauté», in der *Hérodiade* (1864), führt dies zum Phänomen der Vereisung.
Mallarmé schrieb im Juli 1866 an Henri Cazalis: «In Wahrheit reise ich, aber in unbekannten Ländern, und wenn ich, um der heißen Realität zu entfliehen, mir darin gefalle, kalte Bilder zu evozieren, so werde ich dir sagen, daß ich seit einem Monat in den reinsten Gletschern der Ästhetik bin – und daß ich, nachdem ich das Nichts entdeckt, das Schöne gefunden habe.»
Noch eine weitere Tradition, die Paradiessuche im Norden, auf die noch Novalis' Arktur-Reich verweist, greift der junge Gide auf. Das Zeitalter der Erdentdeckung verwies das Paradies, das man ursprünglich auf der Erde angesiedelt hatte, immer mehr auf die noch nicht entdeckten Erdteile, endlich an die Pole, wo auch Gides Urian das Paradies sucht, aber nicht findet. Nachdem noch Columbus meinte, an der Orinoco-Mündung die Flüsse des Paradieses zu entdecken, zeichnete Gerhardus Mercator in seinem *Atlas minor* (1606) den Pol als einen Katarakt, aus dem die vier Paradiesesflüsse strömen – eine Vorstellung, die Poe in *MS Found in a Bottle* zum Schluß zitiert.
Auch wenn der junge Gide nicht jedes Detail dieser Traditionen gekannt hat, aber immerhin mit Coleridges, Poes, Baudelaires und Mallarmés Dichtungen intim vertraut war, so hat er sie in genialer Weise aufgegriffen, um, wie er später schrieb, «dem Symbolismus einen Roman zu geben.»
In der Tat manifestierte sich bislang der Symbolismus in Essays, Gedichten, «Poèmes en prose» und lyrischen Dramen. Die Ablehnung äußerer Aktion führte auch ästhetisch zum Versiegen der Handlung und also zur Zuständlichkeit der Dichtung. Eine Anekdote, die Gide später in seinem Vortrag *Literarische Erinnerungen und aktuelle Probleme* berichtete, erscheint charakteristisch: «(...) ich hatte gerade mein Buch *Voyage d'Urien* geschrieben, und der dritte und vierte Teil war als Sonderdruck unter dem trügerischen Titel ‹Voyage au Spitzberg› erschienen. Ich hatte den schmalen Band Mallarmé übersandt, der ihn mit einem leichten Stirnrunzeln begrüßt hatte, in der Meinung, die ihm der Titel nahelegen

mußte, es handele sich um einen wirklichen Reisebericht. Kurz darauf sah er mich wieder: ‹Oh›, sagte er mit einem unnachahmlichen Lächeln, ‹Sie haben mir einen schönen Schrecken eingejagt. Ich fürchtete schon, Sie wären wirklich dahin gefahren.›» Im Juni 1892 schrieb er an Gide:
«Mein lieber Freund, Sie haben mit dem *Voyage d'Urien* etwas Einzigartiges gemacht, das, zwischen Poe und den (anderen) Seltenen, eine meiner Lektüren bleiben wird. Ich weiß nicht, ob man jemals aufgebrochen ist, wie wir natürlicherweise sagen, nach einem gehaltenen und reinen Fiktionsstrang wie dem Ihren, der auf die Totalität des Traumes zuführt.»
Er war darüber beruhigt, daß es sich nur um eine imaginäre Reise in der Gefolgschaft Poes und seiner eigenen Dichtung handelte.
Gide kannte nicht nur seine wichtigsten Vorgänger. Er bewies, daß er sie sehr genau gelesen und vor allem verstanden hatte.
Poes *Narrative of Arthur Gordon Pym* ist erst in den siebziger Jahren unseres Jahrhunderts endgültig entziffert worden, und zwar durch Jean Ricardou und Maurice Mourier. Sie stellten fest, daß in ihrer sich steigernden Phantastik die Reise, die sich zum Schluß auf reine Schwarz- und Weißwerte konzentriert, eine in die Dichtung ist, letztlich in Schrift und Papier. Solche Symbolisierung des Schreibaktes, die Ricardou und Mourier im Sinne ihrer Erfahrung moderner Literatur, besonders des Nouveau roman, begriffen, forderte Mallarmé bereits in mehreren Essays und exemplifizierte sie in seiner Dichtung. Schon in den ersten Sätzen des «Vorspiels» greift Gide – und zweifellos war das eine Huldigung an den Meister – Metaphern Mallarmés auf, so das Fensterkreuz aus *Ses purs ongles* (1887), den Degout vor dem Studieren, das Erlöschen der Lampe aus *Brise marine* als den Beginn von Dichtung: «Fuir! là-bas fuir»; das ewige Meer mit seinen Unbestimmtheiten aus dem *Coup de dés,* die «Gefährten der Pilgerfahrt» aus Mallarmés Gedicht *Salut,* einem Toast zu einem Dichterbankett, worin Mallarmé die Freunde zu einer dichterischen Argonautenfahrt begrüßt. Die Gefährten, die Urian auf seiner Reise begleiten, haben denn auch Schlüsselnamen für wirklich vorhandene Dichtergefährten, so Cabilor für Pierre Louÿs, Ydier oder Paride für Drouin, Tradelineau

für Charles Maurice, wie Gide selbst überliefert hat. Weitere Namen entstammen dem Zyklus der Artussagen, so Urian dem *Yvain* (1165?) und Eric *Erec et Enide* (1175?) des Chrestien de Troyes. Nathanael scheint sich auf den dichterischen Studenten aus Hoffmanns *Sandmann* zu beziehen, Allain schließlich ist die Romanfigur aus den *Cahiers d'André Walter*. Die Reise symbolisiert selbst Dichtung, und Gide hätte ihr nicht erst eine «Zueignung» nachschicken müssen, in der er mitteilt:

> «(...) Wir haben diese Reise nicht gemacht (...)
> Diese Reise ist nichts als mein Traum,
> Wir sind niemals aufgebrochen
> aus der Kammer unserer Gedanken (...)»

Denn der ganze kleine Roman enthüllt dauernd, daß es sich bei der Reise um den Akt des Schreibens selbst handelt, indem er die vermeintlichen Erlebnisse mit ästhetischen Urteilen durchtränkt: Mal ist die Reise «schlecht komponiert», hat eine «ästhetisch berechnete Steigerung», einen «Umschwung auf höchster Ebene», eine Peripetie, nach welcher sie rückwärts geht: «Wie in einer Geschichte, die man rückwärts liest (...), machten wir unsere Reise noch einmal.» Die ironische Episode mit der blonden Ellis nennt er die «ungereimteste Periode der Reise», und sie ist es tatsächlich, indem Gide hier reale Lebenserfahrungen mit seiner Cousine Madeleine, seiner späteren Frau, in die imaginative Szene einfließen läßt. Die andere Ellis wird vom Protagonisten erschaffen, der Himmel zum Schluß erträumt.

Wie im *Pym* bäumt sich vor der eigentlichen Entdeckung des Pols die Schrift auf, bei Gide in feurigen Buchstaben ein Bibelzitat, eine Verheißung an die Auserwählten; auf der Eismauer steht eingeritzt «Hic desperatus». Der Leichnam, den sie im Eis entdecken, hat in der Hand ein Stück Papier, das sich nicht lesen läßt: Es ist «vollkommen weiß» und leer. Es ist das Nichts und zugleich das «leere Papier», das, mit Mallarmés *Brise marine* zu sprechen, «seine Weiße verteidigt». Selbst der dichterische Narziß des *Traité du Narcisse* taucht auf, einmal sich im Wasser spiegelnd, schließlich am Schluß im Wasser den Widerschein des Himmels suchend, «den ICH erträume».

Kurzum, der *Voyage d'Urien* symbolisiert das Schreiben der Dichtung selbst. Wie Jean Ricardou einmal in bezug auf den «Nouveau roman» formulierte: «So ist für uns ein Roman weniger die Beschreibung eines Abenteuers als das Abenteuer des Schreibens». Michel Butor bestätigte dies in seinem Aufsatz *Le Voyage et l'écriture*: «(...) für mich ist reisen (...) schreiben (...) und schreiben reisen.»
Die Dichter-Reise ist bei Gide durchzogen von traumhaften und irrationalen Momenten: Urian und seine Gefährten wissen nicht, wie sie auf das Schiff gekommen sind; man erfährt auch nicht, wie sie, nach der Gefangenschaft bei der Königin, ihr Schiff wiederfinden; die Erscheinung der wahren Ellis ist völlig phantastisch, ebenso wie die Erscheinung der Frauen mit den Glöckchen; die Sirenen schaffen mit ihrem Gesang eine Stadt, und sie sinkt in Ruinen, als der Gesang erlischt, das letztere sicherlich eine Innenspiegelung wiederum der schöpferischen Dichtung selbst.
Le Voyage d'Urien ist überreich an literarischen Anspielungen. Was Urian und seine Gefährten erleben: die schwimmenden Inseln, die maurische Ruinenstadt, Pest und Skorbut können, aber müssen nicht der vorhergehenden Literatur entstammen. Eine Schlammlandschaft (das «Sargassomeer»), eine Eislandschaft finden sich auch im siebten und im achten Gesang von Dantes *Inferno,* der immerhin seinen Odysseus am Polberg scheitern läßt, und könnten auf die Dichterfahrt als eine Durchquerung der Hölle hinweisen. Die Sirenen und die Weiberstadt mit der verführerischen Circe-Königin, der nur einige Gefährten entgehen, berühren sich mit Homers *Odyssee.* Mit Sicherheit aber stammt das Totenschiff, dem die Reisenden vor der Endphase begegnen, Poes *MS Found in a Bottle* (1833), die Formulierung des Schlusses als Tagebuch Poes *Pym,* ebenso wie die Erwärmung des Klimas in der Nähe des Pols. Die versunkene Stadt könnte durch Poes *The City in the Sea* (1831) angeregt sein. Das seltsame Kind im sechsten Kapitel des «Vorspiels» entspricht wortwörtlich, worauf Gide selbst hinweist, Novalis' *Lehrlingen zu Sais* (1798), mit denen Gide durch Maeterlinck, ihrem Übersetzer ins Französische, bekannt gemacht wurde.

Weitaus wichtiger als diese Anlehnungen, die im übrigen gegenüber den Quellen stark umgeformt wurden und im symbolistischen Kontext neue Bedeutung annehmen – so taucht die Schlammlandschaft wieder in Gides *Paludes* (1895) auf und symbolisiert im *Urien* den «Ennui» –, weitaus wichtiger ist die Erscheinung Erics, des Vogeltöters. Schon in Coleridges *Ancient Mariner* ist die Albatros-Tötung des Seemanns, der erste «acte gratuit» der modernen Literatur, eine unbegründete Sünde gegen die Natur, für die sowohl der Seemann wie seine Gefährten bestraft werden. Eric tritt nun auf der «Fahrt auf einem Eismeer» mit dem «Messer des Schwanentöters» auf, tötet aber aus Mutwillen und völlig sinnlos Eiderenten. Schwanentöter, «Le Tueur de Cygnes» (1887), war Villiers de l'Isle-Adams grausamer Spießer Tribulat Bonhomet in der gleichnamigen Erzählung. Er tötet diese Sinnbilder des Dichters, um ihren Sterbegesang zu erleben, wird aber damit auch «tueur de signes», also Töter des Zeichens, das sie darstellen. Urians Gefährten werden nach Erics Tat krank, sie sterben nicht wie bei Coleridge, erleben aber eine Krise. Dies das letzte Abenteuer vor der Entdeckung, daß der Pol nicht die göttliche Stadt, sondern nur einen vereisten Leichnam und dahinter das Nichts birgt, also das Absolute, das sie suchten, nicht vorhanden ist, allenfalls schriftliche Verheißung sein kann.

Das Ganze aber ist, wie Baudelaires *Voyage,* zugleich eine allegorische Lebensreise mit enthusiastischem Aufbruch, der Suche nach dem gelobten Land und der göttlichen Stadt, und schließlich der Enttäuschung, die Baudelaire so formulierte:

> «O bittres Wissen, eingebracht auf Reisen!
> Die Welt, so klein und ewig einerlei,
> Vermag uns nichts als unser Bild zu weisen:
> Oase Grauns in Grames Wüstenei.»

Gide schreibt, daß es keine Rückkehr von dieser Reise gäbe: «Man steigt nicht wieder ins Leben hinab. Hätten wir am Anfang gewußt, daß es das war, was wir sehen würden, hätten wir uns vielleicht nicht auf den Weg gemacht (...).»

Aber dieses Scheitern der Intention ergibt, wie das Scheitern des Maître in *Un Coup de dés,* eine bedeutsame Dichtung selbst, nämlich Gides *Voyage d'Urien,* bei allem bewußten Aufgreifen von Literatur ein «ruhmreicher Akt», zu dem Urian und seine Gefährten einst aufgebrochen waren. Mit Recht darf man ihn eine Summe symbolistischer Dichtung nennen, als solche von internem Traditionsbewußtsein und von beträchtlicher Originalität.

Der Aufbruch zum unbestimmten Ozean, in den sich mythische und phantastische Erscheinungen von Leben einzeichnen, eine Reise ohne Ende und ohne Rückkehr wie die von Rimbauds *Bateau ivre,* kennzeichnet den Aufbruch in die Moderne. Von den zahlreichen Gefährten, die nur mit ihren Namen auftauchen und kaum charakterisiert sind, bleiben nur wenige übrig, die den Weibern entrinnen und ihren ursprünglichen Intentionen treu bleiben: Zwölf entkommen der verführerischen Königin, sieben wandern zum Pol – symbolische, ja heilige Zahlen. Es gab zwölf Apostel; die Zahl sieben taucht vielfach in der Apokalypse des Johannes auf, deren Verheißung auch die feurige Schrift bei Gide aufnimmt.

Mit des jungen Gide denkwürdiger Formulierung einer Reise ins Eis hat der Staffellauf der Dichtung keineswegs sein Ende gefunden.

Nach Georg Heyms *Die Südpolfahrer* (1911) und *Das Tagebuch Shackletons* (1911) schilderte Per Olof Sundmann in *Ingenieur Andrées Luftfahrt* (1967) einen realen, gescheiterten Versuch, den Nordpol zu erreichen. Die Tradition Gides aber griff eher Konrad Bayers *Kopf des Vitus Bering* (1965) auf. Bering, der unter Peter dem Großen ins Meer von Kamtschatka geschickt wurde und die nach ihm Beringstraße benannte Meerenge zwischen Asien und Amerika entdeckte, starb, wie Gides Leichnam am Pol, auf einer vereisten Insel, der man seinen Namen gab. Zum Zeichen dessen, daß Konrad Bayer Gides Tradition verstanden hat, formulierte er sie als Reise durch den Kopf.

Raimund Theis
Zu *Der Liebesversuch*

Wie *Urian* berichtet dieser zweite «Traktat» unter den Jugendwerken André Gides von einer vergeblichen Reise. Die Handlung orientiert sich hier jedoch noch stärker an einer reduzierten, einfachen, überkommenen Symbolik, indem sie einer Reise durch die Jahreszeiten mit ihren stereotypen Stimmungs- oder auch Seelenlandschaften folgt: Die Liebe zwischen Luc und Rachel erwacht im Frühling, wird im Sommer allmächtig, beginnt gleichzeitig zu langweilen und stirbt im Herbst.

> Ab und zu versuchten sie, ihre sich auflösende Liebe wieder fester zu fassen, aber das war Lust ohne Überraschung; alles hatte sich abgenutzt, und Luc war glücklich, wenn er an die Abreise dachte. (S.79)

Wie in der *Reise Urians* findet sich die Seele am Ende mit sich selbst allein: Das in sich ruhende, mit sich zufriedene und sich selbst genügende Zusammensein der Liebenden erweist sich als unrealisierbarer Wunschtraum und wirkt daher wie eine Versuchung, der eigentlichen Bestimmung untreu zu sein. Die Liebe zwischen Luc und Rachel vermag die Sehnsucht nach Vollkommenheit nicht zu stillen, während sie die Welt dem Streben nach Selbstverwirklichung verschließt. Den vergeblich Liebenden scheint der Park mit seinem prachtvollen Tor verlassen, denn, so lehrt uns die Moral des Traktats:

> Kein Ding ist es wert, daß wir uns von unserem Weg abbringen lassen... Unser einziges Ziel ist Gott; wir können ihn nicht aus den Augen verlieren, denn man sieht ihn durch alle Dinge hindurch. Von jetzt an wollen wir ihm entgegengehen; auf einer Allee, *die ihre Pracht nur uns allein* verdankt... (S.82)

Die Originalausgabe der *Tentative amoureuse* erschien 1893 in einer kleinen Auflage von 162 Exemplaren in der Librairie de l'Art indépendant, Paris. Den Untertitel *Traité du vain désir (Eine Abhandlung über die Sinnlosigkeit des Verlangens)* erhält sie erst 1899 in der Neuauflage beim *Mercure de France,* die *La Tentative amoureuse* mit *Philoctète, Le Traité du Narcisse* und *El Hadj* zusammenstellt. Weitere geplante Traktate – vornehmlich anhand von Gestalten der griechischen Mythologie – werden vor den Nordafrikareisen 1893 und 1894 nicht fertiggestellt.

Diese wenigen Angaben über Veröffentlichung und Handlungsgeschehen des Textes unterstreichen das von Werk zu Werk verschieden realisierte Schweben aller frühen Werke André Gides zwischen Traktat und anschaulicher Schilderung eines symbolischen Geschehens.

In Hinblick auf letzteres bietet uns die *Tentative amoureuse* das vollkommenste Beispiel einer symbolistischen Landschaftsschilderung, wie sie André Gide in der bereits im Vorwort zu diesem Band zitierten Tagebuchstelle von August 1891 umschreibt: Sie konzentriere sich, heißt es dort, auf ein paar «*notwendige* Landschaften», die der Autor sich, in der Lektüre Schopenhauers befangen, aus «all den flüchtig wahrgenommenen Anblicken» bilde (vgl. GW I, S. 403).

Der Bezauberung durch die abstrakte Seelenlandschaft entspricht der Verzicht auf das mythologische, vorgeprägte Personal des ersten Traktats, das durch abstrakte, leere Namen – Luc und Rachel, Reiter, Kinder, Mädchen usw. – ersetzt wird; und auf die Reduktion der Anschauung auf das Notwendige antwortet das Bemühen um eine kunstvoll-genaue sprachliche Evokation der Stimmung. Wie sorgfältig André Gide an der stilistischen Gestaltung der *Tentative* gearbeitet hat, zeigt der Vergleich mit zwei Varianten, die er in seinem *Tagebuch* Ende April 1893 zitiert (GW I, S. 414f.) und die in der endgültigen Fassung noch stärker auf das Wesentliche konzentriert werden.

So gelingt André Gide hier die Gestaltung einer charakteristischen «Fin de siècle»-Prosa. Einige der gelungensten Stellen wirken wie ein vorweggenommener Abgesang auf die dekadente Gestimmtheit der Jahrhundertwende:

> Luc dachte nicht mehr an die Liebe, aber ihre Liebe ließ in ihnen etwas wie die Erinnerung an eine große Zärtlichkeit zurück, und etwas wie den Duft der verwelkten schönen Blumen – all das, was von den Kränzen übrigblieb – aber ohne Traurigkeit, ohne Traurigkeit. (S. 79)

Wir werden an die zarte, melancholische Schönheit der Dichtungen des jungen Hofmannsthal erinnert:

> An manchen Tagen gingen sie so einher, lustlos und schweigend. Wegen der prachtvollen Farben des Herbstlaubs, die sich leuchtend im Wasser widerspiegelten, suchten sie am liebsten stehende Gewässer auf und wanderten langsam auf ihren Ufern dahin. Die Wälder waren herrlich und voller Musik: Die herabfallenden Blätter gaben den Blick frei bis zum Horizont. Luc dachte an die Weite des Lebens. (Ebd.)

Dieses Bemühen um den treffenden, «notwendigen» Ausdruck könnte der *Tentative* etwas kunsthandwerklich Preziöses verleihen, würde das symbolische Geschehen nicht immer wieder von ironischen Interventionen durchbrochen und wäre es nicht eingefügt zwischen die deutende Interpretation von Anfang und Schluß. Dadurch wird aber gerade dieses kleine, vordergründig so einfach scheinende traktathafte Werk zu einem vielschichtigen und mehrdeutigen Gebilde, auf das sich auch der ältere Gide noch öfter berufen konnte.

Ein erstes, ganz vordergründiges Verständnis des Traktats beschränkt sich auf einen psychologischen Interpretationsversuch von Lucs Verhalten, als ob es sich um eine realistische Bekenntnisdichtung handelte. Francis Jammes, dem die *Tentative amoureuse* gewidmet ist, unternimmt einen solchen Deutungsversuch. In einem Brief vom 7. Februar 1896 unterstellt er seinem Freund André Gide Eingebildetheit und moralischen Hochmut: «Diese Darstellung von moralischem Luxus und Egoismus beleidigt alle, die wie ich ein bitteres Schattendasein führen» (Zitat des französischen Originals in Jean-Jacques Thierrys Anmerkungen zu *Romans, récits et soties, œuvres lyriques,* Pléiade-Ausgabe, S. 1469).

Moralischer Rigorismus, Geringschätzung der Sinnlichkeit, Mißachtung des Vergänglichen und Hingabe an die Ideenwelt sind dem jungen Gide aus seiner bevorzugten philosophischen Lektüre, aus Fichte und Schopenhauer, vertraut; in vielen seiner Tagebuchaufzeichnungen vor der Afrikareise findet sich diese Haltung ebenso ausgedrückt wie in allen frühen Dichtungen. Sie fügt sich zudem durchaus in die im Kreis um Mallarmé vorherrschende Weltanschauung ein. Obgleich Gide Paul Valéry gegenüber Jammes' Tadel verspottete, bedrückte ihn diese vordergründige Interpretation und veranlaßte ihn, in seinen Aufzeichnungen mehrmals auf die *Tentative amoureuse* zu sprechen zu kommen. Zuletzt trägt er im Mai oder Juni 1943 in Algier in sein *Tagebuch* ein:

> Ehe ich für Amrouche eine herzliche Widmung in meine *Tentative amoureuse* schreibe, lese ich sie heute morgen noch einmal durch und finde darin viel mehr von mir, als meine Erinnerung davon aufbewahrt hatte. Alles in allem ein kleines Buch, das für die Zeit (sogar im Übermaß) und für mich sehr aufschlußreich ist. (GW IV, S. 312 f.)

In André Gides eigener Deutung erscheint die *Tentative amoureuse* vor allem als ein frühes Beispiel für die «mise en abyme». Diese für das Verständnis von Gides Kunstschaffen so wichtige Gestaltungstendenz läßt sich bei unserem Traktat auf verschiedenen formalen Ebenen nachweisen, so daß der «mise en abyme» hier auch mehrere Funktionen zuzuordnen sind.
Der Begriff stammt aus der Heraldik:

> Zutreffender – und zugleich eine bessere Erklärung für das, was ich in meinen *Cahiers*, meinem *Narcisse* und der *Tentative amoureuse* habe sagen wollen – wäre der Vergleich mit jenem Verfahren der Heraldik, wobei man in die Mitte des eigentlichen Wappens ein zweites, kleineres «en abyme» setzt. (GW I, S. 423)

In ihrer einfachsten Gestalt hält sich die «mise en abyme» innerhalb des Rahmens der Erzählung von der Liebe Lucs und Rachels. – Auf dieser ersten Erzählebene spiegelt sich die symbolische

Reise durch die Jahreszeiten der Liebe konzentriert in einem Park mit seinem verlockenden Tor. In verschiedenen Momenten wird vom Erzähler darauf verwiesen. In der letzten Textstelle, die vom Park spricht, heißt es:

> Einmal wollten sie den Park mit dem wunderschönen Gittertor wiedersehen. Sie fanden auch, indem sie der Mauer folgten, jene kleine verborgene Tür; damals ganz abweisend und ohne Schloß, stand sie jetzt offen; sie traten ein – und sahen einen verlassenen Park. (S. 79)

Die Zeitraffung zwischen den beiden Erscheinungsbildern von Park und Tor verdeutlicht die Wandlung der Empfindungen, so wie die Spannung zwischen Erwartung und Wirklichkeit des Parks die geschilderten symbolischen Landschaften der Erzählung in sich konzentriert und polarisiert.

Man würde die «mise en abyme» mißverstehen, wollte man sie als Spiegelung von Gleichem in Gleichem deuten. Gide bedient sich ihrer vielmehr stets zur Ergänzung und Erweiterung – oder Vertiefung – des Geschehens und seines Verständnisses, so wie in den aus der Malerei entnommenen Beispielen zur Verdeutlichung der «mise en abyme» im *Tagebuch* (GW I, S. 422f.) die Spiegel Rückansichten der Szenen reflektieren, die in der Vorderansicht allein verborgen blieben. – Eine noch konzentriertere, chiffrierte Zusammenfassung des vergeblichen Bemühens vertritt in unserem Traktat das Tintenfischei – «riesig, schwarz, zäh und von einer dermaßen bizarren Form, als ob darin eine Absicht läge, so daß sie ihre Bedeutung für sich beimaßen und nach einer Ursache dafür suchten.» (S. 75)

Bleibt auf dieser ersten Ebene die «mise en abyme» im Rahmen der Erzählung über Luc und Rachel, so kommentiert und vertieft auf einer zweiten Ebene Luc seinerseits als Erzähler von Episoden außerhalb der ersten Erzählebene die Liebesgeschichte. Diesem Verfahren des Buches im Buch, der Erzählung in der Erzählung, begegnet der Leser der frühen Werke André Gides auch in der *Reise Urians* und in *Paludes*. In den *Faux-Monnayeurs* wird er es wiederfinden.

In den von Luc beigesteuerten, an Rachel gerichteten Erzählepisoden wird besonders anschaulich, wie das Verfahren der Spiegelung, der «mise en abyme», gerade auch durch Kontrastierung vertieft und begründet. Luc erzählt von Rittern, die das wagen, was er, in den Banden der Liebe gefangen, noch nicht wieder zu tun vermag. Für diese zweite Anwendungstendenz des Spiegelverfahrens, die im Werk diesem ein zweites gegenüberstellt, hatte André Gide in der Tagebuchstelle aus GW I, S. 422f., als Beispiele die Komödienszene in *Hamlet,* die Marionettenszene und die des Festes im Schloß in *Wilhelm Meister* sowie die Vorlesung für Roderick in *Untergang des Hauses Usher* angeführt.

Daß die Erzählepisoden auf den beiden Erzählebenen nicht anschaulich Wirklichkeitserfahrung abbilden, sondern eine Fragestellung aus verschiedenen Perspektiven beleuchten, unterstreicht André Gide durch die jede noch mögliche Illusion endgültig zerstörende ironische Intervention auf beiden Erzählebenen. Der Leser begegnet ihr zuerst, als der Erzähler von Lucs Angst berichtet, Rachels Körper zu besitzen, und dafür die traurige Erziehung verantwortlich macht, «die wir erhielten und die dazu geführt hat, daß wir uns die Wollust schluchzend und tief betrübt vorstellen, oder aber verdrossen und einsam, obgleich sie doch so glorreich und heiter ist. Wir werden nicht mehr von Gott verlangen, daß er uns zum Glück erhebe» (S. 69). Darauf greift ein anonymer Autor korrigierend in die Handlung ein und ruft Luc zur Ordnung, als habe er seine Rolle unter der falschen Anweisung eines schlechten Spielleiters mißverstanden:

> – Aber nein! Luc war nicht so; was soll diese lächerliche Manie, alle, die wir erfinden, so auszustatten, wie wir selbst es sind? – Also, Luc nahm diese Frau in Besitz. (S. 69f.)

Die illusionsbrechende ironische Intervention, die wir aus der frühen deutschen Romantik kennen, haftet Gides zweitem Traktat durchgängig an. Auch sie nimmt an der «mise en abyme» teil, denn auch sie vertieft die Fragestellung des Traktats. Gelegentlich wird sie zum poetologischen Kommentar. – Auch aus anderen frühen Dichtungen Gides kennen wir die ironische Anrufung einer «verehrten Freundin», die den idealen Leser vertritt, deren angedeutete Verbindung mit dem imaginären Autor aber auch auf das erzählte Geschehen bezogen ist, so daß sich die Gelegenheit anbietet, dieses zu kommentieren:

> Ihnen, Verehrteste, erzähle ich diese Geschichte. Sie wissen, daß unsere traurigen Liebesbemühungen sich in der Heide verirrt haben, und gerade Sie beklagten sich damals darüber, daß mir das Lächeln so schwer fiel. Diese Geschichte ist für Sie bestimmt: in ihr habe ich danach gesucht, was die Liebe zu schenken vermag; wenn ich nur Langeweile gefunden habe, ist das mein Fehler: durch Sie habe ich es verlernt, glücklich zu sein. – Wie kurz ist doch die Freude in einem Buch, und wie schnell ist sie erzählt, und wie banal ist ein Lächeln ohne Makel und ohne Melancholie. Und überhaupt, was haben wir von der Liebe der andern, von der Liebe, die ihnen Glück bedeutet? – Macht nichts, Luc und Rachel liebten sich; aus Gründen der Handlungseinheit meiner Erzählung taten sie sogar nichts anderes. (S. 72)

Durch den ironischen Kunstgriff der Intervention wird der erklärende Metatext, das Sprechen über das Buch und seine Deutung, in die Erzählung selbst eingebunden.

Die der romantischen Ironie nachgeahmte Interventionstechnik unterstreicht, daß Kunst vom jungen Gide nicht als Abbildung, als Mimesis verstanden wird, sondern als eine freie Sinnschöpfung durch den Geist; daß – wie wir anfangs zitiert haben – unser Weg zu Gott einer Allee gleicht, *«die ihre Pracht nur uns allein verdankt...»*. «Denn es sind nur unsere Tränen, die rund um uns Traurigkeit sprießen lassen», heißt es bald darauf. Und der Traktat endet mit der Aufforderung: «Erhebt euch, Stürme meines Denkens – verweht diese Asche!» (S. 82)

Diese Schlußwendung weist auf eine letzte Funktion der «mise en abyme» hin, die über den Text hinaus auf den Autor und damit auch auf den die Kunstschöpfung nachvollziehenden Leser zurückgreift. Vor allem mit dieser Wirkung befaßt sich Gide anläßlich der *Tentative amoureuse:*

> Ich habe, in dieser *Tentative amoureuse,* den Einfluß des Buches andeuten wollen auf den, der es schreibt, und zwar während er es schreibt. Denn indem es aus uns heraustritt, verändert es uns, es modifiziert den Ablauf unseres Lebens; wie in der Physik gewisse beweglich aufgehängte, mit Flüssigkeit gefüllte Gefäße im Augenblick, da sie sich entleeren, einen Stoß in der Gegenrichtung zur abfließenden Flüssigkeit empfangen.

Mit diesen Worten beginnt André Gide im *Tagebuch* 1893 seine Erklärungen über die «mise en abyme». Ein Traum von nicht zu verwirklichender Freude habe ihn gequält. Indem er ihn erzählte, habe er die Freude dem Traum entwunden und sich zu eigen gemacht.

> Auch Luc und Rachel wollen ihre Wünsche verwirklichen; aber während ich meine durch Niederschreiben auf ideale Weise verwirklichte, wollten sie in den Park, von dem sie träumten, aber nur das Gitter sahen, auch tatsächlich eindringen; sie haben daran dann gar keine Freude. Ich habe es gern, wenn man im Kunstwerk den eigentlichen Gegenstand, ins Maß der darin auftretenden Personen übersetzt, wiederfindet. Nichts macht es klarer, nichts stellt so sicher die Proportionen des Ganzen her.

Es folgen die Beispiele aus Malerei und Literatur, auf die wir schon hingewiesen haben. – Gide geht also in seiner Betrachtung der «mise en abyme» von ihrer *Rückwirkung auf den Autor* aus. Die Kunstschöpfung wird damit als eine indirekte Methode, auf sich selbst einzuwirken, verstanden, als ein Mittel der Selbstbestimmung. Gide hat die Zauberwirkung des Kunstwerks, die Bezauberung durch die Kunstausübung, noch vor der Bezauberung durch die sinnliche Natur erfahren. Diese Funktion des ästhetisch Schönen, der Selbstbestimmung zu dienen, ist Gide während der Niederschrift der *Tentative amoureuse* bewußt geworden. Das rechtfertigt die besondere Beachtung, die Gides zweitem Traktat sein Verfasser und seine Exegeten beimessen.

Die *Tentative amoureuse* schließt die Reihe der frühen Prosawerke ab, die man bei aller Gideschen Besonderheit als der symbolistischen Schule verhaftet bezeichnen kann. *Paludes* ist ihr nur im Negativen verbunden als ihre Parodie. Diese thematische und stilistische Zeitbezogenheit fällt dem Leser, der sie hundert Jahre nach ihrem Entstehen liest, auch in einer modernen Übersetzung auf. 1910 vermerkt Gide anläßlich des Neudrucks seiner «Traités» im *Tagebuch* zu seinen Jugendschriften:

> Ich bitte den Leser, zu bedenken, daß der erste *Traité* (vom *Narcisse*) von 1892 stammt, der zweite von 1893. Ich brauche meine Jugendschriften nicht zu verleugnen; ich möchte aber nicht, daß sie auf dieselbe Art beurteilt werden wie die Werke eines reiferen Alters.
> Ich habe kein Buch geschrieben ohne ein tiefes Bedürfnis, es zu schreiben, einzig ausgenommen *Le Voyage d'Urien;* und auch da noch scheint es mir, daß ich viel von mir hineingelegt habe und daß auch dieses Buch für den der es zu lesen versteht, aufschlußreich ist. (GW II, S.227).

Um so erstaunlicher sind die uns heute auffallenden Übereinstimmungen von formalen und inhaltlichen Merkmalen der Traktate, der *Reise Urians, Paludes* und des *Schlechtgefesselten Prometheus* mit solchen der Werke Kafkas und aus Werken des *Nouveau roman* und der Postmoderne. Darauf gehen die komparatistischen Nachworte in diesem Band ausführlich ein. – Gide allerdings scheint vorerst mit seinen *Récits* – mit dem *Immoralist* und der *Engen Pforte* – einen anderen, für ihn neuen Weg einzuschlagen.

Gerda Zeltner

Zu *Paludes*

André Gides *Paludes,* eines der wichtigsten Schlüsselwerke an der Schwelle zum modernen Erzählen, gehört zugleich auch zu den humorvollen Büchern der Literaturgeschichte. Ein Beispiel aus einem literarischen Salonabend, das fast ein Stück absurdes Theater ergibt: «Und nachdem sie [die Gastgeberin] mich zum Vorhang geführt hatte, hob sie ihn unauffällig hoch, damit ich an der Scheibe einen großen schwarzen Fleck sehen konnte, der ein Geräusch verursachte. – ‹Damit Sie sich nicht über die Hitze beklagen, habe ich einen Ventilator anbringen lassen›, sagte sie. – ‹Oh! liebe Angèle.› – ‹Aber weil er Lärm macht›, fuhr sie fort, ‹mußte ich den Vorhang zuziehen.› ‹Aha, also deshalb! Aber liebe Freundin, er ist viel zu klein!› ‹Der Verkäufer hat mir gesagt, das sei das Format für Literaten...›» Man sieht, es ist ein ziemlich boshafter Humor. Dem mit Liebesmüh angeschafften Gegenstand wird durch den Vorhang sogleich wieder Sinn und Zweck fortgenommen, so daß er zum Bild des in sich selber schnurrenden Leerlaufs wird (um den es in *Paludes* geht); und zugleich bekommen die Literaten (um die es ebenfalls geht) noch eins ausgewischt mit dem ihnen zugestandenen Format.

Um was es sonst noch geht? Um den Sumpf als Symbol des Form- und Wesenlosen. Wir lesen Tagebuchnotizen aus sechs sich folgenden Tagen, in welchen eine Ich-Figur die Personen ihrer Umgebung sowie die Arbeit an einem ebenfalls *Paludes* betitelten Roman schildert. Tityrus, der Held dieses Romans zweiten Grades, lebt in einem von Sümpfen umgebenen Turm und verbringt sein Leben mit lauter Nichtigkeiten, die er seinerseits in Tagebuchnotizen aufzeichnet. Und wenn der Erzähler zuweilen sagt: «Ich bin Tityrus», so deshalb, weil auch er in einer Sumpf-Öde lebt, umgeben von einer geistlosen postsymbolistischen Literatenclique. Er möchte ausbrechen und fällt doch jedesmal wieder zurück, «denn jede Handlung, sobald sie getan ist, wird für uns nicht zu einem Kontrast, sondern zu dem ausgehöhlten Lager, auf das wir zurück-

fallen.» Und mit seinem verbissenen Bemühen, die Umwelt aus ihrer Selbstzufriedenheit aufzustören, geht es ihm nicht besser: «Ich möchte beunruhigen – zu diesem Zweck gebe ich mir alle Mühe – und beunruhige nur mich selbst.»
Zwar rafft er sich zu einer Reise mit Angèle auf; aber der Weg durch die Vorstädte ins offene Land ist zu mühsam; nach einem ereignislosen, vom Regen gestörten Tag kehrt man mit nichts als ein paar mageren Reisenotizen zurück. Und wenn schließlich zwei Freunde doch noch nach Biskra aufbrechen, wie er ihnen geraten hatte, und fragen: «Willst du mitkommen?», lautet die Antwort schlicht «Nein».

In der Zueignung lesen wir: «Für meinen Freund Eugène Rouart schrieb ich diese Satire – worauf?» Ja, worauf? Gewiß, die Ironie gilt der öden Atmosphäre des *Fin de siècle,* doch der Erzähler nimmt sich selber nicht aus, und oft zielt der heitere Spott direkt auf ihn selbst. So ist dieser Apostel der Veränderung, der alles bewegen und beunruhigen möchte, als erster verstimmt, wenn eine kleine Alltagsgewohnheit durchbrochen wird. Da er erfährt, daß Freund Hubert verreisen will, beginnt er sogleich zu jammern: «Denn wenn Hubert wegfährt…, wer besucht mich dann um sechs?»

Da der Drang zum Beunruhigen ein Leitmotiv von Gides Werk und Leben ist, scheint auch ein Blick auf seine biographische Situation angezeigt. Im März 1894 kehrt er von einem Winteraufenthalt im südalgerischen Biskra nach Paris zurück; Biskra war der Ort, wo er sich erstmals der eigenen inneren Forderungen voll bewußt wurde und die engen Konventionen seiner frühen Jugend endgültig verwarf. Paris erscheint ihm jetzt so gespenstig und wesenlos, wie einem anderen Zurückgekehrten – Hugo von Hofmannsthal – ein paar Jahre hernach ganz Europa vorkommen wird.
Verschiedene literarische Richtungen, vorab die Symbolisten, die einst tapfer gegen Parnaß und Naturalismus angetreten waren, hatten sich damals in einem blutleeren «l'art pour l'art»-Betrieb totgelaufen. Das Gefühl des Realitätsverlustes, des Erstickens, das

Gide in ihrem Kreis wie auch in dem seiner Familie befiel, hätte ihn, wie er schreibt, leicht in den Selbstmord getrieben, hätte er nicht den Ausweg gefunden, diese Welt in *Paludes* ironisch zu beschreiben. Daß *Paludes*-Schreiben für den Erzähler eine Art Talisman gegen «Überdruß, Eitelkeit, Monotonie» bedeutet, wird in dem Refrainwort des Buchs: «Mir ist das gleichgültig, denn ich schreibe *Paludes*», deutlich gesagt. Das Schreiben selber also ist relevant, nicht mehr seine Inhalte, das Schreiben neigt sich über sich selbst, indem es davon handelt, wie einer *Paludes* schreibt. Immer wieder spielt Gide mit diesem Hauptthema. Ein Beispiel: Sein Erzähler ist am Einschlafen, es geht ihm dies und jenes durch den Kopf, und da schreckt er plötzlich auf: «Ah, ein Satz! schreiben wir ihn auf.» Jedoch bald wird er nochmals aufgestört: «Schrecklich! noch ein Satz!», und so muß der Arme nochmals die Kerze anzünden und ein Blatt unter dem Kopfkissen hervorziehen.

So hat Gide das verwirklicht, wovon Flaubert einst träumte; seine Geschichte des Versuchs, eine Geschichte zu erzählen, in der sich außer dem Ereignis des Erzählens nichts ereignet, ergibt das erste aus nichts gemachte Buch. Dieses Ereignis feiert der Erzähler am liebsten so, daß er poetologische Gespräche führt; vor allem mit der spatzenhirnigen Angèle, die nie etwas kapiert und daher die goldrichtigen Fragen stellt für sein Spiel. Da liest er ihr zum Beispiel einen Satz vor, in welchem Tityrus angelt: «Trübsinniges Warten auf Fische... notwendigerweise kann er nichts fangen. ‹Warum das?› ‹Wegen der Wahrheit des Symbols.› ‹Und wenn er doch etwas finge?› ‹Dann wäre es ein anderes Symbol und eine andere Wahrheit.› ‹Es gibt gar keine Wahrheit mehr, da Sie die Fakten so arrangieren, wie es Ihnen gefällt.›» Angèle vertritt demnach genau das, was diesem Erzähler nicht mehr möglich ist. Sie fordert vom Roman, daß er die «Tatsachen, so wie sie sind» verdoppelt.

Einmal zeigt er ihr einen Satz aus den spärlichen Reisenotizen, der von einer Landschaft mit raupenfressenden Mordkäfern handelt; prompt reagiert sie mit ihrer konventionellen Erwartung, und das gibt wieder einen dankbaren Anlaß, spielerisch eine neue Poetik zu skizzieren: «‹Ich habe die Puppenräuber nicht gesehen!› sagte Angèle (denn ich zeigte ihr diesen Satz). ‹Ich auch nicht, liebe Angèle, sowenig wie die Raupen. – Im übrigen ist es nicht die Jahreszeit dafür; doch dieser Satz – finden Sie nicht – gibt ausgezeichnet die Stimmung unserer Reise wieder...›»

Am vergnüglichsten freilich geht es zu beim Literatenempfang. Über das noch unfertige Werklein äußern die Anwesenden das unsinnigste Zeug: Jeder vermutet darin etwas anderes. Zum Beispiel: «die Geschichte von dem Angler, der die Schlammwürmer so gut findet, daß er sie ißt, statt sie als Köder an seine Angel zu stecken.» Bis der Erzähler selber das Wort ergreift: «‹Paludes›, begann ich, ‹das ist die Geschichte des neutralen Gebietes, des Gebietes, das allen gehört...› ‹*Paludes,* das ist die Geschichte des liegenden Menschen.› ‹Ach›, sagte Patras, ‹ich dachte, es sei die Geschichte eines Sumpfes.› ‹Die Meinungen gehen auseinander, Monsieur›, sagte ich, ‹der Kern bleibt bestehen. – Doch begreifen Sie bitte, daß die einzige Möglichkeit, jedem das gleiche zu erzählen – das gleiche, wohlgemerkt – darin besteht, jedem neuen Geist entsprechend die Form zu verändern. – In diesem Augenblick ist *Paludes* die Geschichte von Angèles Salon.› ‹Also, ich sehe, daß Sie sich noch nicht richtig festgelegt haben›, sagte Anatole.» Abgesehen von der Bosheit, die Sumpfgeschichte mit dem Literatensalon – Ort des geistigen Sumpfes – gleichzusetzen, und abgesehen vom Humor in Anatoles entwaffnend ahnungslosem Schlußwort, steckt hier auch etwas zumindest für jene Zeit Ungeheuerliches. Die Tatsache nämlich, daß der Erzähler selber sein Thema gleichsam in lauter Einzelperspektiven zerspringen läßt. Er kennt nicht mehr *ein* Thema und dessen adäquate Aussage oder dessen Spiegelung in der Sprache: Der Spiegel scheint zerbrochen.

Daß die Form sich je nach dem Geist des Zuhörers ändern muß, das läßt sich aber auch umkehren: In unveränderter Form sieht jeder Adressat eine andere Welt. Eine verbürgte, für alle geltende und für alle gleicherweise sagbare Realität gibt es nicht mehr, auch sie ist an diesem *Fin de siècle* in lauter Facetten geborsten. Proust

wird später sagen, es gebe ebenso viele Realitäten wie Augenpaare.
In diesen Gesprächen steckt natürlich überall eine satirische Realismuskritik, die um so witziger ist, als die postsymbolistischen Literaturhelden das Credo des Realismus eigentlich längst überwunden haben sollten. Und doch geschieht dies alles nicht nur aus eitel Freude an der Karikatur und der *bouffonnerie;* es spiegelt sich darin auch eine reale Not, eine Krankheit der Realität selber. Die *angoisse,* die Erstickungsangst des Erzählers und zugleich seine Unfähigkeit, mit dieser Welt zu brechen, oder sein Realitätsverlust: das weist nicht nur auf eine private Situation des Autors Gide; es ist auch ein Signal dafür, daß sich in der Welt nichts Verbindliches – in moralischer, ethischer, religiöser Hinsicht – mehr fand, daß die Realität demnach leer und beliebig geworden war und damit auch nichts mehr als *repräsentativ* ausgegeben werden konnte.
Diesen Befund beschreibt der Erzähler einmal so: «Was soll ich von diesem Augenblick sagen? – Warum nicht von ihm ebenso sprechen wie von den folgenden? Wissen wir, welche Dinge wichtig sind? Welche Anmaßung in der *Auswahl* liegt?» Wer indessen so argumentiert, verrät auch einen Selbstzweifel an der Schreibtätigkeit. Der Realismus mit seinen psychologischen und schicksalhaften Folgerichtigkeiten oder mit seiner sozialen Berufung entging noch dem Vorwurf, bloß eine verächtliche Unterhaltung zu sein. Ist aber eine solche Legitimation einmal verschwunden, muß die Fiktion neu überprüft werden. Sie selbst wird zum Gegenstand erhoben, wird zum Feld des Nachdenkens, wo der Autor seine eigene Funktion der Prüfung unterwirft. Und statt dem Leser eine Vision der Wirklichkeit zu vermitteln, trägt er ihm seine Realitätszweifel vor.

Daß mit dieser Poetik das literarische Terrain erschreckend schrumpft und verarmt, auch das weiß der Erzähler. «Ich wähle... *Paludes,* weil ich ganz sicher bin, daß niemand sich finden wird, der so besitzlos ist, daß er auf meinem Boden ackert.» Einige Jahrzehnte später hätte Beckett ganz Ähnliches sagen können. Und

auch mit Variationen über das Nichts ist *Paludes* ihm einfallsreich vorangegangen. «Ich bewohne die Niederungen und träume selten davon, die Hügel zu besteigen, von denen aus, wie ich genau weiß, man auch nichts anderes sehen würde.» – «Der Himmel sah nicht anders aus; man hätte ihn ohne Überraschung umdrehen können.»
Vergeblich suchte man auch nach einem Handlungsfaden. Man könnte die sechs Tage ruhig vertauschen, käme da nicht am Anfang «mein guter Freund Hubert» vom Reiten und sagte: «Sieh an! Du arbeitest?» und am Ende «mein guter Freund Gaspard» vom Fechten mit den Worten «Sieh an! Du arbeitest?», so daß der Text sich in sich selber schließt oder im Kreis herumgeht wie der Ventilator.

Indem das Schreiben sich zum eigenen Thema macht, könnte es leicht auch eine neue Würde beanspruchen oder gar zur Ersatzreligion werden in einer der Transzendenz beraubten Welt. Doch gerade nach dem Kulthaften, wie es Angèles Literaten lieben, nach gesucht kostbaren Wörtern und Wendungen schaut man umsonst aus. Ja, das Gesuchte selber wird mit Hohn bedacht, wenn der Erzähler einer Aufzählung seiner öden Handlungen hinzufügt: «Ich... schrieb die Definitionen von zwanzig Schulvokabeln und fand für das Wort *Blastoderm* sogar acht neue Epitheta.»

Indessen hat Gide nicht nur das Epigonale verspottet. Wenn es ihm gelang, ein zentrales Werk am Vorabend der Moderne zu schreiben, so nicht weniger auch deshalb, weil er neue oder doch lang vergessene Werte einführte. Indem der Erzähler Angèle und die Freunde immer wieder über *Paludes* zu Wort kommen läßt, erhalten wir gleichsam die Zeichnung eines Karikaturisten zum Thema Leseverhalten. Die Gesprächspartner sind die Stellvertreter der zukünftigen Leser; und das ist eine frühe Variante dessen, was eine jüngere Literaturtheorie als den impliziten Leser bezeichnen wird.
«Erwarten wir... vom Publikum die Enthüllung unserer Werke», sagt Gide in der Zueignung und artikuliert damit genau dieses neue

Konzept; nicht nur der Erzähler ist – wie wir sahen – auf sich selbst zurückgeworfen, auch dem Leser ergeht es nicht anders: Dieser Text mit seinem Perspektivenspiel, der jedem Adressaten in anderer Form mitgeteilt werden möchte, der Text, der jede These zuläßt, um sie im nächsten Moment wieder durchzustreichen, er lädt dem Leser die ganze Verantwortung auf. Wir können nicht mehr in der passiven Rolle des Konsumenten verharren, sondern müssen den Sinn des Gelesenen miterschaffen und mittragen. Zuhanden der Salonliteraten vergleicht der Erzähler das Werk einmal mit einem Schlüsselloch und meint: «Wer hier nur ein Türschloß sieht, würde die ganze Welt sehen, wenn er nur darauf käme, sich vorzubeugen.» Natürlich findet darauf einer, er mache sich die Sache merkwürdig leicht. In Wahrheit aber ist gerade dies – um nochmals einen Begriff der neueren Literaturtheorie zu bemühen – eine zentrale Qualität des «offenen Kunstwerks», wie wir sie aus dem gleichnamigen Buch von Umberto Eco kennen.

Das eigentlich Neue liegt noch anderswo. Der Heimkehrer aus einem farbigen Leben, den die trostlose Enge der Pariser Umgebung befällt, weshalb sollten wir ihm nicht glauben, daß ihn der Gedanke an den Selbstmord befiel? Und weshalb nicht auch, daß *Paludes*-Schreiben ihn rettete? Hatte nicht schon Ähnliches stattgefunden, beispielsweise als der junge Goethe seinen Werther gleichsam stellvertretend in den Tod schickte? Der fundamentale Unterschied liegt darin, daß gerade eine solche Stellvertretung nicht mehr möglich ist. Die Figur in den Selbstmord führen oder auf die Afrikareise ausbrechen lassen, das würde als wichtiges Ereignis den Formkanon der gespiegelten Nichtigkeit sprengen. Oder, besser gesagt: da die erzählte Ebene – der Ort, wo sich Balzac oder Zola bewegen – durch den Verlust verbindlicher Wirklichkeit ihre Relevanz eingebüßt hat, kann sich das wirkliche Geschehen (die einzig mögliche Befreiung) nur anderswo ereignen: nämlich auf der Erzählebene selbst, in der Art und Weise, im Ton des Sagens.

Dieser Ton, wir sahen es wiederholt, ist lustig; Gide kann seinen Erzähler nur aus dem Morast der Umgebung erlösen, indem er dessen Not in ein Schreiben einbringt, das ironisch, witzig, grotesk oder wie immer mit ebendieser tödlichen Umgebung zu spielen versucht. Der Humor ist nicht mehr nur ein Selbstzweck zur Unterhaltung, vielmehr eine innere Forderung: das Strukturelement, durch welches das inhaltlich nicht mehr zu leistende «échappement» möglich wird. In dem Sinn etwa, daß jedes Lachen den Schreibenden wie den Lesenden vom Druck der Sumpfmisere entlastet und ihn ausbrechen läßt aus der in der Nichtigkeit lauernden Erstickungsnot. So wird aus der in ironischem Licht gespiegelten Wesenlosigkeit schließlich etwas sehr Wesentliches: eine der ersten gelungenen modernen Erzählungen. Viele Spätere werden sich auf sie berufen, selbst wenn von hier – auch für Gide persönlich – kein direkter Weg weiterführt. *Paludes* stellt mit seiner Absolutheit einen Extremfall dar und markiert einen Grenzort.

Marianne Kesting

Zu Der schlechtgefesselte Prometheus

«Ich habe nie etwas erfinden können», läßt André Gide seinen Schriftsteller Édouard in den *Faux-Monnayeurs* (1925) notieren. Dieser Satz gilt auch für ihn selbst. Was aber tut ein Schriftsteller, der, aus dem Kreis der Symbolisten kommend, den realistischen und naturalistischen Roman verabscheut, sich zum Lyriker nicht recht berufen weiß? Er schreibt Reiseberichte, Tagebücher, tagebuchartige Romane, welche die Entstehung eines Romans darstellen – und greift auf den Mythos zurück. Der Mythos aber wird Anlaß zur Reflexion, zur Auffächerung seiner Interpretationsmöglichkeiten, ein Ausgangspunkt.

Im Falle des *Prométhée mal enchaîné* (1899) formuliert Gide seine Befreiung vom Mythos, im Bild des griechischen sein Zuendebringen des christlichen und dessen Konventionen, Tugend- und Gewissensforderungen, die seine Jugend regiert und bedrückt hatten. Nach dem Befreiungsschlag auf seiner Algerienreise 1893, von dem die *Nourritures terrestres* (1897) berichten, griff er auf die Figur des gegen Zeus rebellischen Titanen zurück, der den Menschen nicht nur das Feuer, sondern auch Bewußtsein und Kultur brachte, Wissenschaft, Bergbau, Schiffahrt, Schrift und Zahl. Da er Zeus auch noch die Offenbarung eines Geheimnisses verweigerte – Prometheus heißt der Vorausdenkende, Vorauswissende –, wurde er im Kaukasus an einen Felsen geschmiedet und mußte jeden dritten Tag dulden, daß ein Adler an seiner Leber fraß. Herakles befreite ihn. Soweit der Mythos in Aischylos' *Gefesseltem Prometheus,* der noch den Anstoß gab zu Goethes und Shelleys Apotheosen des Künstlers, der sich gegen den tyrannischen Zeus auflehnt, Schöpfer gleich ihm.

In Gides *Prométhée mal enchaîné* ist der Mythos selbst urbanisiert und zivilisatorisch gebrochen. Prometheus befreit sich kurzerhand selbst vom Felsen und spaziert, gegen Ende des neunzehnten Jahrhunderts, auf einem Pariser Boulevard. Zufällige Begegnungen machen ihn mit den neuesten Taten des Zeus bekannt, der, nun als

Bankier und «Miglionär», mit Menschen experimentiert; einem, Kokles, versetzt er eine Ohrfeige; einem anderen, Damokles, läßt er einen Umschlag mit einem Fünfhundertfrancsschein zukommen. Er vollzieht «actes gratuits», Handlungen also, die durch nichts begründet sind, Handlungen ohne Zweck und Ziel, welche die Herren Kokles und Damokles völlig durcheinanderbringen, da sie einen Sinn in diesen reinen Willkürakten suchen. Kokles wird verwundet, Damokles stirbt.

Prometheus aber, der immer noch seinen Adler mit seiner Leber füttert und dabei abmagert, während der Adler immer fetter wird, befreit sich schließlich auch von dieser Tyrannei und – verspeist den Adler. Das ist eine zwiefache Blasphemie: Den Adler hat nicht nur Zeus geschickt, der Adler ist auch jenes Tier, das man, nach Gottes Gebot, nicht essen darf (3. Mos. 11,13). Mit einer von dessen Federn wird bei Gide das Buch geschrieben, das man gerade gelesen hat. Dies berührt unter anderem den Prozeß des Schreibens. Wie später in Prousts *Recherche* (1909–1922, ediert ab 1913) und Becketts *Molloy* (1951) wird der Leser in solche Zirkelstruktur eingeschlossen. Überdies ist die Handlung nicht geradlinig erzählt, sondern erscheint in Splittern, durchbrochen von vieldeutigen Geschichten, die das zentrale Thema auffächern. Nicht mit den einzelnen Überschriften, aber mit willkürlich gesetzten römischen Ziffern leistet sich Gide noch einen zusätzlichen Scherz: Eben sie bringen den «fil du récit» vermehrt durcheinander; sie sind kein Ariadnefaden durch das Labyrinth der Erzählungen.

Kokles und Damokles schildern ihre Lebensereignisse; Prometheus hält über sein Leben einen Vortrag, und bei der Beerdigung des Damokles erzählt er die Geschichte von Tityrus, der auch ein Opfer der Tyrannei eines Willküraktes ist, und schließlich gibt es noch einen Epilog über Pasiphae und Minos. Wir haben also insgesamt fünf Erzählungen, die, ineinander geschachtelt, immer andere Aspekte auf «actes gratuits» und die Reaktionen der Betroffenen werfen.

Der Normalbürger Kokles, der «einen Grund zum Weiterleben sucht» und einen «Fingerzeig von außen» erfleht, hebt dem Bankier Zeus ein Taschentuch auf, schreibt auf dessen Verlangen ir-

gendeine Adresse auf einen Umschlag und bekommt von Zeus eine Ohrfeige, nach deren Sinn er nicht müde wird zu suchen. Er fühlt sich nun außergewöhnlich, wird sozial, will ein Hospiz gründen. Der Mann mit der charakterlosen Handschrift hat nun eine Aufgabe.
Damokles, den die unerwartete Gnade in Gestalt eines Fünfhundertfrancsscheins überrascht, wird dieses Geld rasch wieder los, als er die vom Adler zerstörte Scheibe im Café bezahlt, aber er fühlt sich nun auf unklare Weise berufen: «Ich war irgendeiner, jetzt bin ich jemand.» Die Banknote hängt wie das Schwert seines antiken Namensbruders über ihm und zerstört ihn schließlich. Sterbend erfährt er noch, daß der liebe Gott sie ihm geschenkt hat, aber Zeus lehnt ab, sich seinem Berufenen zu zeigen. Er will «sein Prestige nicht verlieren». Er interessiert sich auch gar nicht für Damokles, sondern allenfalls für seine Krankheit, das heißt für das, was sein «acte gratuit» bewirkt hat.

Die Geschichte von Tityrus erzählt Prometheus auf der Beerdigung des Damokles. Dieser Tityrus aus den *Eklogen* Vergils, der Seßhafte, über den schon in Gides *Paludes* (1895) der Schriftsteller einen Roman verfaßte, langweilt sich in seinen Sümpfen, bekommt aber von dem zufällig vorbeistreunenden Menalcas eine Idee, ein Korn, aus dem eine unendliche Verpflichtung erwächst: nicht nur eine Eiche, sondern eine ganze Organisation von Arbeitenden, Vermögen und Kultur – kurzum, Tityrus führt plötzlich ein nützliches Leben und wird vor Beschäftigungsfieber krank. Auch er hat «seinen Adler», aber er verliert auf einem Pariser Boulevard seine Angèle an den vorübergehenden und flötenden Meliboeus, der sie kurzerhand mit nach Rom nimmt.
Bei seinem Vortrag im «Saal der Neumonde» erklärt Prometheus, indem er von sich selbst erzählt, ebenfalls die Geschichte seines ursprünglich naiv glücklichen Lebens, das plötzlich aufhört, als Asia ihn drängt, sich um die Menschen zu kümmern. Von da an hat er «seinen Adler»: Gewissen, Verpflichtung, Bewußtsein. Er verleiht es den Menschen, die sich fortan dem Fortschritt widmen, das heißt, auch sie haben «ihren Adler». Sie sind nicht mehr glück-

lich, aber sie wissen nun, wozu sie da sind. «Die Geschichte des Menschen, Messieurs, ist die Geschichte der Adler.» Prometheus empfiehlt die Hingabe an die Aufgabe: Tugend, Pflicht, Leidenschaft, Hingabe auch an die Schuld. Erst der Tod des Damokles bringt ihn auf die Idee, sich seines Adlers zu entledigen.

Spätestens an dieser Stelle sind nahe Verwandtschaften zu Kafka zu entdecken. Schon die Geschichte des Tityrus erinnert an Kafkas *Stadtwappen* (1920), worin die Intention, den babylonischen Turm zu bauen, in der anwachsenden Organisation der Arbeiterstadt erstickt.

Die «Hingabe an die Schuld» läßt an die *Strafkolonie* (1914) und an den *Prozeß* (1914) denken, worin Josef K., der sich verurteilt fühlt, nach seiner Schuld, seinem Gericht und der Gnade sucht und sein Leben zerstört. Das Gericht, dem er niemals wirklich begegnet, ist das Unbegreifliche, Numinose, das, wie Zeus in Gides *Prométhée,* willkürliche Experimente anzustellen scheint. Bei Kafka ist das Gericht eine undurchlässige labyrinthische Bürokratie, über deren Prinzipien nur unsichere Gerüchte existieren. Bei Gide ist Zeus ein Spieler und Experimentator, der etwas in den Menschen einpflanzt und sieht, wie es wächst. «Der Mensch wäre sonst so leer.» Zeus selbst aber hat keinen «Adler». Er verleiht ihn nur...

Der Adler des Prometheus frißt und wird fett, wenn man ihn fressen läßt. Sein Verhalten ist kreatürlich. Er beantwortet keine Frage; er zerschlägt mit seinem Flügel das Auge des Kokles, frißt an des Prometheus Leber, aber er befreit ihn auch aus dem Untersuchungsgefängnis, sorgt also für seine Freßquelle. Er ist unverantwortlich wie Zeus.

Die Vision des unverantwortlichen Gottes taucht schon in Maupassants Novelle *La Beauté inutile* auf. Dort ist Gott «ein ungeheuerliches, uns unbekanntes Schöpfungsorgan, das Milliarden von Welten in den Raum sät, wie etwa ein einziger Fisch seinen Laich ins Meer wirft. Er erschafft, weil das seine göttliche Funktion ist, aber er weiß nicht, was er tut.»

Er schafft Konsequenzen, aber er trägt wie Gides Zeus keine. Die olympische Moral existiert für Gide ebensowenig wie die öffentliche. Schon darum sucht jeder seine eigene.

Die Situation ist absurd, sie ist geboren aus dem «acte gratuit». Diese willkürliche, grundlose, zweckfreie Tat, schon vorgeprägt im *Traité du Narcisse* (1891) in Adams Abbrechen eines Astes von der Weltesche, im *Voyage d'Urien* (1893) in Erics Vogeltötung, erreicht in Gides Werk seinen Höhepunkt in Lafcadios willkürlichem Mord in *Les Caves du Vatican* (1914), den Albert Camus in *L'Étranger* (1942) wiederholte.

Im Lichte des *Prométhée mal enchaîné* ist der «acte gratuit» aus der Laune, der Willkür des Zeus entsprungen; er pflanzt sich fort in der Bestimmungslosigkeit und Langeweile des Lebens, das in seiner Konturenlosigkeit nach Bestimmung schreit, und sei es der, die Amoral und Willkür Gottes zu wiederholen. Mit dem «acte gratuit» schafft man «einen Adler», aber die Tat ist zufällig und absurd. Sie ist eine Vorform der surrealistischen Handlung, die den Zufall ins Spiel bringt und dann auf die Konsequenzen lauert.
Gide läßt andererseits keinen Zweifel daran, daß der Willkürakt des Zeus charakterlosen und unwichtigen Existenzen wie der des Kokles und Damokles, aber auch der des Tityrus, endlich eine Bestimmung, «einen Adler» gibt, der sie freilich vernichtet. Sonst wären sie ein Nichts. Jetzt sind sie etwas. Zuweilen, und darauf weist der Epilog hin, vermutet man nur Zeus «dahinter». Pasiphae weiß: «Hätte Zeus sich eingemischt, ich hätte einen Dioskuren geboren; dank diesem Ungeheuer habe ich nur ein Kalb in die Welt gesetzt.»
In dieser Paradoxie, unschuldig, glücklich, aber ein Nichts zu sein, dadurch aber, daß man etwas wird, sein Glück zu verscherzen, sieht Prometheus das Leben befangen. Aber können wir so einfach «die Adler» auffressen und in den Stand der Unschuld zurück, ohne daß, mit Kleists *Marionettentheater* (1810) zu sprechen, «die Erkenntnis gleichsam durch ein Unendliches gegangen ist»?
Wo aber Tat stattfindet, ist sie nicht ein Willkürakt mit heute technisch potenzierten Konsequenzen?
Gides *Prométhée mal enchaîné* hat noch einen weiteren Hintergrund. Zeus mit seinem Willkürakt, Prometheus, der die Menschen erschafft, sind Autoren: Sie greifen wie der surrealistische

Künstler einen Zufall auf, der Konsequenzen zeitigt. In dem ersten Gespräch des Prometheus mit dem Kellner des Cafés gibt sich der Feuergeber Prometheus als Streichholzfabrikant aus und wird vom Kellner als Literat erkannt. Der Kellner wiederum ist ebenfalls ein Autor; er beobachtet, er bringt Leute im Café zusammen, die auf der Suche nach ihrer Persönlichkeit sind und, wie sie zufällig hereinkommen, vom Kellner ins Gespräch gebracht werden, einander ihre Geschichte erzählen. Der Kellner hat auch seinen «acte gratuit»: Er stiftet Beziehungen dort, wo vorher keine waren. Das aber tut der Autor, und hierin greift Gide einen Gedanken Mallarmés auf, der im *Coup de dés* (1897) den Zufall, den «acte gratuit» des Würfelwurfs, zum Anlaß nimmt, die absolute Konstruktion im Gedicht selbst zu schaffen, das totale Beziehungsnetz eines literarischen Gesamtkunstwerks, welches in sich den Zufall, dem es seine Entstehung verdankt, negiert. Der Zufall aber ist der Kontakt mit dem Leben. Das Beziehungsnetz ist Konstrukt. Demiurgisch muß der «Maître» Mallarmés alles neu erschaffen – im Kunstwerk. Und Zufall ist ebenfalls, wie Mallarmé in *Le Démon de l'analogie* (1864) ausführt, wenn dieses innere Beziehungsnetz dessen, was er geschaffen hat, plötzlich wieder in eine Korrespondenz mit der Außenwelt gerät: Hier erscheinen Mallarmés Dichtungsmetaphern in einem Schaufenster als Gegenstände. André Breton ging in *Nadja* (1928) und *L'Amour fou* (1937) systematisch solchen Zufällen nach.

Gide hat, wie sehr er sich auch vom «Adler» des Symbolismus abwandte, seine eigenen Ursprünge nie vergessen. Wie der Schriftsteller Édouard in *Les Faux-Monnayeurs* erkärt, nimmt er aus der Wirklichkeit einen Anstoß, ein Modell, das er aber dann nach seinem Willen agieren läßt. «Den Romanschreiber in mir reizt es dann, in ihr Schicksal einzugreifen, zu experimentieren.»

Damit rückt der Schriftsteller in die Nähe des Zeus. Die Realität, der Anstoß, kann Zufall sein. Sie interessiert den Schriftsteller Édouard nur als «plastischer Grundstoff», da er mehr Sinn für die latenten Möglichkeiten hat, für das, was sein könnte, als für das, was in «Wirklichkeit gewesen ist».

Mit *Le Prométhée mal enchaîné,* zunächst «récit», 1914 «sotie» genannt, sind wir in einem Spiegelkabinett, in dem die Fragen des Mythos, der Religion, der Zivilisation in den verschiedenen Ansätzen zu Geschichten und ihren Konsequenzen vielfach gebrochen erscheinen, einem Spiegelkabinett, auf dessen Grund der Spiegeler selbst, der Schriftsteller, lauert. Darum erscheint er auch mehrfach in den Figuren Zeus, Prometheus, Kellner und schließlich einem Ich-Erzähler. Vielleicht ist dieser Ich-Erzähler Prometheus selbst; zumindest aber schreibt er mit dessen Adlerfeder das vorliegende Buch. Die Spiegelungen sind wie bei einander gegenüberstehenden Spiegeln grenzenlos, und man kann nicht hoffen, die Aspekte des *Prométhée mal enchaîné* zu erschöpfen, zumal zwar die einzelnen Figuren handeln oder sich befreien, die Sache aber nicht zu einem Resümee geführt wird und der Verfasser sich noch im Epilog letztlich für nicht verantwortlich erklärt.

Das Ganze ist «sotie» und so von einer Ironie durchtränkt, der nicht nur der Mythos im Zivilisatorischen anheimfällt. Wenn sich Prometheus von seinen Fesseln im Kaukasus befreien und seinen Adler verzehren kann, ist der Mythos nicht mehr von alter Wirksamkeit. Er ist es aber noch im Glaubens- und Individualitätsverlangen der Protagonisten. Der Ironie aber ist auch der Literat Prometheus preisgegeben, der seinen Vortrag im «Saal der Neumonde» in zirkusähnlicher Atmosphäre hält und, als er die Zuhörer langweilt, schließlich einige Raketen losläßt, um Effekt zu machen. Die Bitterkeit von Kafkas *Hungerkünstler* (1922), dem die Leute nicht mehr zuschauen, weil sie lieber einen Panther sehen, ist bei Gide der Moquerie gewichen.

Zweifellos bedient sich Gide des Mythos, um ihn zu Ende zu bringen. Darin folgte ihm Kafka in seinen vier Sagen über *Prometheus* (1918), da Prometheus, die Götter und die Adler die Sache vergessen und diese schließlich einer allgemeinen Müdigkeit anheimfällt. Es bleibt nur das «unerklärliche Felsgebirge». «Die Sage versucht das Unerklärliche zu erklären. Da sie aus einem Wahrheitsgrund kommt, muß sie wieder im Unerklärlichen enden.»

Gides Aufhebung des Mythos gebiert eine vieldeutige Spiegelung von ineinander verschränkten Geschichten, die, wie der Mythos,

vielfach interpretierbar sind, ja, vielleicht sogar das Interpretative zum Thema machen.
Prometheus verleibt sich den Adler ein, der damit äußerlich verschwunden, aber zugleich verinnerlicht ist: Er überlebt in der Feder, in der zumindest die «Arbeit am Mythos» ebenfalls den Sturm der Rebellion übersteht.

Ausgewählte Literatur

(Paris als Verlagsort wird nicht genannt.)

Werke Gides

– André Gide: *Romans, Récits et Soties, Œuvres lyriques.* Introduction par Maurice Nadeau, notices et bibliographies par Yvonne Davet et Jean-Jacques Thierry. «Bibliothèque de la Pléiade», 1958.

Monographien, Sammelbände, Bibliographien

– Angelet, Christian: *Symbolisme et invention formelle dans les premiers écrits d'André Gide,* Gent 1982.
– Paul Archambault: *Humanité d'André Gide. Essai de biographie et de critique psychologiques,* 1950.
– Beigbeder, Marc: *André Gide,* 1954.
– Bertalot, Enrico U.: *André Gide et l'attente de Dieu,* 1967.
– Bilen, Max: *Dialectique créatrice et structure de l'œuvre littéraire,* 1971.
– Brée, Germaine: *André Gide, l'insaisissable Protée.* Étude critique de l'œuvre d'André Gide, 1953, Neudruck 1970.
– *Bulletin des Amis d'André Gide.* Revue trimestrielle, publiée par L'Association des Amis d'André Gide, dirigée par Claude Martin (1968–1985), par Daniel Moutote (1985–1988) et par Daniel Durosay (à partir de 1989), 1968 ff.
– Cancalon, Elaine: *Techniques et personnages dans les récits d'André Gide,* 1970.
– *Le Centenaire.* Avant-propos de Claude Martin, 1972 (= *Cahiers André Gide,* 3).
– Chadourne, Jacqueline M.: *André Gide et l'Afrique,* 1968.
– Delay, Jean: *La Jeunesse d'André Gide (1869–1895),* 2 Bände, 1956/57.
– Fernandez, Ramon: *André Gide,* 1931; Neuausgabe unter dem

Titel: *Gide ou le courage de s'engager,* mit einem Vorwort von Pierre Masson, 1985.
– Fillaudeau, Bertrand: *L'Univers ludique d'André Gide. Les Soties,* Vorwort v. Alain Goulet, 1985.
– Goulet, Alain: *Fiction et vie sociale dans l'œuvre d'André Gide,* 1986.
– Hytier, Jean: *André Gide,* Algier 1938; Neuausgabe 1945.
– Iseler, Paul: *Les Débuts d'André Gide vus par Pierre Louÿs,* 1937.
– Krebber, Günter: *Untersuchungen zur Ästhetik und Kritik André Gides,* Genf und Paris 1959.
– Maisani-Léonard, Martine: *André Gide et l'ironie de l'écriture,* Montréal 1967.
– Mann, Klaus: *André Gide. Die Geschichte eines Europäers,* Zürich 1948; Neuausgabe unter dem Titel: *André Gide und die Krise des modernen Denkens,* München 1966, Reinbek bei Hamburg 1984.
– Martin, Claude: *André Gide par lui-même,* 1963; Neuausgabe 1987; dt. Übers. v. Ingeborg Esterer, Reinbek bei Hamburg 1963; Neuauflage 1987.
– Martin, Claude: *La Maturité d'André Gide. De «Paludes» à «L'Immoraliste»* (1895–1902), 1977.
– Martin, Claude: *Bibliographie chronologique des livres consacrés à André Gide,* Lyon 1986.
– Marty, Eric: *André Gide, qui êtes-vous?* Avec les entretiens Jean Amrouche-André Gide, Lyon 1987.
– Masson, Pierre: *André Gide. Voyage et écriture,* Lyon 1983.
– Maucuer, Maurice: *Gide, l'indécision passionnée,* 1969.
– Moutote, Daniel: *Égotisme français moderne: Stendhal, Barrès, Valéry, Gide,* 1980.
– Nakamura, Eiko: *Les Problèmes du roman dans les premières œuvres d'André Gide jusqu'à «Paludes»,* Fukuoka (Institut de recherche de l'université Seinan-Gakuin) 1972.
– Nersoyan, Hagop J.: *André Gide. The Theism of an Atheist,* Syracuse 1969.

– O'Brien, Justin: *Portrait of André Gide. A Critical Biography,* New York 1953.
– Perry, Kenneth I.: *The Religious Symbolism of André Gide,* La Haye und Paris 1969.
– Pistorius, George: *André Gide und Deutschland.* Eine internationale Bibliographie, Heidelberg 1990.
– *Le Romancier.* Textes réunis par Claude Martin, 1984 (= *André Gide 7,* La Revue des Lettres Modernes).
– Rossi, Vinio: *André Gide: The Evolution of an Aesthetic,* New Brunswick, N.J. 1967.
– Savage, Catherine H.: *André Gide: L'Évolution de sa pensée religieuse,* Paris 1962.
– Schildt, Göran: *Gide et l'homme,* 1949.
– Schlumberger, Jean: *In memoriam: Madeleine et André Gide,* 1956; dt. Übers. v. Maria Schäfer-Rümelin, Hamburg 1957.
– Watson-Williams, Helen: *André Gide and the Greek Myth,* Oxford 1967.
– Weinberg, Kurt: *On Gide's «Prométhée». Private Myth and Public Mystification,* Princeton 1972.